空出来的时间

KONGCHULAI DE SHIJIAN

刘芳菲 著

河北大学出版社
·保定·

图书在版编目（CIP）数据

空出来的时间 / 刘芳菲著 . -- 保定：河北大学出版社，2019.1

ISBN 978-7-5666-1423-0

Ⅰ . ①空… Ⅱ . ①刘… Ⅲ . ①随笔－作品集－中国－当代 Ⅳ . ① I267.1

中国版本图书馆 CIP 数据核字 (2018) 第 282742 号

出 版 人：耿金龙
责任编辑：刘　婷
装帧设计：赵　谦
责任校对：冯喆圆
责任印制：靳云飞
出版发行：河北大学出版社
地址：河北省保定市七一东路2666号　邮编：071000
电话：0312—5073003　0312—5073029
网址：www.hbdxcbs.com
邮箱：hbdxcbs818@163.com
印　　刷：保定市北方胶印有限公司
幅面尺寸：150 mm × 230 mm
字　　数：228千字
印　　张：18.25
版　　次：2019年1月第1版
2019年1月第1次印刷
书　　号：ISBN 978-7-5666-1423-0
定　　价：49.00 元

序

我太太的这本书取名为《空出来的时间》，她说取自她最喜欢的歌手张信哲的一首歌。

(一)

事实上，对于一个忙碌的职场女性来说，“空出来的时间”尤为难得。

每日复每日，睁开眼即争分夺秒，动作麻利地带孩子穿衣吃饭上学，马不停蹄地赶赴单位，会议、文案、签报流程协调启动推进，脚不点地地辗转这偌大城市的水泥森林，为各种各样的事情奔忙、操心和焦虑，一直到夜既黑但人未憩。早晨未清醒，白日不从容，夜里不安息。

这个时代的精神生活也看似要比过去丰富得多，我们紧盯手机屏幕的时间比我们注视另一双眼睛的时间要多得多，仿佛那块触手可及的5.8英寸显示屏既可满足你我对外部世界了解的需求，也满足了对自己内心世界的探究。

在键盘上，敲打出来的例行文字越来越多；在阅读中，看到的心灵鸡汤和即时讯息越来越杂；在交谈中，修辞的贫乏和信息的雷同，仿佛一双“无形之手”牵引得众人只能参与预设好的话题传播。得，那还真不如再捧起手机，刷屏幕、杀时间、瞎忙活。

速食、速生，也速朽。

——也许只有在“空出来的时间”里，手从键盘上挪开，眼从屏幕前离开，身心从柴米油盐酱醋茶抽离，转向琴棋书画诗酒花，抬起头，收起心，“诗意地栖居在大地上”，那个时候的我们可能才是自己的。

读文学诗词、品红酒美馔、看世界大观、与自己对话，这本书记述了她是如何在日常的琐事和拥挤的日程中成功抽离出来善待自己的精神世界，也试图告诉我和家人，当她跳到空中俯瞰那些寻常日子的时候，所看到的一切……

所以，当她告诉我，要把这些经历和感悟结集，我由衷为她感到高兴，更感到由衷的佩服。

（二）

这是一本斜杠青年的养成记。

不知是何时起，“文艺青年”已经成了语带调侃的污名。但，一枚有趣而敏感的灵魂，何时还需要自证其意义？

曾经的学霸、喜欢阅读的孩子，现在追求事业进步的职场女性、两个孩子的母亲，尾随她名字后面的斜杠还可以有：金融科技创业者（或Fintech创业者）/热情似火的白羊座/非典型衡中毕业生……

人生的有趣还不仅于此：红楼与哈利波特的深度读者/摄影

和爬山的入门选手 / 罗伯特·帕克的中国信徒 / 蒙氏教育编外无邀观察员……

她将爱探究、爱规划的禀赋和广泛涉猎的兴趣爱好结合起来，每件事都有板有眼，有付出有收获，以至于，今天她用一本《空出来的时间》告诉我：所谓兴趣，其实可以很认真！

她的本职工作与金融有关，本能地喜欢探讨宏观的环境与个体的策略。关于斜杠青年，我们曾经有过这样的对话：

一个人的命运当然要靠自我奋斗，但是也要考虑到历史的行程……外部环境总有高有低，人的历程也有波峰和谷底。时运上行，做啥成啥，肯定要放手一搏，星辰大海；至若环境萧寒，动辄得咎，那不如躲进小楼，耕读诗书。那些让你熠熠生辉、高光时刻的东西，是斜杠前的“他我”；那些在寒夜温暖你心的，才是斜杠后的“自我”。

为了更好地过好这一生，我们都需要给自己加上更多的“斜杠”。

（三）

在遴选文章集结成册时，她曾问我的意见，并表示过去的文章过于稚嫩“一篇也没用上”，我劝道“一篇文章就是一个时期的岁月化石”，承载了那个时候你我的心性、视野和轨迹。现在整编集合在一起，就恍如人生历程进化成了地理岩层，层层叠叠，丰富而分明。

当翻开相册，我们看到岁月在容颜上的刻画；当翻开这本书，我们看到的是经历在心上的沉积。

从过去小儿女情怀，伤春悲秋，到现在为人父母，洗手羹汤，现在的烟火气息和以前的纯真情怀一样可贵。

从少时为赋新词，追求金句迭出，炫技般的表达，到现在秉承“克制是一种美德”的审美，褪去的不是浮华，成长的不止智行。

就像同样是东坡词，先前最爱“诗酒趁年华”，现在则因“夜阑风静縠纹平。小舟从此逝，江海寄余生”心有所动。这一路的曲线起伏，如果只有此刻的看淡看开，有何可知背后其实还依然站着那眸子明亮的少年？

——当众人翻开相册，也许只会惊叹你年少时的容颜；只有当翻开这本记录之书，那从不远的过去走来的文字，才会在你我的心里激起阵阵回响。

是为序。

丘键

2018年10月于北京

目　录

第一篇

解语何妨话片时

我读《红楼梦》

我读《红楼梦》的这些年

临近岁末年初，把案头堆积的书随便翻了七七八八之后，偶然间买到一套带脂评的《红楼梦》。

于是，数个冬夜里，孩子们入睡后，那些点滴的、宝贵的细碎时光里，我又重新掉进这个经年的梦里。

这场梦里，有林妹妹的娇嗔，宝玉的疯癫；有宝姐姐的珍重芳姿，湘云的光风霁月；有“繁花着锦、烈火烹油”的热闹，也有“白茫茫大地真干净”的虚无。

每次的开卷重读，都会在当时当下的心境中，被某种情绪击中——或甜蜜，或感动，或会心一笑，或撕扯般疼痛。仿佛与一个熟稔已久的老朋友重逢，每次聊的话题都不甚相同，但那种心无芥蒂的交流本身带来的酣畅淋漓，却从未改变。

《红楼梦》是我在四大名著中较晚读到的一本，记得小学的时候，父母为我买过一套名著的低龄改编版，把《史记》《三国演义》《西游记》等诸多作品都改编成了白话文的一个个小故事，方便小学生自己读。当时正值酷爱读书，又有着照相机般记忆的年龄，那套书里的一个个小故事，我几乎背得滚瓜烂熟，最喜欢的片段比如“三顾茅庐”“大闹天宫”等，我几乎可以一字不落地背出来。

印象很深的是，那套书里面并没有《红楼梦》。

我想，大概是因为与上面提到的其他作品相比，一来《红楼梦》的内容过于风花雪月和儿女情长，像是一个不思进取的“温柔富贵乡”，是那种大人怕教坏小孩的书；二来，《红楼梦》里面没有“拍案惊奇”般的跌宕起伏，更多的是日常的生活和叙事，加之人物过多、关系过于错综复杂，估计即使改编，也很难吸引小孩子读下去吧。

然而我有时候会庆幸，自己是在年岁较长、理解能力较强之后才第一次翻开了《红楼梦》，并且从未读过什么简化的版本，直接就是曹公的前八十回。

仿佛是一个命中注定又姗姗来迟的邂逅，从此再无一本书，让我如此手不释卷；再无一个故事，能让我在遭遇任何世事时，都能第一时间联想到书中的文字并暗暗印证。

最早读红楼时，我尚且年少，在那样一个哭和笑都带着玫瑰色彩的年龄上，读到的都是宝黛钗之间的情事，那些不能言说的心事、那些暗地里的小小醋意、那些“弱水三千只取一瓢饮”的痴意。

黛玉始终是我最爱的女子，所以，在读《红楼梦》时，会把林妹妹不曾出场的片段囫囵吞枣般掠过，仿佛那些形形色色的人物都只是镜头里可以“虚化”的存在，他们的存在只是为了给这段凄美的爱情提供一个背景。

所以，十几岁的时候，我这样写《红楼》：

我爱黛玉，因她的纯真率性。为还泪而生的她，是整部书中最具真性情的女子。

她是单纯透明的。水晶一般的心灵，不染纤尘。有人说黛玉的性格是叛逆的，更有甚者把她说成反封建的代表。每每看到这样的说法，我总觉得匪夷所思。在我心里，黛玉只不过是一个单纯、不世故的女孩子而已，那些反封建的高帽子，与她又有什么关系呢？

她不劝宝玉读书，并不是因为她离经叛道，认为官场上的人都是“禄蠹”，黛玉没有那么尖锐，她只是不喜欢而已，真正看不惯仕途经济的人是宝玉自己。

说到黛玉的性格，不得不说起她的小性。曾经太年幼，不懂得黛玉，虽则爱怜她，也曾经暗暗希望黛玉能够改掉她的小性，变得豁达一点儿，圆融一点儿，节省一点儿眼泪。可是，忽然有一天豁然开朗——倘若黛玉不再是这样的性格，也就不再是那个让人疼也让人叹的世外仙姝，也不再是宝玉心心念念的林妹妹。

年岁渐长之后，我开始把目光关注到更多的人物身上，逐渐理解了曹公的意图：他是用毕生呕心沥血之笔，为曾经相伴过的那些闺阁中的知己立传，他所怜惜的，是一切美好的女儿，而不仅限于钗黛的“双峰对峙，二水分流”。

所以，二十几岁的我，这样写《红楼》：

一部中华文明史几乎都是男人的历史，女人无论多么优秀，都只不过成为男人的附庸，女人若想在史书上留下点儿痕迹，似乎只有沾夫君的光了——嫁一个有出息的丈夫，最好能皇榜高中，封妻荫子，作为他的夫人，便可能在史书中被写上一笔“某某氏”，或者加上几个诸如贤良淑德之类的溢美之词供后人瞻仰。

正史中是这样的，谈到男人的功业总是滔滔不绝，而对太出色的女人，却往往讳莫如深。文学作品中又何尝不是如此——才子佳人也好，名士风流也好，女人，似乎永远都只能成为男人的战利品——正如读书人常常自我安慰的“书中自有黄金屋，书中自有颜如玉”，同为人类却如此被“器物化”，想来不由让人心寒。

抑或偶尔出现一两个率性的女人，做出一些让男人始料不及的事情，比如木兰从军，比如红拂夜奔，终究只是上不得台面的“野史”或者“传说”。

这样看来，《红楼梦》便显得尤为难得。难得之处便在于曹雪芹常常可以以一个近乎女性的视角来描摹女子的心理，而即使偶尔显露出他身为男人的本色，他对于女性，也是怀着一种尊重和怜惜的。

而当我年岁渐长后，一次次翻阅《红楼》之时，渐渐地读懂了里面的人情冷暖、世态炎凉，看懂了小人物为生机谋划的庸庸碌碌，大人物面对大势已去的无力回天；也仿佛比以往任何时候，都更感念人与人之间的温存，更加热爱眼前的美好与繁华。

《红楼》已经成为我人生哲学中重要的一部分，成为我精神世界的某种“底色”：

比如，在某个飘着鹅毛大雪的日子，与朋友相约一家颇有古风的素菜馆，那一瞬间我脑海里呈现出的，是“琉璃世界白雪红梅”的诗意和美好，那一张张鲜活的青春面庞，仿佛就在眼前。

比如，为人母的我，偶尔会在某些瞬间想跟外人显摆一下儿子在钢琴和学业上的进步，抑或是板起脸来做一个严肃而说教的家长时，经常忍不住自嘲是“政老爷附体”。

比如，遇到身处穷困之中，以卑微之态求助的人，我总会想起刘姥姥，想起她和凤姐、巧姐之间的善缘善果，因而对这些挣扎在物质贫困线却不放弃自我的人心存悲悯。

再比如，在职场中遇到的一些人，他们初出茅庐时常常义正词严不惧权威，过几年再见却变得唯唯诺诺面目全非，我常常在想，他是否也如贾雨村那样，在几起几落中无奈地交了“护官符”？

……

每当有这种时刻，我常常想，曹公，倘若他的目光可以穿透这几百年的岁月，他一定是会心一笑的吧？

他见证过笏板满床，也见证过陋室空堂，然而哪怕沦落到最为不堪的境地，他的笔下仍然繁花似锦，他写起往事仍然情深义重。

他经历过繁华地、富贵乡，也经历过“树倒猢狲散”的世态炎凉，但是仍对世间的美好有着最大程度的怜爱与慈悲。

——他比谁都清醒，他比谁都更热爱。

世间写字的人何其多，只有他，最配得上这无数的手不释卷。

从《红楼梦》看原生家庭和亲子关系

少年时读《红楼梦》，看到的都是缠绵悱恻的爱情与不可言说的情事。

如今为人父母后，则会看到一些与以往不同的视角，比如说，原生家庭和亲子关系。

贾府上上下下几百口人，是个当之无愧的大家庭，这样的大家庭在现代社会已经很罕见，里面的很多关系对于现代人来说也显得比较陌生，但是，贾府虽大，却是由一个个小的单元组成的，这一个个小的家庭单元，构成了书里这些少男少女们的原生家庭。

贾宝玉：中国式严父慈母的样本

《红楼梦》虽是第三人称叙事，但普遍的观点都认为它其实是曹雪芹根据自己的亲身经历写成的。因此，作为读者的我们，是跟着作者的“代言人”——女娲补天时留下的那块顽石在人间走了这一遭。书中说，这块顽石羡慕人间的繁华，跟随神瑛侍者投胎到人间。

在外人看来，神瑛侍者也就是贾宝玉的出生简直是带着外挂来的——别人顶多出生时含个“金汤匙”，他倒好，一落地直接含着一块玉，外带超五星豪华亲友团：爹是四大家族之首的贾家第三代，皇帝亲自封的工部员外郎，妈是四大家族里金陵王家的嫡小姐，上面有一哥一姐，姐姐从小待他如己出，如今入宫当了皇帝的宠妃，而哥哥英年早逝，更加剧了他的“稀缺性”，这样的出身，无怪乎上至祖母史太君，下至贾府的丫鬟奶妈，无不把他当作珍宝，所谓含在嘴里怕化了，捧在手里怕摔了。

出生自带万千宠爱的同时，也意味着要承载全家特别是父母的期待。贾政和王夫人，这对典型的中国式严父+慈母组合的父母，在宝玉身上倾注了全部的希望，甚至将家族的命运寄托在宝玉身上，希望他能够用功读书，走经世致用的路子，给自己挣个前程，也给贾家增加官场上的筹码。

宝玉的父亲贾政是一个典型的中国旧式文人，也是一个典型的中国式父亲。这类父亲的最大特点是不会轻易表现出温情：外人眼里的贾政是一个温文尔雅的谦谦君子，但他一到儿子面前就板起一副要训人的面孔，还信奉“棍棒底下出孝子”的哲学，打儿子打得把贾府上上下下都惊动了。

你说他不爱宝玉么？我认为，贾政对宝玉称得上是爱之深、责之切。但是他所受的教育不允许他表现出温情的一面，否则就是儿女情长，不思进取。对孩子如此，对妻子亦是如此，整部书中，我们看到他和王夫人之间的对话，更像是两个同僚坐在一起议事，毫无夫妻之间的亲昵和温情。连元春省亲的那一回，孩子在上面都哭成那样了，他虽然含着眼泪，也只能说出那些冠冕堂皇、迂腐拗口的辞令。

贾政式父亲的另外一个特点，是从来不表扬孩子。仿佛越贬损孩子，越能激励孩子奋发。“大观园试才题对额”那一回，他明明是怀着在众人面前显摆一下的目的让宝玉来露两手，而且宝玉也确实表现不错，但当着众清客的面，他尽管心里无比嘚瑟，表面却是横眉冷对，一会儿“怒斥”、一会儿骂他是个“无知的畜生”，最终，还把儿子的才华说成是歪门邪道、上不得台面的奇技淫巧。

有这样的父亲，我要是宝玉，我见到他，怕是也只想远远溜走，而为人父的言传身教，又该从何谈起呢?

说到宝玉的母亲王夫人，我简直想单独写一篇文章，来吐槽她的愚蠢、无知和可悲。她表面看上去是个菩萨心肠的慈母，动不动就搂着宝玉百般摩挲疼爱，但内心深处，她其实是一个惧怕孩子长大、不肯直面子女青春期的母亲。她担心宝玉学坏，怕他被丫鬟勾引，为此不惜逼死了金钏、抄检了大观园、赶走了晴雯，亲手终结了宝玉在大观园拥有的青春岁月，她看似取得了胜利，而实质上，却造成了宝玉和她之间无法逾越的隔阂，最终将儿子推得更远。

说到底，这对严父慈母在乎的，是这个儿子是否能够通过“仕途经济”来为贾家续命，他们从未走进、甚至都从未想过要走进儿子的内心世界。这样的一个原生家庭中成长的宝玉，注定是孤独的。

以现代人的眼光来看，宝玉悲天悯人、内心充满诗意，有着现代所推崇的人文关怀精神，他虽然不爱圣贤文章，却不失为一个才华横溢的文艺少年。但在当时的主流价值体系里，他却只能是一个“无事忙”，在他的父母面前，他只能是一个“于家于国无望”的不肖子孙。所以，即使贾府最终没有败落，宝玉应该也很难成为父母心目中的样子，而只会与父母和家族的期待背道而驰，与仕途经济的宏伟蓝图渐行渐远。

这也许是许多中国式严父慈母所共有的困惑：为什么我讲了那么多大道理，却仍然不能让我的孩子（以我想要的方式）过好这一生？

（PS：关于宝玉的结局，我一直不赞同高鹗续书里面宝玉走上科举道路后选择出家的“折中处理”，我相信，真实的结局一定是“白茫茫大地真干净”的，一定比高鹗的结局更残忍，也更让世人警醒。）

宁荣二府：更加不堪的原生家庭

虽然宝玉的原生家庭并不完美，但是在贾家，已经算是极其靠谱的了。不信，你看看贾府的其他为人父母者：贾敬是完全不管儿子，自己只顾去修道，他儿子贾珍也果然印证了“养不教父之过”这句话，自己天天花天酒地，吃喝嫖赌不说，还和儿媳通奸，和小姨子乱搞，更要命的是他还带着儿子、侄子一起胡闹，把宁国府弄得“只剩下两个石狮子是干净的”。

贾赦呢，更不用提，成天左一个小老婆右一个小老婆，为了几把破扇子把人坑得家破人亡，连亲儿子都看不下去了。至于女儿迎春，先是不闻不问，到后来还为了五千两银子把亲闺女卖给了中山狼孙绍祖。

说起来，大家庭里的亲子关系，可能反倒不如小家庭来的温暖熨帖。大家庭里的亲子关系，有时候更像上下级——走得近不近全看长辈的心情及晚辈的资质，倘若长辈喜欢含饴弄孙，晚辈又是个聪明漂亮可人疼的，才能有比较良好的互动。不然的话，很多是管生不管养的，反正有奶妈、婆子、丫鬟照顾着，衣来伸手饭来张口的情况下，多少公子小姐就这样自顾自地长大了呢？

那么，《红楼梦》里面有没有比较理想的原生家庭和比较良好的亲子关系呢？放眼全书，我们可以看到，是有的，只是不在宁荣二府。

林如海和贾敏：一生一世一双人

黛玉的原生家庭，虽然只能从前几章的背景介绍和后面的零星描述里得到一个大概的印象，但饶是如此，仍然可以看出，这是一个非常理想的家庭状态。理想到让我觉得，这完全是曹公根据自己的喜好为黛玉设定的，因为深爱，所以为她安排了一对堪称完美的父母：贾敏是贾母最疼爱的小女儿，借用王夫人的话来说，“未出阁时，是何等的娇生惯养，是何等的金尊玉贵，那才像个千金小姐的体统”。而这样的掌上明珠，父母在为她选择夫婿时，没有选择与三大家族联姻，而是选择了既是世袭贵族、又考中了探花、还当着巡盐御史的林如海，可谓集家世、才学、实权于一身的超级男神，更难得的是，这男神还是个有情有义的暖男，在贾敏死后，如海便不再续弦，这般“曾经沧海难为水”的深情，在当时的社会背景下实属难能可贵。

林如海和贾敏组成的家庭，按照现在的说法，应该是既衣食无忧，又有诗歌和远方的那一种。

生在一个这样的家庭里，无怪乎黛玉能接受那么好的启蒙教育，并长成这样诗意的少女：聪明、敏捷、狡黠、柔软、至真至诚。她会为落花感伤祭奠，她关心燕子是否归巢，她在乎的是“我的心”。

——也只有这样的黛玉能够成为宝玉的灵魂知己。

遗憾的是，贾敏和林如海都太早亡，未能看到自己的女儿长大成人，未能护佑女儿一生周全。在他们死后，一对璧人视若珍宝的掌上明珠，最终还是躲不过薄命司的宿命，想来便很心疼。

薛宝琴：行万里路的闺阁少女

薛宝琴的原生家庭，应该说也是十分理想的。

在《红楼梦》中，宝琴是比较完美的一个形象，长得美，又有见识，一出场就获得了所有人的喜爱。与姐姐宝钗的藏愚守拙不同，她的性格比较开朗明媚，想来，是成长环境的宽松带给她一种由内而外的自信。

在那个年代，大家闺秀基本上是大门不出二门不迈的，而宝琴的父亲却愿意把女儿带在身边，带她去游历四方，增长见识，实属难得。按照书里的说法，“她父亲是好乐的，各处因有买卖，带着家眷，这一省逛一年，明年又往那一省逛半年，所以天下十停走了有五六停了。”也因这样的经历，宝琴身上有了不同其他女孩子的气质。她写出的怀古诗，也有一种大观园里的女孩所不能具备的历史感和空间感。这，大概就是“行万里路”对一个人的裨益。

宝琴的经历让我想起另一个女孩子，那个“一身诗意千寻瀑”的民国传奇女子林徽因。林徽因自幼深得父亲的重视，带她游历四方，增长见识，让这个女孩具备了不同于同时代女子的胸怀与气度，也让她可以在其后的人生道路上游刃有余，在选择自己的事业、生活与人生伴侣时，都可以遵从自己的内心。

薛宝琴的结局书中未曾交代，很多学者根据第五回中十二钗的判词没有写到她来推测，她可能是红楼梦的女子中归宿较好的一个，因此并没有上“薄命司”的名册。这种说法我并不敢确定，因为在四大家族均陷入败落之后，人人皆如草芥，这样一个女子，倘若能得到命运的特别豁免，也是一件概率极小的事情。但无论如何，我相信她的原生家庭带给她的精神底色是明亮而健康的，就像林徽因其后的人生，虽然也被历史的洪流卷入，有过煎熬和不堪的时刻，但在命运的裹挟之中，那些曾经的美好，仍然可以滋养她的心灵。

这大概才是真正意义上的富养，是为人父母者能够给予子女的最好的人生馈赠吧。

假如木石前盟可以终成眷属

有情人终成眷属，大概是这个世界上最美好的祝愿之一。然而，现实远非那么尽如人意，这世界上有太多相爱却不能终成眷属的苦命鸳鸯，也从来不缺终成眷属后却相看两厌的怨偶。

前者可能会成为文学作品里不朽的爱情，而后者，则是一地鸡毛的人生。

木石前盟之所以动人，大概也是因为在最深爱时戛然而止，留在记忆里的，全都是美好的片段。

我们今天来试着想象一下，如果贾家不败落，如果林黛玉和贾宝玉真的结婚了，会是什么样子？

黛玉当不好“宝二奶奶”吗？

林黛玉给大家留下的印象是不食人间烟火的神仙妹妹，所以普遍的观点是认为她不如宝钗来的宜室宜家，更不如王熙凤来的果敢决断，怕是难以胜任“宝二奶奶”的重任。其实，只要细细读前八十回，就会发现，“世外仙姝”林黛玉其实未必不能成为一个合格的“宝二奶奶”。

在贾府这样的家庭里当媳妇，首先得会持家。如果细读过前八十回就可以发现，林黛玉是个深藏不露的持家好手。最明显的例子，书里第六十二回，宝玉闲聊时夸赞探春兴利除弊的才能。黛玉道：“要这样才好，咱们家里也太花费了。我虽不管事，心里每常闲了，替你们一算计，出的多进的少，如今若不省俭，必致后手不接。”宝玉笑道：“凭他怎么后手不接，也短不了咱们两个人的。”

这里就能看得出：“不管事”的林妹妹，心里那本账是很清楚的；而且她是“每常闲了”就会去观察这些，说明从小在大家族耳濡目染，又是巡盐御史家小姐的她，其实是很有经济头脑的。反倒是未来的贾府接班人贾宝玉，这里的表现颇为没心没肺，很有“今朝有酒今朝醉”的纨绔子弟做派，和贾琏的“我只要有酒吃有戏看就成”是一个路数。

有关黛玉持家能力的描述，书中不止这一处，王熙凤在休病假时，曾对家里的兄弟姐妹有一番考量：宝玉不中用，迎春更不中用，惜春太小，贾兰更小，贾环是个“燎了毛的小冻猫子”。说到黛玉和宝钗时，她的原话是：“林丫头和宝姑娘她两个倒好，偏又都是亲戚，又不好管咱家务事。”你看，在这里，钗黛不能管事不是能力问题，而是身份问题，而且她俩的能力是相提并论的，说明在管家能力这一点上，凤姐眼里的钗黛并没有明显的高下区别。

话说回来，持家，只是当好“宝二奶奶”的硬件条件之一。要成为一个好妻子、好母亲，更多的是靠软实力。在这里，我们不妨畅想一下，黛玉会是个怎样的妻子和母亲：

她应该会是个很讲究生活情趣的女主人。从她住处的陈设、她的衣着打扮都可以看出，黛玉的审美和品味都是很好的。比起宝钗的“雪洞一般”的闺房陈设、半新不旧的衣着，近乎“断舍离”的简朴，黛玉显得更加热爱生活。单看第二十七回她出门之前交代紫鹃：“你把屋子收拾了，撂下一扇纱屉，看那大燕子回来，把帘子放下来，拿狮子倚住，烧了香，就把炉罩上。”有着这样精致、温馨的日常，想必会是一个把日子过得诗意盎然的女主人。

她应该还会是个很好的母亲，最起码在孩子的教育上不会差。她自己饱读诗书不说，教人也很有一套，从她热心教香菱学诗就能看出来，她有耐心，方法也很得当，既循循善诱又润物无声，而且成效显著，比她二舅父贾政的棍棒教育效果好多了。

我想，这样的一个女子，倘若身体好一些，活得再久一些，无论当不当“宝二奶奶”，我都相信她会有很精彩的人生。

所以，毛主席他老人家说过的：“身体是革命的本钱”，真真是诚不我欺。

宝玉还会是“无事忙”吗？

曹公笔下的宝玉，有他自己的影子：他出身名门，自幼过着衣食无忧的生活，但他对生活的追求远远不在物质上，他向往自由自在的生活，其兴趣、志向与当时社会所推崇的“升官发财，封妻荫子”的主流价值观格格不入，书里面说他是“无事忙”，而用现代人的眼光来看，他其实是个悲天悯人的文艺青年，一个有着高度人文关怀、脱离了“低级趣味”的人。

在《红楼梦》开篇，作者借用贾雨村之口，对宝玉做了这样的定性：

若生于公侯富贵之家，则为情痴情种；若生于诗书清贫之族，则为逸士高人；纵再偶生于薄祚寒门，断不能为走卒健仆，甘遭庸人驱制驾驭，必为奇优名倡。

古往今来，其实世间不乏像宝玉这样的男子，远的如陶渊明，近的如纳兰容若，外国的如释迦牟尼。这三个人的不同结局，其实也代表了宝玉未来的三种可能：做一个快乐的隐士，做一个不快乐的官员，或者彻底看破俗世的快乐与不快乐，遁入空门。

那么，假如贾家不遭遇其后的败落，宝玉与黛玉可以结为夫妻，贾宝玉的人生走向，会更接近哪一种呢？

我想，与所爱之人在一起的宝玉，应该不太会看破红尘，真如他经常挂在嘴边说的那样“出家当和尚去”。

他大概会是介于第一种和第二种之间的状态，既出世、又入世。出世，是因为他天性如此，而黛玉又不会像其他人那样，催促他走仕途经济的道路，所以，他们大概会做一对“大隐隐于市”的夫妇，仰仗着祖上的家业，过着风花雪月的生活，因为两个人都不是太热衷功名利禄的性格，所以，应该很难让贾家再现“鲜花着锦、烈火烹油”的繁华；而入世，则是因为放眼贾府，在贾珠去世之后，他几乎是唯一的男性继承人（当然下一代还有贾兰，但从书里看显然他被寄予厚望），所以，也许长大成人、懂得承担责任的宝玉，还是会去做一个官。这又有了两种可能：或是在官场中逐渐迷失自我，如贾雨村之流；或是在官场的纷扰中保持自己的一片高洁，就像黛玉的父亲林如海那样。——如此看来，“超级男神”林如海的身上，寄托的大概是曹公内心深处的某种理想状态，给黛玉安排这样的一个父亲，也应该是对她的厚爱吧。

他们俩还会经常吵架吗？

在曹公的笔下，我们经常能看到宝黛在吵架，不是宝玉发脾气摔玉，就是黛玉耍小性子哭哭啼啼，连坚定的木石前盟支持者贾母，都说“两个玉儿可恶”“不是冤家不聚头”，各种影视作品也比较充分地表现了这一点。

这也给很多只看电视剧的大众留下一个印象：黛玉是个爱哭爱闹、不好伺候的女朋友，谈恋爱的时候哄哄也就罢了，这要结婚了，哪经得住啊。

其实，仔细看书就会发现，黛玉可不仅仅爱哭，她也爱笑，也爱讲笑话，前八十回里的段子手，除了凤姐就是这个颦丫头；并且，在前八十回中，黛玉的性格是发生过几次变化的。最初进贾府时，她处处留心、谨小慎微，“不敢多行一步路、不敢多说一句话”；到后来年岁渐长，她与宝玉渐生情愫，特别是“疑似情敌”薛宝钗出现之后，她开始经常猜疑、使小性子，甚至有时候会有点儿无理取闹；但是，在她听到宝玉视她为知己之后，在宝玉逐渐悟出了“一人只得一份眼泪”之后，她渐渐认定了他的心，从此以后，再也没有看到黛玉的小性、怄气，她与宝钗也不再彼此对立，而是“金兰契互剖金兰语”，成为心心相印的姐妹。

到这里我们才恍然大悟：原来，她的那些小情绪，只不过是恋爱中女孩子的正常反应啊，她无法确定对方的心意时，会变得敏感、玻璃心，而当这段关系稳定下来，她的内心笃定，不再猜疑，这时候双方得到的都是正面的回馈和滋养。

所以，如果宝黛真的结婚了，还会不会吵架呢？我想，如果真过起日子来，柴米油盐的日常里，小的磕磕碰碰肯定会有。但由于三观基本一致，应该不至于有大的矛盾和纷争。毕竟，连黛玉葬花这种行为艺术，宝玉都能感同身受，“恸倒在地”，他们的灵魂质地是何其相似，一个眼神、一个手势便能了解彼此的心意，是真正意义上的知己。

与知己在一起过日子，别的不说，沟通成本肯定是比较低的，纵使吵架，应该也比三观不合、不在一个频道上说话，要好得多吧?

他们的生活会是什么样?

抛却高鹗续书中过于戏剧化的“调包计”，单纯按照判词里的说法推测，宝玉与宝钗有过一段婚姻生活，而宝黛的“木石前盟”却并未修成正果。

宝玉和宝钗的婚姻生活，应该是一段看似举案齐眉、实则貌合神离的关系——这并不令人意外，原本就是完全背道而驰的两个人，即使最终因着命运的安排走到一起，也只能是“意难平”。

那么，如果命运眷顾，宝玉和黛玉真的成了夫妻，他们的生活会是什么样的呢?

在我的想象里，可能会很像李清照与赵明诚。在媒妁之言盛行的年代，李清照和赵明诚的结合，称得上“四角俱全”——家世相衬、年貌相当、志趣相投，是一段不可多得的佳话。关于他们的婚姻生活，有这样一个小故事流传：

> 中秋佳节，赵明诚的好友陆德夫等人来访。陆德夫向李清照施过礼后，转身笑问赵明诚：“赵兄，近日又有几首佳作，能否拿出与大家共享?”赵明诚将十几篇近作递给好友们，大家一起吟咏品味。忽然，只听陆德夫拍案叫

道："好一首《醉花阴》，真可谓千古绝唱。"众人也都齐声叫好，纷纷评论说："果然是上乘之作，特别是'莫道不消魂，帘卷西风，人比黄花瘦'三句更是绝妙之极。"赵明诚又是高兴，又是惭愧，只好承认这一阕实为夫人所作。

这样的轶事，是不是像极了省亲之夜，黛玉给宝玉做枪手写诗的情景？我想，假如宝黛真的可以有一段婚姻的话，他们的日常，应该有很多这样的时刻。

他们也可能会类似纳兰容若与卢氏。

纳兰容若和曹公、宝玉一样，出生于钟鸣鼎食之家，却有一颗"诗和远方"的心。因为纳兰和曹家在现实中还有一些交集，红学界有种观点认为，曹公在创造宝玉这个角色时是以纳兰容若为原型的。在这里，尚且不去考证这个说法有没有道理，只想从容若的爱情中，些许窥到宝黛那些未曾到达过的未来。

卢氏十八岁嫁入纳兰府，成为容若的结发妻，虽然纳兰此前还有一段和表妹的初恋（和宝黛类似，这也是很多人认为宝玉原型是容若的重要依据），但卢氏饱读诗书，与容若三观契合，因此在婚后不仅成为他生活中的伴侣，更成为他精神上的知己。

容若为人清高，在充满浊臭之气的官场，他显得遗世独立、桀骜不驯。也因此，那些"绣榻闲时，并吹红雨，雕阑曲处，同倚斜阳"的温存时光，便成为一个最好的避风港。

只可惜，他们相伴的时间也不长，卢氏于婚后三年分娩时难产而亡。属于他们夫妻的平静生活戛然而止，从此，容若在此后所做的诗词大半皆是悼亡之音，用他最热爱的文字去记录他们曾经有过的那段赌书泼茶、红袖添香的温婉时光：

谁念西风独自凉，萧萧黄叶闭疏窗，沉思往事立残阳。

被酒莫惊春睡重，赌书消得泼茶香，当时只道是寻常。

时光最是无情。在不舍的昼夜里，多少相爱如李清照与赵明诚、容若与卢氏的人，在命运的无情裹挟中兜兜转转，有的成了朱砂痣，有的成了蚊子血。说到底，宝黛终成眷属，也只是像我这样的后世读者一厢情愿的想象，曹公他老人家从一开始就为我们预先揭示了“白茫茫大地真干净”的结局。在八十回后，林妹妹香消玉殒、贾家大厦忽倾，大观园中的春花秋月烟消云散。在结局里，贾宝玉是遁入空门，还是死于无常，抑或像曹公那样以泣血之笔著书悼念，其实已不再重要。

——明知最后所有的一切都将归于虚无，却仍愿以毕生深情投入这样一场梦境，这就是《红楼梦》的魅力，也正是人生和爱情的终极奥义。

这是一篇写在情人节的文章，这个日子，本该写得更加温情一些，但《红楼梦》就是这样一部“华林之中遍布悲凉之雾”的书，脑洞开大怕写成了恶俗的《红楼圆梦》，也落入了曹公最鄙视的“才子佳人”俗套了，所以，到此收尾吧，虽然文学作品里多的是相爱却不能在一起的怨偶，但真实的人生里，愿你我都拥有俗世最简单和温暖的爱情。

《红楼梦》读不下去？告诉你正确的打开方式

前些天在网上看到一个榜单："死活读不下去的十本书"，《红楼梦》居然荣幸地排在了第一位，我赶紧看看其他九位都是什么书，一看不要紧，那本超级意识流的《尤利西斯》居然只排在第十位，而《西游记》和《水浒传》也很荣幸榜上有名。

我于是随便去问了几个朋友他们读《红楼梦》的感受，一个朋友说，确实感觉读不下去，因为文字半文不白，还夹杂很多古诗词；还有另一个朋友说，别拿那个榜单当真，很多去投票的人，说不定只知道这十本书。不信你去微博上搜搜"一生必读的十本书"，上榜的可能还是这十本。

也难怪，"四大名著"的名头连小学生都知道，但真正全本通读过的人不过寥寥，大部分人的印象都来自于影视作品。更何况，这几部书都成书于明清时期，当时的遣词造句习惯和现代人不符，难免有些地方会觉得拗口。这其中，《红楼梦》又和其他三部不同，《水浒传》《三国演义》和《西游记》都是根据当时说书人口口相传积攒下来的素材，脱胎于口语，故事的情节跌宕起伏，更满足读者的猎奇心理。而《红楼梦》与其他三部相比，虽然文笔极致华美精细，但更多的是事无巨细的生活场景叙事，加之其中夹杂了很多诗词，埋伏了太多隐喻和伏笔，难免让很多人望而生畏。

然而，作为一个虽然谈不上“专业”，却也把前八十回读了几十遍的铁粉，我始终觉得，这是一本可以有着不同读法的书，一部可以伴随成长的书，不如这里姑且建议几条关于这本书的“打开方式”。

（以下所说的《红楼梦》，如无特别说明，一般指代通行本中的前八十回。至于后四十回，很抱歉，我也读不进去，就像张爱玲说的那样，从《占旺相四美钓游鱼》开始，天日无光、百般无味。所以，后四十回我在读过一次完整版之后就再也没有翻开过。）

如果你只想好好看个故事

作为一部小说本身，《红楼梦》是个好看的故事，里面有无数现代电视剧所热衷的元素：大到宫廷斗争、家族兴衰，小到婆媳妯娌关系，高雅如作诗联句，狗血如恶斗小三，简直是无所不包。但是，由于这个故事里人物太多，人物关系复杂，加之作者又用了很多春秋笔法，“将真事隐去”，所以看起来难免头疼。在这里，我教大家几个偷懒的方法：

1. 初读《红楼梦》时，第一回可以略着读，第五回可以先不读。待到前八十回读完，对主要人物的性格和关系有了印象，此时一定要将第一回和第五回再细细读一遍，可以非常神奇地具备某种“上帝视角”，也会对人物命运走向产生自己的理解，再读续书时，便不易被带着走。

2. 凡是遇到“甄宝玉”和“甄家”的地方，都当成是贾宝玉、贾家理解就可以了。如胡适先生所说，《红楼梦》是一部隐去真事的自叙，里面的甄、贾两宝玉，都是曹雪芹自己的化身。由于当时特殊的政治背景，文字狱的广泛存在，《红楼梦》得以存世已属不易，真假宝玉的设置，更多地是为了掩人耳目。所以，如果真真假假让人混乱的话，不如就将真假合一就可以了。

3. 诗词、谜语、戏文等隐含的谶语、人物名字的谐音和隐喻都可以先不管，当成普通名字、普通诗歌来读，待到读第二遍或者第N遍了再去思考其中的深意。

有了这几个小提示，我想，这本书至少应该不会比其他三大名著更难读。

如果你希望体味文字之美

《红楼梦》在古典文学作品里，属于文字水平极高的一部，里面不但有大量的诗词歌赋，就连平常的景物描写，用词也极为精美。所以，如果你是诗词和文学爱好者，一定会喜欢上这部作品。

平心而论，《红楼梦》里面的诗词，就整体水平而言，比诗词鼎盛时期的唐宋还是有一定差距的，这里面体现的首先是作者曹雪芹作为一个清朝时期的文人，与盛唐时期的差距；另外一点则是因为小说里的诗词的水平迁就人物本身的水平，曹公的高明之处在于，书中每一个人物拟出的诗词，每句都与人物性格高度相符，与当时的主题高度吻合，并且还暗含人物命运的暗示，在这种“命题作文”的前提下能达到这样的效果，我相信曹公本人在诗词方面的造诣要远高于书中的水平。

所以，如果是诗词爱好者的话，强烈建议在通读全书之后，对如下的章回进行精读：

第十七回　大观园试才题封额，荣国府归省庆元宵
第十八回　皇恩重元妃省父母，天伦乐宝玉呈才藻
第二十七回　滴翠亭杨妃戏彩蝶，埋香冢飞燕泣残红
第三十七回　秋爽斋偶结海棠社，蘅芜苑夜拟菊花题
第三十八回　林潇湘魁夺菊花诗，薛蘅芜讽和螃蟹咏
第五十回　芦雪庵争联即景诗，暖香坞雅制春灯谜
第五十一回　薛小妹新编怀古诗，胡庸医乱用虎狼药
第七十回　林黛玉重建桃花社，史湘云偶填柳絮词
第七十五回　开夜宴异兆发悲音，赏中秋新词得佳谶
第七十六回　凸碧堂品笛感凄清，凹晶馆联诗悲寂寞
第七十八回　老学士闲征姽婳词，痴公子杜撰芙蓉诔

这些章节是诗词比较集中、也比较精彩的地方。除此之外，第四十八回《慕雅女雅集苦吟诗》中，香菱拜林黛玉为师学习吟诗作对的那一段里面，林黛玉对于品诗、作诗的一番言论，堪称一堂生动的诗词教育课，也在一定程度上代表了曹公的诗歌观、创作观，值得每个爱诗之人品读。

如果你想深入了解时代图景

《红楼梦》对于我们一个难得的好处，是完整地描述了当时上

流社会的生活方式，而且这种描述并非来自想象，而是作者的亲历。正因为是亲历，所以作者的笔下有无数的细节信手拈来，一举一动都活灵活现。这样的笔触，续书未能学到，现代人更无法习得。举个例子，最近几年大热的《甄嬛传》里面，虽然有很多服饰和器具的描写借鉴了《红楼梦》，但是那些描写一看就是现代人的“脑补”，恐怕连东施效颦都谈不上。

如果想通过《红楼梦》去了解那个时代的生活图景的话，先从影视作品入手是一个不错的方式，影视作品在直观性和视觉冲击力上比文字有优势。说到这儿，我要赞美一下87版的《红楼梦》电视剧。在当时简陋的条件，有限的经费的制约下，已经将书中的场景和人物的装束尽量地进行了还原，很多道具的布置都十分忠于原著。而相较之下，新版红楼拍摄时的物质条件、剧组资源都已经极大丰富，但是拍出来的却是一部堪称“辣眼睛”的作品。

但是，虽然87版《红楼梦》电视剧已经是当时条件下能做到的比较高的水平，也不能说是没有遗憾的。最大的遗憾，我觉得是把红楼的故事拍得太“小”了——87版电视剧的故事脉络基本上围绕着宝黛钗三人之间的感情纠葛，很多书中精彩的大场面、性格丰富的配角都没有拍出来。

在曹公的原著中，除了宁荣二府的日常生活描述之外，笔触还扩展到了当时社会的许多方面，有宫廷、有乡野、有学堂……如果深入读进去的话，你就会发现，每个人说的话、每个人的动作和表现，都恰好符合他的身份和角色，汇总起来，就是一部完整的旧时生活画卷。

所以，有条件的话，还是去细细地读原著吧，对服饰感兴趣的可以细细地读那些公子、小姐们穿的衣服，对节庆感兴趣的可以去看大观园里过的一个又一个节日，对吃的感兴趣的可以去考据一下“红楼美食”的做法，对桌游有研究的甚至可以根据书中的描述将“三宣牙牌令”和“占花签”这些高雅有趣的游戏进行还原……

如果对红学和探佚感兴趣

众所周知，《红楼梦》是一部残书，大家公认的是目前存世作品里面只有前八十回是曹雪芹原作，而市面通行的版本里面，后四十回应为高鹗和程伟元所作。所以，对于喜欢《红楼梦》而又觉得后四十回不尽如人意的读者来说，探佚、索隐、破解草蛇灰线中的秘密，寻找“假语存”背后的“真事”，就成了很多《红楼梦》爱好者的乐趣之一。如果你也有这样的兴趣，不妨在这里交流一些我个人比较推崇的《红楼梦》的拓展读物，和你共享。

1.《脂砚斋重评石头记》中的脂砚斋和畸笏叟的点评：这是我们能够找到的为数不多的除了正文之外可以作为佐证的宝贵材料，也是推测八十回后故事的主要素材，值得一提的是，87版的电视剧的结局处理上，很多是借鉴了脂评的，我个人觉得在艺术性上要好于高鹗的版本。

2. 胡适的《红楼梦考证》：算得上新红学的“开山之作”，胡适先生不但确凿考证出前八十回和后四十回不是一个人所作，而且还纠正了在此前红学界过于追求“索隐”“探秘”、越跑越偏的风气，让大家研究的对象回归到原著本身。

3. 张爱玲的《红楼梦魇》：张爱玲对《红楼梦》各个版本的考据、理解，是她自己认真研究和琢磨的结果，那句著名的“人生三恨为一恨鲥鱼多刺，二恨海棠无香，三恨红楼梦未完”便出于此。但是读这本书需要对《红楼梦》的版本有比较多的了解之后才可以读的下去，因为干货还是比较多的。

4. 鲁迅的两篇文章：《中国小说史略》之《清之人情小说》《中国小说的历史的变迁》第六讲“清小说之四派及其末流”。鲁迅先生虽然没有完整地出书论著，但其对《红楼梦》的评价——“悲凉之雾，遍被华林，然呼吸而领会者，独宝玉而已”几乎是后无来者的。

5. 蒋勋的《蒋勋说红楼梦》全系列：按照章节顺序，从青春小说、青春文学的角度详细解读了原著，我个人比较喜欢，因为有点儿像和一个喜欢聊红楼的老朋友聊天般娓娓道来。据说有一些史料上的错误，但是瑕不掩瑜。

6. 闫红的《误读红楼》和《十年心事梦中人》：算得上是我个人最喜欢的年轻一代作家的红学作品，闫红从现代女性的视角解读红楼，很符合70后和80后对于书中人物的认知。

除了上面推荐的这些书，关于《红楼梦》的周边作品还有很多，但是，作为一个尽量忠于原著的读者，我对于个别脑洞开得太大的红学家是比较抵触的，最典型的如刘心武的“秦学”，生生把《红楼梦》想象成了一部富有宫斗元素的悬疑小说，误导了许多不明真相的群众；另外，冒着对前辈大不敬的风险，我也要吐槽一下红学大师周汝昌先生，他老人家对湘云过于偏爱，所以部分文章中的脑洞也是开得有点太大，对宝钗和黛玉的评价也有失公允，当然，周老在湘云之外的其他观点还是很有可取之处的。

最后说一句，我说了这么多，如果你还是决定不读，或者还是读不下去，那也没有关系。因为每个人都有自己读不下去的书，而生活永远比小说更有趣。

从贾雨村到祁同伟：知识青年的堕落之路

最近《人民的名义》很火，火到不看就没法参与各种聚会的讨论，火到连保监会主席出事、白百何出轨等八卦在剧中能找到呼应，人人称其为神剧，于是，我也不可免俗地追着看了一部分。

刚开始看的时候有点儿费劲，主要原因是我这人严重脸盲，对政治又不敏感，那些老男人的官职、名字和脸让我记得很痛苦。不过开始看之后，很快便被剧情吸引住了，故事非常贴近现实，“老戏骨”们的演绎也颇为到位，让人大呼过瘾。当然，在大热的背后，这部剧也有一些很明显的缺陷——情节拖沓，有些角色的设置颇显多余，男主角侯亮平和其老婆的对手戏活脱脱就是民主生活会，让人分分钟出戏……所以，总体来说，这部剧确实不错，但也没好到需要无限拔高的程度。

不过，考虑到这部剧目前还没播完，不好对全剧妄下结论。今天这篇文章主要写一个最近争议比较大的人物——汉东省公安厅厅长祁同伟。

刚开始听说我喜欢的许亚军在里面扮演反面角色的时候，我颇为沮丧；网上对祁同伟的评论也是一边倒的厌恶——此人不但贪婪、短视、钻营、不择手段，要命的是还很愚蠢，简直无一处闪光。直到后来随着剧情的展开，他的往事一一展现，观众才发现这也曾经是一个有理想、有热血的清白少年，后来囿于现实，向权贵低了头……于是又纷纷同情他的遭遇。

很多人把他比作司汤达笔下的于连：出身卑贱、富有智慧和才华，却在当时的教会势力的胁迫、在个人野心的驱使下，成为一个虚伪而又不择手段的人。

其实，在《红楼梦》里，也有一个人物，和祁同伟、于连有相似的遭遇和选择，这个人就是贾雨村。

贾雨村vs.祁同伟

从出身角度看，贾雨村祖上虽是官宦人家，但到他这一代根基已尽、人口凋敝，只剩他一身一口，出场时潦倒不堪，要在庙里借住；祁同伟是个平民家庭出身的学生，和诸多改革开放以来的寒门学子一样，靠努力学习考上了汉东大学政法系。

从长相看，贾雨村生得“腰圆背厚、面阔口方，更兼剑眉星眼、直鼻权腮”，绝非“池中之物”；而祁同伟能让大十岁的梁璐倾心追求，相貌肯定差不了，电视剧中许亚军的扮相更是儒雅与英气兼备。

个人素质上看，贾雨村的学问让甄士隐、林如海、贾政纷纷另眼相看，还教得出林黛玉那样的学生，非庸庸碌碌之辈；而祁同伟在学校时就是学霸、学生会主席，是个“才貌兼备”的男青年，也是高育良的头号得意门生。

从上位的路径看，贾雨村出道先是中了进士，升了知府，但他出师不利，因为没学会官场的游戏规则，没几年就被革职了，再后来能东山再起主要依靠的是林如海的举荐，攀上了“同宗”的贾府；祁同伟的上位，则是依靠和高官之女梁璐的政治婚姻，总之，都是傍上了“大树”，从而进阶成为当权阶级。

从上位之后的表现看，他们俩也都有相似之处，贾雨村为了向四大家族示好，在判决薛蟠打死冯渊一案时徇私枉法，甚至明知自己的恩人甄士隐的女儿就是被拐卖的孤女，也不愿意出手相救，后面更是为了帮助贾赦搞到几把扇子就滥用权力；而祁同伟先是依靠岳父的势力，又成了老师高育良“汉大帮”的扛把子，后来为了能往上爬，不惜去赵立春祖坟上哭坟、去养老院锄地，还联合情妇高小琴捞钱、包庇犯罪的亲戚……这样一副嘴脸，真真是个无所不用其极的小人。

贾雨村的“护官符”和祁同伟的“下跪”

“护官符”一事，可以说是贾雨村仕途“开挂”的转折点。他受贾家恩泽，点了应天府，刚一复出，就赶上了薛蟠打死冯渊的案子。刚开始时，他听到原告诉冤，勃然大怒，就要发签拿人，后来被门子提醒，知晓了四大家族盘根错节的关系，知道了“护官符”，之后他顺水推舟，竟把恩人的女儿胡乱判给了薛蟠。随后他“急忙作书信二封，与贾政并京城节度使王子腾”，然后远远充发了“知道太多”的门子。

后来贾雨村逐渐淡出我们的视野，但从贾政、贾赦和他的交往来看，很长一段时间内，他的仕途应该说是十分得意的。只是，这仕途得意的代价，是他巴结权势、钻营算计、贪赃枉法，是所有初心被吞噬得毫厘不剩，用现在的话来说，他变成了自己曾经最讨厌的那种人。

再来看祁同伟。他毕业时，作为一个汉东大学的研究生，又是毕业生中的佼佼者，本应有很好的前途。但是，因为官二代梁璐的“一次权力小小的任性”，他被分配到山沟里，和自己的恋人陈阳天各一方。其后，为了立功，他自愿加入缉毒队，中了三颗子弹，想凭借“英雄”的身份调去北京。然而，用他的话来说，“英雄在权力面前，只是工具”，当他认清了这一点之后，他选择了在汉东大学的操场上，拿着玫瑰花向梁璐下跪。在下跪的那一瞬间，那个曾经有过理想的祁同伟，向官场交出了一张“护官符”。

如此看来，相隔了几百年的贾雨村和祁同伟，有着何其相似的人设。

然而，我甚至觉得，在某种程度上，贾雨村比祁同伟幸运，因为他先后遇到的两个贵人甄士隐、林如海，都是清风朗月般的君子，都赏识他的才华，对他的提携并未夹带额外的条件。然而，这两个清流一般的人物，毕竟不是当时官场的主流，最终，一个追随一僧一道而去，一个英年早逝。

而祁同伟在年少时，未必不曾遇到过像伯乐一般赏识他的老师、学长、领导。只是，他不巧成了官二代梁璐用来赌狠的工具，成了权力下的一颗可怜的棋子。

然而，我并不想把祁同伟后来做的那些恶，全部归结到梁璐身上。毕竟，他其后的行为——与人勾结合伙捞钱、放走贪官、暗算陈海、不惜一切代价打击异己……所有这些，已经是他在身居高位，获取食物链上游的话语权之后，所做出的选择。他的人生，在向上的欲望和对跌落的恐惧的双重作用下，已然走向失控。

身后有余忘缩手，眼前无路想回头

贾雨村的结局我们在前八十回里不曾看到，但曹公已在字里行间反复暗示过他没有太好的下场——“因嫌纱帽小，致使锁枷杠”“身后有余忘缩手，眼前无路想回头”；祁同伟的结果更是惨烈（饮弹自尽），不知道在他们生命的最后，是否闪现过当初的梦想，是否心疼过曾经那个以为靠自己，就可以让世界低头的少年。

我并不是在为贾雨村洗地，也并不会致力于为祁同伟开脱，毕竟，同样出身寒门，同样无依无靠，也不是每个人都走向堕落、走向腐败，甚至走向犯罪。

我想说的是：

如果不靠“认宗”“裙带”“帮派”，就注定只能成为官场边缘人；

如果人的命运仍然可以随意被“权力的任性”所玩弄于股掌；

如果“人民的名义”仍然只能靠刚正不阿的沙瑞金、陈岩石来力挽狂澜；

如果没有足够透明、公正、科学的体制，把“权力”很好地关进笼子；

那么，贾雨村、祁同伟，无数个类似的故事，将会换成甄雨村、侯同伟，不停地上演。

另外，我想，祁同伟这个角色塑造的成功之处，在于他揭了人性之复杂。相比之下，非黑即白的角色、脸谱化的伟光正，反倒会显得不真实，就像侯亮平高高在上地评判祁同伟时，会让我想起《了不起的盖茨比》中的一句话：

> "Whenever you feel like criticizing any one, just remember that all the people in this world haven't had the advantages that you've had."
>
> （当你批判别人时，请记得这世界上很多人，并不具备你那样优厚的条件。）

这些，也许是好的文学和影视作品，给我们留下的更有意义的思考。

红楼二尤&高氏姐妹：财富、权力、欲望浇灌的罪恶之花

接着说《人民的名义》，最近这部戏继续火，简直成为男女老少皆宜的流量担当。随着结局的临近，几位主要人物的结局也开始逐步清晰了。

毋庸置疑，这是一部男人戏，里面的主要故事情节都是围绕男人展开的，女人在里面的戏份比较少，人设大致包括三类：第一类是领导们的配偶，其中除了个把夫妻和睦的，如钟小艾，更多的是欧阳菁这种“悔教夫婿觅封侯”的；第二类是主角们的搭档，这一类女性往往因为职业关系而显得性别感模糊，如被称为“老姑娘”而反复被嘲笑的陆亦可；第三类女性角色则更值得玩味，她们是以高氏姐妹为代表的“红颜祸水”，剧中叫作“美女蛇”。

在剧中，高氏姐妹由胡静一人分饰两角，姐姐高小琴既是山水庄园的老板，又是公安厅长的情妇，她的性格有强势精明、八面玲

珑的一面，也有小鸟依人、柔情似水的一面；而妹妹高小凤，则是被专门培养用来腐蚀高官的一份特殊的“礼物”，通过精读了一本《万历十五年》，就拿下了教授出身、行事谨小慎微的高育良，让后者晚节不保，不仅与发妻离了婚，最后还落得一个阶下囚的命运。

这样一对妖艳的姐妹花，似乎注定与金钱、权力、欲望和犯罪联系在一起。

但反观她们的生平却发现，这原本是一对贫苦出身的渔家女，在他人的胁迫、欲望的驱使下走向这样一个万劫不复的命运，终究，也不过是两个薄命的女子。

在《红楼梦》里，也有一对这样的薄命姐妹，她们就是尤二姐和尤三姐。

尤二姐、尤三姐的故事：浪子回头，却成悲剧

尤氏姐妹的性格泾渭分明，姐姐温柔软弱，妹妹则刚烈倔强。

书里说，尤二姐长得很美，连老太太见面都夸奖她长得整齐；她的性格也很温柔，倘若成长在一个正常的家庭里，她本来可以平安地长大，嫁给一个安分守己的平民，做一个平凡的民妇。然而，在书里，她一出场就已经是个“失足妇女”，与贾珍父子都有着说不清的关系。

从后面的描述来看，这并非是她自己有意识的选择，而是年幼时犯下的过错。这其中，她母亲尤老娘没起到什么好作用。尤老娘自知自己和尤氏并无血缘，为了攀附贾珍，除了两个堪称尤物的女儿，实在没有别的资本。因此，在贾珍诱惑尤氏姐妹的时候，作为母亲的尤老娘，即使不是有心促成，也绝对是睁一只眼闭一只眼——这个当娘的，真玷污了“母亲”二字。

总之，尤二姐性格软弱，加上贪图富贵，很早便成了贾珍父子的玩物。长大成人之后，她希望脱离这种可耻的关系，却又无从摆脱。

贾琏的出现让她自以为抓到了救命稻草，她天真地以为自己真的能够洗清以往所有的污垢，假装没有过去。在贾琏背着凤姐偷娶她做二房之后，她安分守己，力图和过去一刀两断，一心一意做一个贞静的、贤惠的妾。

然而她高估了贾琏，却低估了对手——当心计、手段和狠心程度远远在她之上的王熙凤得知这一切的时候，二姐的命运便走向了万劫不复的境地。

尤二姐死前，妹妹托梦给她，说她是个“痴”人，尤二姐的一生堪当这个“痴”字。然而女子的“痴”是一把双刃剑，意味着惹人怜爱，也意味着没有自我保护能力；正如美丽这种天赋，也是一把双刃剑：没有足够的聪明、足够的坚强、足够的清醒，仅有惊人的美貌，对于女孩来说，是一种潜在而深刻的人生悲剧。

三姐在出场时的境况和她的姐姐相似。同样是在年幼无知的时候，不小心上了贾珍父子的贼船。然而，三姐和二姐不同，二姐是糊涂的而她是清醒的，正因清醒，所以越发痛苦。她不知如何摆脱，所以孤注一掷，索性撕破脸，“不是男人嫖了她，倒是她嫖了男人”。

那一段文字惊世骇俗，那一场闹剧里三姐性感而泼辣，然而，这泼辣的外表下，包裹的是深深的不安、惶恐和绝望——她打心眼里看不上贾珍父子，也恨极了那个曾经的自己。心高气傲的她，自然也看不上贾琏。对于姐姐这种偷摸给人当侧室的选择，她表示了深深的担忧。

她爱上了柳湘莲，这个充满侠气的男子，成为她渴望救她出泥潭的人。他是她唯一憧憬过的良人，给了她对于未来生活的无限可能。她对于嫁给他之后的生活，充满了温柔而热烈的想象。

然而他的反悔撕碎了她所有的梦。我们不能去苛责湘莲，事实上，他与三姐素昧平生，他没有义务充当这个救世主，在“猫儿狗儿都不干净”的宁国府面前，他的放弃只是一个正常男人再正常不过的选择。

然而，这放弃让三姐重新坠入深渊，刚烈如她，选择了最极端的方式结束了自己的生命。

那一瞬间湘莲痛哭、后悔不已，称她为“刚烈贤妻”，我想，这也算是三姐对自己的成全，只是这成全用鲜活的生命换来，着实有点儿过于沉重。

尤二姐和尤三姐在《红楼梦》中，可以称得上来去匆匆，六十三回正式出场，六十六回尤三姐死去，六十九回尤二姐死去。她俩的故事，似乎是为了告诉读者，世界上不是所有女孩都是含着金汤匙出生的大小姐，也不是所有女孩都可以有幸生活在大观园这样的伊甸园里。在大观园之外，有许多尤二姐、尤三姐这样的女子，她们出身卑贱，被人玩弄于掌股，她们在人生道路上亦步亦趋，一不留神便是万丈深渊。

这和高小琴和高小凤何其相似。这一对原本出身渔家的孪生姐妹，被人从渔村带出来，成为权力游戏中的两颗香艳棋子。

高氏姐妹：卿本佳人，奈何从贼

与尤氏姐妹的人设不同，在电视剧里，性格刚强坚毅的是姐姐高小琴。这个角色贯穿全剧，是穿针引线的关键人物。

剧情开始，呈现在我们面前的，是一个坐拥几十亿资产的美女商人，一个凭借美丽面孔和伶牙俐齿周旋在官场与商界的“阿庆嫂”，在一群男人中间，她红妆动人、长袖善舞。

随着剧情逐步深入，她与祁同伟之间的婚外恋情一一展现。虽是不伦之恋，却也看出这两个人因为类似的遭遇而产生的心心相印。他们都有被侮辱与被损害的过去，却因为“臭味相投”而彼此怜悯、彼此救赎。他们都不是好人，但对他来说，她是“唯一抵达灵魂深处的女人”，而她也会在他说出“抱歉，给不了你安定的生活”后，微笑说一句“我愿意”，那一刻，她眼里闪过的光，真实得让人动容。

抛开商人、情妇这些身份不谈，她还是为了保护妹妹免受蹂躏、护佑妹妹安稳生活的姐姐。因为有了这样的一个姐姐庇护，妹妹高小凤在剧中显得面目模糊，性格也纯真许多。她之所以可以“出淤泥而不染”，不过是因为她的姐姐挡在她的前面，为她搭建了一个小小的避风港。

然而，这个避风港本身便是飘摇而脆弱的，自从落入赵公子和杜伯仲手中的那一刻开始，她们早已不再属于自己，而被物化成权色交易、权钱交易的工具，在男性主导的权力和财富场中，她们只是玩物而已。

高小琴的名言是：“我们要是不成为别人的玩物，怎么有机会让别人成为我们的玩物呢。”

这句话里透着弱肉强食的邪恶，透着看破人生的无奈，也透着对命运的不甘和戏谑。

她说这句话时，许多人忍不住对这个角色产生了深深的同情。

同情并不代表原谅。毕竟，从法律和伦理角度，高小琴仍然是那个和赵瑞龙、祁同伟勾结起来合伙捞钱的奸商，是放走丁义珍、收留陈清泉嫖娼、合谋撞伤陈海、杀害刘庆祝的恶人；高小凤仍然是那个带着目的接近高官、破坏别人家庭的小三。她们做了许多丧尽天良的事，是整个利益链条中助纣为虐的一环，最终无法逃脱法律的制裁。

然而，我想说的是，尤二姐、尤三姐、高氏姐妹，都有着可怜的一面，也都有着咎由自取的一面。我们不能因为她们曾经的遭遇，就将她们的罪恶一笔勾销；同样也不能因为她们的过错，便把这些女子全部钉在耻辱柱上。

最大的恶，仍旧来自于那些使她们沦为玩物、棋子、工具的权贵们，来自于社会游戏规则的扭曲和底线的滑落。如果我们仍将这些根源上的恶避而不谈，而只把“红颜祸水”“美人误国”这盆脏水泼向这些本已薄命的女子，那么，只能说，美人们身上背的锅，比达康书记，更加沉重十倍。

有道是：

不信曲江信禄山，渔阳鼙鼓震秦关。
祸端自是君王起，倾国何须怨玉环。

后记

《人民的名义》是我今年以来完整追的第一部剧，而《红楼梦》则是伴我成长的良师益友。近日看剧，有感而发，写了一些关于二者人物对比的文字，前面写过一篇《从贾雨村到祁同伟：知识青年的堕落之路》，今日再奉上本篇。

我想，好的作品，总是能为我们提供更多的视角，让我们可以以悲悯、审慎之心度量人性，看清楚那些面孔之下复杂的来路、那些笑脸背后隐藏的心酸、那些歌舞升平下的暗流涌动、那些声色犬马背后的虎视眈眈。

是为记。

假如红楼女儿生活在现代……

最近读《红楼梦》，想到一个很有意思的问题：假如大观园里的这些女孩子生活在现代，她们会过什么样的生活呢？

王熙凤应该会是个典型的职场女强人；而黛玉，凭借她的才华和段子手的功力应该可以做一个自由撰稿人；惜春估计可以成为一个写实派的画家……这样的想象让我甚是着迷，这些美好的女子，仿佛透过几百年的时光与我相遇，成为知己。

黛玉

经常听到一种论调：如果林黛玉生活在现代，应该根本无法生活。我想，说这话的人，要么是低估了黛玉，要么则是低估了当下社会的包容度。

首先，黛玉虽然看上去弱不禁风，可不是只会哭鼻子的娇滴滴的大小姐，她颜值超高、双商在线。颜值不用说，王熙凤一见面就称赞“天下真有这样标致的人物”“这通身的气派”，连薛蟠这个俗人，无意中在人群中看了一眼，更是“瘫倒在地”；才华更是没得说，大家一起办诗社，她写出来的诗每次不是第一就是第二，更何况她还是大观园里的开心果、段子手，经常讲笑话逗大伙开心，连薛宝钗都说：“真真这个颦丫头的一张嘴，叫人恨又不是，喜欢也不是！”

至于最被人质疑的情商，其实是很多人的误区，看起来爱恼人的林妹妹，情商可一点儿也不低。不信你看，她的察言观色能力一流：初入贾府时，年纪尚幼，当贾母问她念何书时，她照实回答：“只刚念了《四书》。”但当她“又问姊妹们读何书”时，贾母却说：“读的是什么书，不过是认得两个字，不是睁眼的瞎子罢了！”她听得贾母这样说后，宝玉问她读什么书时，黛玉便改口道：“不曾读，只上了一年学，些须认得几个字。”她还是个热心肠，为迎春打抱不平，赶着薛姨妈叫妈妈，待紫鹃情同姐妹，连对待送燕窝来的婆子、宝玉打发来送东西的小丫头，也是周到妥帖，出手大方。至于为什么会在第七回里挤兑周瑞家的，我想，一方面大概是因为周瑞家的素来为人势利，而黛玉这个直肠子确实不爱藏着掖着；另一方面，谁知道她不是趁机跟在场的宝玉小小地撒娇一下呢？

这样的一个黛玉，放到现代社会，该会是那种活得很丰富的女子，有诗歌、有远方、有爱情、有朋友。至于职业，她平生最爱诗词、写作，做一个专栏作家、自由写手应该是最合适不过的；还有人说，凭借她随口就来的段子手功底，去做个脱口秀主持人应该也不错。但我想，聚光灯下的那种热闹，未必是她喜欢的生活，她可能会更希望有一个潇湘馆一般清幽的所在，种下千百竿竹子，凤尾森森、龙吟细细相伴，偏安一隅，安安静静地创作。写得累了，可以去逗大鹦鹉说话，天气好了，还可以去公园做个花冢……

如果嫌在家宅着写作太过于冷清的话，其实黛玉也可以去当老师。你看她教香菱学诗词创作的那一段，体现她具备了一个优秀老师的诸多素质：有耐心——宝钗觉得香菱“作诗不是本分”，黛玉却认真负责地指导香菱；懂理论——看她对陆游的诗词的一番品评：“你们因不知诗，所以见了这浅近的就爱，一入了这个格局，再学不出来的”，其格局之高，绝对超出一般中文系老师水平；有方法——她让香菱把“《王摩诘全集》的五言律读一百首，细心揣摩透熟了，然后再读一二百首老杜的七言律，次再李青莲的七言绝句读一二百首。肚子里先有了这三个人做了底子，然后再把陶渊明、应玚、谢、阮、庾、鲍等人的一看。你又是一个极聪敏伶俐的人，不用一年的工夫，不愁不是诗翁了！”

除了耐心、理论和方法之外，黛玉最难得的是，她抓住了诗词创作的精髓：“词句究竟还是末事，第一立意要紧。若意趣真了，连词句不用修饰，自是好的，这叫作‘不以词害意’。”由此看来，黛玉这个老师水平真心高，格局大、重积累、有难度梯次，还结合实践，难怪香菱那么短时间内有长足的进步呢。

所以，可别再说黛玉放到现在无法生活的话了，技能点满满的林妹妹，放到现在，就是个情感丰富、有才华、有个性的白富美，一定不乏爱她、欣赏她的人，也一定会有属于她的精彩。毕竟，从对不同生活方式的包容来看，现代社会可比《红楼梦》时代高太多了。

宝钗

我始终觉得，薛宝钗应该是个男子，而不应是个女子。

这话并非针对她的外表而说的，恰恰相反，宝姐姐的外表非常美丽且女性化——“唇不点而红，眉不画而翠，脸若银盆，眼如水杏”，令宝玉想入非非的“雪白的膀子”更是性感的存在。总之，宝钗即使在群芳争艳的大观园，也仍然是一等一的美女，曹公更是借着占花签的名义将“艳冠群芳”称号给了她。

然而，这样美丽的宝姐姐，身上却没有一点儿小女儿之态——黛玉的至情至性、湘云的活泼娇憨、探春的果敢泼辣，所有这些属于小女儿的天真烂漫，与正值芳龄的宝钗是绝缘的。她藏愚守拙、克己复礼，居住的屋子“雪洞一般”，对于穿着打扮也是极致简朴，“从不爱这些花儿朵儿的”。

所以，我总觉得宝姐姐的心里住着一个男子，她的兴趣不在闺阁中，不在大观园中，也未必在意“宝二奶奶”的位置，以她的博学、练达和通透，她原本可以像男人那样去求取功名、帮助家族复兴的同时，成就个人的理想。她有这个头脑，也有“好风凭借力，送我上青云”的愿望。只可惜，那个年代对于女子的束缚太多，就像探春说的——“我但凡是个男人，可以出得去，立出一番事业来，那时自有一番道理，偏我是女孩儿家，一句多话也没我说的”。探春还会发出如此不甘的感慨，宝姐姐却不会，小小年纪，她早已接受了自己身为女子的无能为力，接受了那个时代的游戏规则，她用“冷香丸”压下天生带来的那股热毒，将自己内心那个有着青云之志的君子，逐渐修炼成了不以物喜、不以己悲的“山中高士”。

我想，如果宝钗活在现在，她最适合的职业应该是外交官、政治家一类。这些行业大部分是属男性的天地，但我想，以宝姐姐的性格和能力，应该可以做到游刃有余——她理性，虽然这理性在很多人眼里看起来有点儿冷血，但可以让她避免了感情用事和冲动决策；她周到妥帖，帮助湘云摆下螃蟹宴，为黛玉送燕窝，连对赵姨娘都要礼数周全；她善于察言观色，能敏锐地抓住元春的喜好，能精准地猜测到贾母的口味；除此之外，她还饱读诗书，常识丰富、善理财、会持家……

我丝毫不怀疑宝姐姐会成为一位优秀的女外交官、女政治家或者商界领袖。但我却有几分担心，她能否遇到一个知心的爱人，拥有一段真挚的爱情——因为她看似热情、周到、妥帖的行事方式下，其实是与所有人保持着恰当的距离，她看似完美无缺的外表下，包裹着一颗已经磨出茧花的心；湘云把她当亲姐姐、黛玉三言两语卸下防备对她掏心掏肺，但放眼全书，却未曾见她对谁吐露心声；和宝玉的婚姻，虽有“金玉良缘”的美名，却是“举案齐眉，到底意难平”，猜想最后的结局里，宝玉出家，宝钗面对的，是冷被孤枕、空房白首的日子——从这个意义上讲，她比黛玉更值得同情。黛玉虽然早亡，却拥有一份完整的爱情，而走入婚姻的宝姐姐，却从来没有拥有过真情。

所以，我很盼望，宝姐姐若出生在现代社会，没有封建礼教束缚、没有家族拖累之后，可以打开心扉去拥抱自己真实的人生。她内心的那股“热毒”，可以不再成为热毒，而成为融化冰雪的暖意，让她消解掉所有伪装，遇到一个同她真心相与、志同道合的爱人，在人生路上前行，而不是“琴边衾里总无缘”“煎心日日复年年”。

虽然强大如她，一个人的生活也可以很精彩，但爱情，总是人生路上的一段美好的馈赠。

湘云

像湘云这样开朗明媚的女孩子，属于放到哪里都会照亮别人的，无怪乎她在男女读者中，都有着超高的人气。

甫一出场，她就是大家的开心果，有她的地方格外热闹，她爱说笑、爱玩耍，无论是作诗、喝酒、划拳、烤肉，她都玩得兴头十足，用现在的话说，湘云就是个“正能量发动机”。

其实这个看起来“没心没肺”的孩子，身世比谁都可怜：襁褓之中父母双亡，叔叔婶婶对她也有几分苛刻，又赶上那些年家道中落，虽看上去还是千金小姐，但实际上也要夜夜做针线补贴家用，连一时兴起要请客，却连银子都拿不出来……所以，从原生家庭来讲，她的身世，其实比黛玉还惨。黛玉从小还有父母的百般呵护，接入贾府后，贾母对她也是真心疼爱，又有个知冷知热的宝哥哥，湘云却是从记事起便是孤身一人。

难得的是，她虽身世坎坷却心胸开阔，身处逆境却不作悲音。她还劝慰黛玉说：“你是个明白人，何必作此形像自苦。我也和你一样，我就不似你这样心窄。何况你又多病，还不自己保养。”这一番掏心掏肺的劝慰，固然看得出这两个同样凄苦却都真性情的女孩之间的惺惺相惜，也看得出湘云面对苦难的强大韧性。

我一直觉得，湘云最适合的工作应该是综艺节目主持人，在屏幕上把欢声笑语带给更多的人。有人说，湘云不是大舌头么，“二”和“爱”都分不清楚怎么做主持人？这话差矣，现如今观众看腻了字正腔圆的主持人，这小小的缺陷，说不定会成为她的特色。另外，以她的活力和个性，去参加“真正男子汉”“奔跑吧兄弟”这种真人秀节目应该也很圈粉，她有一种符合当下审美的中性之美，潇洒挺拔中不失柔美。在第四十九回，她穿起男装，越显得“蜂腰猿背，鹤势螂形”，醉卧芍药花中，又有一分别样的娇憨和柔美。

这样的湘云，无怪乎能成为十二钗中最为老少咸宜、男女通吃的角色。连周汝昌老爷子，都对她极其偏爱，一定要把她说成是头号女主角，是宝玉命中注定的女神，连钗黛都是为了陪衬她而存在的配角（这个话题找时间单独再说，感觉一写下去又收不住手了）。

我想，如果史湘云生活在现在，她就是我们身边那些人见人爱、阳光温暖的姑娘，她用热情融化冰雪，用笑声驱散阴霾，为大家带来无数的欢乐，也一定可以遇到她的爱人“厮配个才貌仙郎，博得个地久天长”……只是，或许只有面对爱人时，她那些曾经用笑容掩盖下去的伤痕才会显现出来。缺失的童年里，那些无尽的遗憾和伤痛，才会化作一颗颗泪珠……这个时候的湘云，未尝不会有黛玉的某些影子。毕竟，她们是那么相像，都是心直口快、简单透明的女子。

王熙凤

假如出生在现代，我丝毫不怀疑凤姐会成为一个很优秀的职场“白骨精”：白领、骨干、精英。甚至我觉得这样的说法都有些低估了她，她绝对不会只是一般的职场精英，她还应该会成为一个非常优秀的中、高级管理者。

先说凤姐的优势吧。一般在职场上混得开的人都不乏这样几个特质：一要有贵人赏识；二要业务能力过硬；三要有得力的帮手。这三点恰好凤姐都具备。贵人赏识自不必说，她本人是四大家族之一王家的女儿，从小当成儿子来养的，嫁入贾府之后以开朗泼辣的性格征服了贾府的最终决策者——贾母，而荣国府名义上的总经理也就是王夫人，则又恰好是凤姐的亲姑母，于是，她年纪轻轻就坐上了荣国府执行副总经理的位置，可谓位高权重。凤姐是绝顶聪明的人，知道自己坐稳这个位置，要依靠的也是这两个“贵人”，所以她拍起贾母和王夫人马屁来的时候也是不遗余力的——平时伺候老太太吃饭喝茶、讲笑话逗老太太开心不说，还时不时地靠打麻将这种机会输钱给贾母，让喜欢彩头的贾母，从心眼里喜欢她，“猴儿、猴儿”地叫她。在一众孙辈中，除了宝玉、黛玉这两个“小冤家”“心肝肉”之外，贾母最疼爱的就是这个虽没有血缘关系却格外投缘的孙媳妇了。至于王夫人，虽说是亲姑母、自己人，她的礼数也做得周全，给黛玉准备布料这种小事，王夫人没交代就准备好了，但还是会“回了太太”才去执行——虽说王夫人是名义总经理，那也是顶头上司，她这点儿谱还是有的。再说业务能力。年轻的凤姐接手荣国府之后，把一个上上下下几百口人的大家庭治理得井井有条不说，还在秦可卿去世、宁府办丧事这种大事上“借调”宁国府，充分展示了自己办大事的能力，那一套严明的点卯、赏罚制度，让人叹服。所以说，凤姐能深得贾母信任不是没有原因的，她的管家能力、应变能力，确实远远超出她的婆婆邢夫人和姑母王夫人，是管家的一把好手。放到现在的职场环境下，凤姐就是平日的工作保质保量，操办大项目的能力也很强的那种高级员工，在职场上能够呼风唤雨是很正常的。最后是得力帮手。凤姐身边最得力的帮手就是平儿，平儿对她不仅忠心耿耿、人前人后极力维护，还能和她形成一定的互补效应——她平日待人过于严苛，平儿会帮她弥补，她眼里揉不得沙子、对待犯错误的下人锱铢必较，平儿会劝她得饶人处且饶人……有这么好的帮手辅佐，凤姐在职场上如虎添翼。

然而，我前面之所以说，凤姐会是个很好的“中高级管理者”，然而她大概也只能止步于一个中等偏上的“高级打工仔”的位置，而无法成为贾母那样的家族主心骨、最终话事人，因为凤姐身上也有她致命的缺陷，这些缺陷到最后，都是她的天花板。

我们不妨来看看，和贾母比起来，凤姐到底差在了那儿。

首先是格局和气度不同。凤姐虽然出身四大家族，婚前婚后都过着锦衣玉食的生活，但她主事的时期，四大家族明显已经在走下坡路了。这使她过于看重眼前的蝇头小利，比如拿小姐、丫头们的月例银子去放高利贷，比如为了几千两银子弄权铁槛寺……而贾母则出生在家族鼎盛时期，自身又具备较高的悟性，所以她比起凤姐更加从容豁达，她在大事上不糊涂——在子女们、孙辈们的婚事上，她有自己的偏好和坚持；小事上装糊涂——比如贾琏和鸳鸯合计着偷她的家私出来卖，她知道孩子们的难处，不会去为难。所以，有贾母坐镇的荣国府，虽然也难免在走下坡路，但终究比缺少了这么个老祖母的宁国府更有生气得多。

其次，对下人的管理方式不同。凤姐对下人采取的管理方法是“苛政”，是兜头就骂伸手就打的简单粗暴，这样的方式固然可以让人怕，却不能真正让人服。放眼全书，对她真正忠心耿耿、别无二心的只有一个平儿而已——连这样的平儿，她也是情急之下拿来撒气，真叫人对平儿心疼不已……所以她手下的小厮会去对尤二姐吐槽她“嘴甜心苦，两面三刀”。这样简单粗暴的管理方式，注定了当她落难时，会有一堆人来“落井下石”；而贾母对下人实施的，则是“怀柔”政策，她懂得用人、识人、赏人，也坚决维护自己下属的利益，所以不但鸳鸯会死心塌地跟着她，她调教出来的袭人、紫鹃，也个个都是得力干将。所谓得民心者得天下，凤姐在“民心”这一点上，怕是失分比较多的。

最后一点，表现在对穷人的态度上。先是在清虚观，一个小道士不小心撞了凤姐，被凤姐一个耳刮子打得栽倒在地、连滚带爬。而贾母则一口一个“可怜见的”，叫他别怕，还吩咐给点儿钱让他买零食吃。再其后对刘姥姥，凤姐第一次见刘姥姥，虽然也在好心情上赏了不少东西，更多地有“显摆”的成分，刘姥姥进大观园时，她还是会去拿刘姥姥取笑。而贾母对刘姥姥和板儿，则是真的怜贫惜弱，一再照顾。如果说凤姐对刘姥姥的一点帮衬，都能为她的女儿“留余庆”的话，那么贾母一生的体恤穷人、怜悯众生，大概才是她为自己、为子女积下的福分。

所以，我虽喜欢凤姐的泼辣果敢，爱她的伶牙俐齿，却始终认为她只能成为一个好的“打工者”，仅此而已。

聊聊央视“诗词大会”和大观园“诗词大会”

作为一个没有太多时间看电视的人，近期意外地跟风看了一档很火的综艺节目——《中国诗词大会》，这档节目由央视主办，用百人团答题、晋级打擂等方式选拔诗词达人，节目的主持人是央视一姐董卿，另有康震、蒙曼、郦波几位知名教授进行现场点评。

在我看来，这节目办得不错，既有文化元素，又符合大众审美，节目形式和诗词的难易水平都花了心思，能快速走红也属情理之中。以我们家为例，除了我八个月的女儿太小之外，其余老少六口人都很爱看，常常是晚饭之后大家一起边看边抢答边讨论，参与感比看“春晚”的时候高多了，我五岁的儿子更是节目的超级粉丝，自打节目播出后，学习古诗的热情大大增加。但是，到网上一看，这档老少咸宜的节目居然争议很大。支持的一方把节目捧到了天上，说是对中华传统文化的极大发扬，最终夺冠的十六岁女孩武亦姝，更是被说成是堪比李清照的超级才女；而反对的一方则表示，这节目考察的根本不是诗词造诣，而只是记忆力，这样没有创作而只有死记硬背的节目，完全不可取。

仔细想想，两边的说法都有道理，也都不全对。

要说这节目呢，以这样一种喜闻乐见的方式唤起了人们对古诗词的关注，在当下小花、鲜肉霸屏的电视界，确实算得上一股清流；但是，真要指望它来拯救诗歌界，凭借一个综艺节目就让全国人民都吟诗作对、重回盛唐，那也只能是痴人说梦。

毕竟，别说盛唐了，咱们当中的大部分人，连大观园里的“诗词大会”的门槛，都还够不上。

大观园里的“诗词大会”什么样？

《红楼梦》里作诗的场景很多，但既然说是大会，就得符合两个标准：一是要集体（不少于三人）参与；二是要有竞争性质，至少要有评价标准。符合这两个标准的活动，前八十回里我们可以找到四场。

第一场发生在第十八回元春省亲之夜，元春有心考察家里诸姐妹和宝玉的才情，所以让姐妹们每人题一匾一诗，宝玉则为原来题的四处匾额分别作诗。

来看看大家即兴作出来的诗：

旷性怡情（匾额）　**迎春**

园成景物特精奇，奉命羞题额旷怡。
谁信世间有此境，游来宁不畅神思？

万象争辉（匾额）　**探春**

名园筑就势巍巍，奉命何惭学浅微。
精妙一时言不出，果然万物生光辉。

文章造化（匾额） 惜春

山水横拖千里外，楼台高起五云中。
园修日月光辉里，景夺文章造化功。

文采风流（匾额） 李纨

秀水明山抱复回，风流文采胜蓬莱。
绿裁歌扇迷芳草，红衬湘裙舞落梅。
珠玉自应传盛世，神仙何幸下瑶台。
名园一自邀游赏，未许凡人到此来。

凝晖钟瑞（匾额） 薛宝钗

芳园筑向帝城西，华日祥云笼罩奇。
高柳喜迁莺出谷，修篁时待凤来仪。
文风已著宸游夕，孝化应隆归省时。
睿藻仙才瞻仰处，自惭何敢再为辞？

世外仙源（匾额） 林黛玉

宸游增悦豫，仙境别红尘。
借得山川秀，添来气象新。
香融金谷酒，花媚玉堂人。
何幸邀恩宠，宫车过往频。

这几首诗，元春点评说“薛林二妹”的作品最好，但细细看来，宝钗的作品充满圣颂和自谦之语，林黛玉的虽然有几分灵秀，但对她来说，却是“胡乱作一首应景”的应试之作，比起她的其他作品还是有一定差距。

再来看宝玉这边的成果：

有凤来仪

秀玉初成实，堪宜待凤凰。
竿竿青欲滴，个个绿生凉。
迸砌妨阶水，穿帘碍鼎香。
莫摇分碎影，好梦正初长。

蘅芷清芬

蘅芜满静苑，萝薜助芬芳。
软衬三春草，柔拖一缕香。
轻烟迷曲径，冷翠滴回廊。
谁谓池塘曲，谢家幽梦长。

怡红快绿

深庭长日静，两两出婵娟。
绿蜡春犹卷，红妆夜未眠。
凭栏垂绛袖，倚石护清烟。
对立东风里，主人应解怜。

杏帘在望

杏帘招客饮，在望有山庄。
菱荇鹅儿水，桑榆燕子梁。
一畦春韭熟，十里稻花香。
盛世无饥馁，何须耕织忙。

这里面，前三首都是宝玉自己写的，其中第三首经宝钗提示，用“绿蜡”替掉了元春不喜欢的“绿玉”，而最后一首，则是黛玉当“枪手”替他作的。相较之下，这首诗的水平，比黛玉自己署名的那首“世外仙源”好了不少，用词间有几分王维、孟浩然的山水田园诗的神韵。无怪乎元春立刻指出，这首“为前三首之冠”。

这场“诗词大会”，实际的赢家应该是林黛玉无疑。当然这个情况我们作为读者是清楚的，元春那里，应该是薛、林不分伯仲。当然她最高兴的，还是宝贝弟弟宝玉“果然进益了”。

第二场“诗词大会”发生在第三十七回，探春组织发起了海棠社。比起上次省亲之夜的奉命之作，这次大家的状态更放松、也更享受创作过程，每个人还都取了雅号。

既是比赛作诗，自然有一定的规则。他们这次吟咏的对象是白海棠花，限韵“十三元”，时间上也有限制，燃一支“梦甜香”，香尽诗成。来看看大家写出来的诗：

探春

斜阳寒草带重门，苔翠盈铺雨后盆。
玉是精神难比洁，雪为肌骨易销魂。
芳心一点娇无力，倩影三更月有痕。
莫谓缟仙能羽化，多情伴我咏黄昏。

宝钗

珍重芳姿昼掩门，自携手瓮灌苔盆。
胭脂洗出秋阶影，冰雪招来露砌魂。
淡极始知花更艳，愁多焉得玉无痕。
欲偿白帝凭清洁，不语婷婷日又昏。

宝玉

秋容浅淡映重门，七节攒成雪满盆。
出浴太真冰作影，捧心西子玉为魂。
晓风不散愁千点，宿雨还添泪一痕。
独倚画栏如有意，清砧怨笛送黄昏。

黛玉

半卷湘帘半掩门，碾冰为土玉为盆。
偷来梨蕊三分白，借得梅花一缕魂。
月窟仙人缝缟袂，秋闺怨女拭啼痕。
娇羞默默同谁诉，倦倚西风夜已昏。

关于这几首的优劣，特别是薛、林二人的胜负，书里的人和书外的人意见都有些分歧，最后书里由李纨做主，评了宝钗第一、黛玉第二。

第三场是紧接下来史湘云做东请大家赏菊、吃蟹，并以菊花和螃蟹为题作诗。做菊花诗的时候，他们采用的是先拟题，各人认领的方式，一共作了十二首。最后评出来的结果如下：

“《咏菊》第一，《问菊》第二，《菊梦》第三，题目新，诗也新，立意更新了，只得要推潇湘妃子为魁了。然后《簪菊》《对菊》《供菊》《画菊》《忆菊》次之”。这样一来，林黛玉无论从数量上还是质量上都以绝对优势取胜。我们来欣赏下夺冠的这首《咏菊》。

咏菊　潇湘妃子

无赖诗魔昏晓侵，绕篱欹石自沉音。
毫端蕴秀临霜写，口角噙香对月吟。

满纸自怜题素怨，片言谁解诉秋心。
一从陶令平章后，千古高风说到今。

到了螃蟹诗的时候，就不再限定韵律，基本属于半命题作文了，宝黛钗三人参加了比赛。最后，宝钗的咏蟹诗被大家一致认定为是“食蟹的绝唱”。

桂霭桐阴坐举觞，长安涎口盼重阳。
眼前道路无经纬，皮里春秋空黑黄。
酒未敌腥还用菊，性防积冷定须姜。
于今落釜成何益，月浦空馀禾黍香。

第四场是第七十回，林黛玉作了一首桃花诗，并以此为由头重建了诗社，随后先是史湘云填了一首《如梦令》，大家觉得新鲜有趣，就约定以“柳絮”为题填词。比赛方式是抓阄抽取词牌名，然后按照词牌的韵律和格式要求填词。这一回，书里的人一致推举宝钗的作品为第一。但书外的读者和红学家们却纷纷对黛玉的柳絮词念念不忘，因为这阕词确实是风流婉约、别具一格。在黛玉的判词中，曹公也用“堪怜咏絮才”来形容她，将她的才华比作才女谢道韫。来欣赏下这两首著名的柳絮词：

唐多令　黛玉

粉堕百花州，香残燕子楼。
一团团逐对成毬，飘泊亦如人命薄，
空缱绻，说风流。
草木也知愁，韶华竟白头！

叹今生谁舍谁收？嫁与东风春不管。
凭尔去，忍淹留。

临江仙 宝钗

白玉堂前春解舞，东风卷得均匀。
蜂团蝶阵乱纷纷。几曾随逝水，岂必委芳尘。

万缕千丝终不改，任他随聚随分。
韶华休笑本无根，好风凭借力，送我上青云！

另外，大观园里还出现过一种“联句”的玩法，和央视诗词大会的“飞花令”有些类似，也是一人一句，但不是根据关键字背诗，而是一个人说完，下一个人根据韵律和对仗接上下一句，最后形成一首诗。这种玩法，第五十回在芦雪庵赏雪的时候玩了一次，参与的人比较多，连不识几个字的凤姐也被大家怂恿着开了个“一夜北风紧”的头，其余几位“文化人”更是妙语连珠，你一句我一句好不热闹；后来在第七十六回，黛玉、湘云又来了一回，妙玉也在最后现身补写了几句，著名的“寒潭渡鹤影，冷月葬花魂”便是出自这次的联句。在我看来，联句游戏对反应速度、典故积累和韵律把握都有极高要求，其难度和创造性绝非只考察背诵能力的“飞花令”可以比拟的。

如此看来，大观园里的诗词大会比起央视的诗词大会，确实高了好几个档次。我们仔细观察下来，也会看出来大观园诗词大会的几个特点：

1. 即使是在诗情画意的大观园里，在文化水准普遍偏高的贵族阶层里，也不是人人都能作诗，更别提即兴作诗了。上面这几场比赛，基本上玩来玩去都是宝、黛、钗、湘、探这么几个人，迎春、惜春基本看不到身影，连李纨也只有评的份。后来作者怕总是这几个熟脸不热闹，所以安排了几个“打酱油”的亲戚如李纹、李绮、邢岫烟、薛宝琴来参与。

2. 不同于央视诗词大会都是客观题，大观园诗词大会是命题式作文，评价输赢难度极大。我们看到的这几场活动里，虽然黛玉和宝钗常年占据冠、亚军位置，但是具体谁作得好，有时候很难评出来，只不过一来这些姑娘都把这个当成个游戏，所以也没人真的计较输赢；二来作为最终评委的元春或李纨，在当时的等级制度和家庭关系里具备一定权威性（元春代表皇权，李纨是长嫂），所以可以一锤定音。

3. 放眼全书来看，林黛玉无疑是最爱诗的，她的作品最多，写得也最好。但她最著名的代表作如桃花诗、葬花吟等并不是在“诗词大会”上即兴产生的，反而是平时灵感来了之后写就的。同一个人的作品，往往是命题作文不如半命题作文，半命题作文不如无命题作文——这是文学创作的普遍规律，不信你看，即使是有谢安、王羲之等人参加的高级版“曲水流觞”，也只能留下一篇好文，而很难留下几首诗中绝唱。

那么问题来了，我们的诗词大会，能不能办成大观园里这样？

当然办不了。

一则是因为现代人普遍没有接受过韵律、对仗方面的教育，现代社会也没有吟诗作对的氛围，如果硬要搞，最后的结果就会变成大家胡诌了一堆不伦不类的打油诗，这样一来不是文化精华，而成了文化糟粕了。

二则即兴作诗的比赛，即使在古代的文化氛围下，仍然只能是高手之间的过招，普通大众根本不可能参与；放到现在的环境下，如果央视要办一个写古体诗的电视大赛，节目会变得非常小众，失去了举办一个喜闻乐见的综艺节目的初衷。

最后，也是关键的一点，既然是比赛，就一定要有客观公允的打分和评价机制，如果比赛现场写作诗词，那么哪首好、哪首不好，恐怕即使连专业评委都很难做出判断，就算评委判断了，场下和电视机前的观众也一定会有反对意见，因为文学作品的优劣，每个人都有不同的看法，古人说文无第一，就是这个意思。

所以，综合这几点来看，大观园式的诗词大会，我们现阶段的电视节目里是肯定办不了的。那怎么办呢？很简单，那就不办了呗。

依我看，作为一个大众媒体的综艺节目，央视版的“诗词大会”现在这样也很好，它能够唤起一部分观众对古诗词的兴趣，能够让人在某些时刻真切地体会汉字之美、韵律之美，那么它就是有价值的；特别是当农民、快递员、老师、中学生在内的无数普通人愿意站在聚光灯下展现自己对诗词的理解时，这种超越年龄、超越阶层的交流，能让人感觉到民族文化的精髓生生不息，富有鲜活的生命力。

当然，硬要说节目本身有哪些地方需要改进的话，我觉得如果未来节目的选诗和嘉宾点评能够不那么追求“政治正确”，更加自由开放、百家争鸣，那么节目的可看性会更好；而更进一步，如果可以设置一个环节，请选手拿一首自己的诗词作品（不一定是现场作的，可以提前准备好）来鉴赏，并将此作为一个“加分项”的话，可能节目会更有创造性。

而即兴联句、现场作诗，这样的进阶版文艺活动，文化人的小众聚会上完全可以搞，这和大众版的“诗词大会”并不冲突。

毕竟，孔子他老人家说过：《诗》可以兴，可以观，可以群，可以怨。说的是《诗经》，但道理是一样的。

如果嫌孔夫子的话太过于掉书袋的话，当代著名诗词大家、母校南开的镇校之宝叶嘉莹先生也说过："我亲自体会到了古典诗歌里边美好、高洁的世界，而现在的年轻人，他们进不去，找不到一扇门。我希望能把这一扇门打开，让大家能走进去，把不懂诗的人接引到里面来"。

从这个意义上讲，《中国诗词大会》就算没有打开这扇门，至少为我们推开了一个小缝，这实在称得上是一件有益的事。

元夕

今天是元宵节，古时通常称作上元。

不知为何，小时候对元宵节这个节日一直没有太深刻的印象，即便也会跟着大人去买汤圆、煮汤圆，现在想来，似乎除了汤圆之外的其他部分，都记得不清楚了。大概是由于元宵和春节实在离得太近吧，近到尚未真正从“过年”的热闹中平静下来，便又迎来一个节日，于是，无形之中把元宵节也并入了“过年”这一系列的活动中去了。

但是，曾几何时，“上元节”作为一个浪漫的节日，是被赋予了诸多含义的。

古诗词中的元夕：关乎爱情

关于元宵节的诗词，最著名的当属朱淑真的《生查子·元夕》：

去年元夜时，花市灯如昼。

月上柳梢头，人约黄昏后。

今年元夜时，月与灯依旧。
不见去年人，泪湿春衫袖。

此诗一说为欧阳修所作，我一直不太认同。这细腻的情思，这伤感的笔触，更像是女子的作品。

花开相似，物是人非，触景生情，未免潸然泪下。倘若不是昨日曾有过完美的绽放，面对着今朝的零落成泥，我也不至于心痛如是。

古代的女子常年深居简出，逢到上元这样的节庆方才有机会出门。因为难得，所以便分外重视。一般都会精心打扮自己——辛弃疾在他那阕著名的《青玉案·元夕》中，便对这些娇媚的少女在上元佳节的样子有过生动的描述——“蛾儿雪柳黄金缕，笑语盈盈暗香去”。这暗香浮动，笑语盈盈之间，必然会有爱的火花出现，更何况是一群情窦初开的少男少女，在花灯魅影中相遇，四目相对之间，情愫暗生，民间也因此多了许多关于上元佳节的美丽的故事。

但是，在那个“通信基本靠吼”的年代，我们在人群中和另一个人失散，是太过平常的事情。于是，便有了“不见去年人，泪湿春衫袖”这样的感怀；于是，便有了灯火阑珊处痴心等待的伊人；于是，那个上元之夜的灯火，成了若干年之后，每一次回首张望的方向。

《红楼梦》中的元宵节：关乎聚散，关乎盛衰

《红楼梦》中，元宵节是被描写的最多的一个节日。开篇第一回的故事便发生在元夕。作为全书线索人物的甄士隐，在元宵佳节丢失了女儿英莲，从此骨肉分散，老父为此看破红尘，随一僧一道远去，

而英莲则从此开始她凄苦的一生——被人贩子拐卖，先是卖给了冯渊，后来遇到呆霸王薛蟠，薛将冯打死之后她被薛强行买来做妾。

这一段的记述，书里写得甚是平淡，只是为后面“葫芦僧乱判葫芦案”介绍背景材料而已。——可曾有人想过英莲的感受？又或者，在这么多年的颠沛流离和饱受屈辱之后，这个眉心一颗胭脂痣的甄家小姐已经失去了悲伤的权利？

后来，这个女孩子重新回到我们的视野里，以一种活泼、娇憨、懵懂的样子呈现在我们的面前，宝钗为她取名为“香菱”——隐隐透出香味的菱花，真是一个美丽的名字。我所惊讶以及欣慰的是，幼时的那些往事似乎并未伤害到她纯真的心灵，她是那么天真、善良，惹人怜爱，曹公借着别人的口，说她有几分“小蓉大奶奶的品格”！——要知道这小蓉大奶奶不是一般人，可是号称“兼美”的秦可卿啊。由此可见，我们的英莲妹子，尽管经历了那么多的苦难，尽管经历了挨饿、挨打等诸多折磨，还是出落成了一个毫无疑问的美人。

香菱的生活中，是曾经有过一段纯粹的快乐时光的。善解人意的宝钗将她带入大观园，黛玉亲自教她作诗，虽然由于早期教育的缺失，香菱在词作上的表现并不特别突出，但那几首作品对初学者来讲已经足够令人惊艳。这自然是由于她用心学习和思考的原因。但是，从现代遗传学的角度看，也可以认为香菱毕竟有着来自甄士隐的“遗传基因”。

可惜的是，在故事的最后，这个女孩还是未能逃脱“真应怜”的谶语，自金桂嫁入薛家之后，命运最终还是把这个女孩逼到了死角。

还是让我们回到曹公给英莲最初的判词——“娇生惯养笑你痴，菱花空对雪澌澌。好防佳节元宵后，便是烟消火灭时。”

这个女孩，一生的欢乐与痛楚，幸与不幸，都与那个上元之夜，有着千丝万缕的联系。

《红楼梦》里，贾家最热闹、最风光的一件盛事，是安排在元宵夜的元春省亲。之所以安排这一天，大概是因为这是春节后的首个月圆之夜吧，在这一天让妃子们回家团圆，享受天伦之乐。

为了这件盛事，贾家上上下下齐动员，花的银子“堆山塞海”，一方面大兴土木，建造了大观园作为省亲别墅，在里面修建了精美的亭台楼阁，打造了各种胜景；另一方面采买戏子、尼姑等，为当天的文艺演出做准备。所有的目的，都是为了在省亲之夜那短短几个小时里呈现出最好的效果。

一入宫门深似海，贵妃省亲，说起来是回家团聚，其实仍然有着十分严密的程序，一丝一毫不能懈怠，在什么地方下轿子、见什么人、说什么话，都是规定好的。连最爱的弟弟，都成了“外男，无谕不得擅入”，连自己的父亲，也只能跪在下面称臣，说着冠冕堂皇的话。

饶是如此，对于常年居于深宫的元妃来说，也已经弥足珍贵了。

这应该是元春最后一次回家，也是最后一次与祖母、父母、兄弟姐妹们团聚。第二年的元宵节，根据书中五十三、五十四回的描述，因为宫中有妃子病重，元妃未能回家省亲，于是荣国府过了一个不算太热闹的元宵夜宴，大家讲了几个不怎么好笑的笑话，虽然也在勉强维持着大家族过节的场面，但比起省亲的那个元宵节已有非常大的落差。这个元夕之后，贾府由盛转衰。根据曹公的判词，在我们未曾看到的八十回后的故事里，元妃在不久之后死于非命，她的死直接导致或加速了贾家在政治上的失势，最终落得被抄家的命运，而大观园这座省亲别墅，也成了“荒草枯杨”一般的存在。那个曾经最为美好的夜晚，宛如一场盛大的焰火，在夜空中完成一次绝美的绽放后，也如焰火一般转瞬即逝。

元宵节，这个在整部书中堪称浓墨重彩的节日，串起了贾家的聚散、荣辱，见证了命运的无常。

月与灯依旧，而人间的喜怒哀乐，却早已轮回百遍。

从《欢乐颂2》聊起，谈谈大观园里的阶层固化、攀升和坠落

最近，《欢乐颂2》已经渐入尾声。这部在万众瞩目中上线的剧，从播出到现在吐槽声越来越强烈。很多人说，是因为这部剧已经脱掉了职场剧的外衣，成为一部彻头彻尾的玛丽苏和婆婆妈妈剧；也有人说，这部剧里的原有的人物纷纷崩坏，每个人物都显得面目全非。在我看来，其实还有一个原因——如果说第一部还在反映着现实中不同阶层、不同背景的人的碰撞和相融，第二部则试图模糊掉阶层和背景带来的鸿沟，搭建一个五个女生团结友爱的乌托邦。

《欢乐颂》的故事里，五个女孩的人设很有代表性：安迪是海归精英，但从小生活在孤儿院，心理上有一定缺陷；樊胜美貌美又世故，但原生家庭是她巨大的拖累；曲筱绡是个精灵古怪的富二代，不学无术但做起生意来却勤奋上进；关雎尔出身小康之家，知书达理，是个典型的乖乖女；邱莹莹出身底层家庭，大大咧咧，却也有一股敢闯敢拼的劲头。这五个女孩出身、相貌、职业和性格迥

异，在现实的人生路上，其实本应交集有限。但编剧借一双“上帝之手”，让她们以不同的方式入住“欢乐颂”小区，在22楼成为邻居。然而，《欢乐颂1》和《欢乐颂2》最大的不同就是，《欢乐颂1》里面，这些女生是萍水相逢，无意当中发生了一些有交集的故事；而《欢乐颂2》里面，她们似乎完全舍弃了自己原有的圈子和生活方式，成为彼此最亲密的伙伴，联袂出演不同段位、不同版本却内核惊人一致的狗血剧情——婆媳斗法、遭遇奇葩男、被小三、争家产……这样过于戏剧化的剧情，以及过于“水乳交融”的邻里关系，颠覆了上一部的故事基础，是让人觉得不再真实、难以有更多共鸣的一个重要原因。

因为《欢乐颂》所处的是一个现实世界，从来就不是乌托邦。别说《欢乐颂》，就连文学作品中最接近乌托邦的大观园也一样——此时此刻，大家在一个园子里住着，同样看院子里繁花似锦，但黛玉所想到的是“一朝春尽红颜老，花落人亡两不知”；婆子们所想到的，则可能是落花需要打扫；丫头们想到的，则是采哪朵花给自己家的小姐戴更好看——每个人的角色不同，希冀、苦恼各不相同。更重要的是，每个人的身上都印着各自的烙印，每个人的命运都与时代的命运、阶层的命运息息相关。

阶层，大概是近两年媒体上出现频率最高的词汇之一，也是近两年中国人焦虑感的主要来源。不信你看，所有的热播电视剧，最后都会引发关于阶层的讨论——《人民的名义》热播时，大家讨论出身权贵的陆亦可和出身贫寒的高小琴对于奋斗的理解分歧，讨论高官之女梁璐如何毁了寒门学子祁同伟的一生；《欢乐颂》热播时，大家讨论樊胜美不堪的原生家庭是如何毁掉了她，而关关的家庭背景让她天生就与邱莹莹有截然不同的起点……总而言之，所有的人都在一边担心着阶层的固化失去上升通道，一边恐惧着从现有阶层坠落，一边又试图保卫住现有的阶层防止新人闯入……

其实，有人群的地方就会形成阶层，阶层及其变迁，在每个时代，都不是新鲜事。

拿《红楼梦》这部史诗般的作品来说，它既讲了阶级的固化——奴才的后代仍是奴才、姨娘的孩子只能认正妻做母亲；也讲了阶层的坠落——遑论贾府和四大家族的“呼啦啦似大厦倾”这种大的变局，只说开篇的甄士隐，就是典型的遭遇不测从中产坠落至底层的例子；还讲了阶层的跃升——从贾雨村的“学而优则仕”到赖尚荣的“几辈人捧出个凤凰”……

哪怕是在清净女儿之地、姹紫嫣红开遍的大观园里，也是如此。

大观园里最上等的阶层无疑是以宝黛钗、三春为代表的公子和小姐们。他们虽然有各自的烦恼和悲伤，但有一点是共同的：不用为物质操心。也就是从来不为衣食住行这些俗事担忧，因为大观园实行的是配给制，所有日常开销都由官中全包，按照各自的级别还有月例银子，连丫鬟们都是如此，公子小姐自然不必说。所以，你从来不会看到林黛玉为柴米油盐的事情发愁，也不会看到贾宝玉去关心这些琐事。虽然偶尔也有湘云一时头脑发热要请全贾府的人吃饭却囊中羞涩这种囧事，但整体上，只要没有这种意料之外的大开销，小姐们的物质生活还是比较丰富的，物质生活丰富也就意味着她们不会计较物质，黛玉给宝玉派来送东西的小丫头赏赐，顺手就是一把钱；宝钗和探春要求厨房加菜，也是豪绰地送去了“一贯钱”。总之，如果不是大厦将倾、家族败落，这些小姐可能一辈子也不用认识当票、分清五谷。

大观园里的底层阶级，是那些籍籍无名的老婆子、粗使丫头们，以及偶尔闯入大观园被人家当猴一样观赏的刘姥姥。她们或靠出卖苦力来获取微薄收入，做一些别人看不上的活儿；或家境窘迫到上顿不接下顿，只能靠“打秋风”来过活，一把年纪了还出来扮丑角，被冰清玉洁的妙玉们嫌弃。她们的人生，更多的主题是如何生存下去，如何改善自己和家人的物质生活条件，她们过的粗鄙而现实，却也有着草根独有的生命力。

大观园里的中间阶层，是袭人、晴雯为代表的大丫鬟们。她们的地位介于上层和底层之间，对于前者来说，她们也是奴才，是端茶倒水、伺候生活起居的；而对于后者来说，她们又是“二层主子”，是“副小姐”，干着轻松体面的活，挣着更多的薪水，“比别人家的小姐还有体面”，用现在的话来说，她们算是大公司里的高级雇员，或者说是白领。中间阶层的一个重要特征，是既有上升的通道：晋升为姨娘、生下的儿女都是主子，自己也算进入了半个主子的行列；同时又有下坠的可能——主子一个不高兴、不满意，随时可能被撵出园子，或配给素未谋面的小厮，或遁入贫病。总之，中间阶层看起来过得是现世安稳又充满希冀的生活，实际上，也是极易被打破平衡的一种状态。

这几个阶层，大部分时间是相对固化的，这也是社会稳定状态下的常态。但并非没有上升的渠道：对于男人来说，最直接的是勤奋向学、皇榜高中、加官晋爵；而对于古时的女人来说，唯一的方式是嫁人生子。从古至今，读书和婚姻，都是提升阶层最直接和便捷的方式，这也是为什么贾政会逼迫贾宝玉走仕途经济道路的原因，也是为什么大丫鬟们大多期待被主人看中做姨娘的原因。

从这个意义上讲，大观园里最接近实现阶层攀升的，应该是袭人。而放眼整个贾府，被人鄙夷的赵姨娘其实算得上是阶层攀升的成功案例。相比袭人未过明路的“二两银子”，她是正经被纳做妾、并顺利生下一儿一女的“半个主子”，是荣国府当家老爷贾政的枕边人。而且，虽然书里并未明写她的受宠，但从贾政与王夫人说话时的公事公办、与她说话时的家常口吻对比来看，哪怕是在探春与贾环都已经长大之后，她仍然没有完全被贾政冷落掉，仍然是个有分量的妾，比起只见名字不见戏份的周姨娘以及贾赦娶的那些连名字都没提的小老婆们，赵姨娘可以称得上是“人生赢家”了。

然而，就是这样一个“人生赢家”，却承包了书里的大部分的负面戏份。亲生的女儿不认她，急着与她划清界限；儿子虽然是正经主子，却继承了她内心阴暗的一面；在贾母、王夫人那里完全不受待见，王熙凤对她说骂就骂，连芳官都敢说她“梅香拜把子都是奴几”。说到底，一方面是因为姨娘的位置本身就带有几分不上不下的尴尬；另一方面，则是因为她自己“拎不清”，不懂得爱惜自己的羽毛，经常和马道婆之流混在一起搞些龌龊的勾当，还不顾身段地去和人吵架、被人一怂恿就跳起来……她的女儿探春对她的评价很精准：“耳根子软、心里又没个算计。”

由此可见，实现了阶层攀升之后，也要看你是否具备了相应的综合实力在新晋的阶层里站稳脚跟、在人群中赢得尊重。毕竟，人格的高贵与卑贱并不直接与阶层挂钩，主子里面也有贾赦、贾珍这样为人不齿的存在，丫鬟里面也有平儿、鸳鸯这样人品高贵、精神独立的清流。

大观园里另一个努力超越自身阶层的丫头是小红。最初，她只是怡红院的一个二等丫头，不属于袭人、晴雯这样的核心圈子。但由于自身条件不错，她曾经试图靠自己俏丽恬净的长相、聪明伶俐的特质靠近宝玉，无非也是希望复制袭人们的成功路径。然而，在此过程中她遭遇了来自以秋纹为代表的准既得利益者的警觉和打压，这条路走得并不顺利。为此，她灰心了一阵之后，不久便找到了其他的路径——事业上投靠了当权派凤姐，感情上投资潜力股贾芸。不久之后她被凤姐带离了大观园，却开始了与其他走“姨娘路线”的丫鬟们完全不同的路径。假设贾府不整体败落，说不定她和贾芸可以像她的父母林之孝夫妇那样，成为大家族的当家管家，真正实现自己的阶层跨越。

曾经说出过“千里搭长棚，没有个不散的筵席”的小红，在大观园的女孩中，算得上是一个异类，她有着难得的清醒，也有着向上进取的野心。不是每个人都会欣赏这样的野心，但在社会的大环境中，往往只有这样的野心勃勃者，才能突破自身阶层的局限不断地向上进阶。

有阶层的攀升，也就会有阶层的坠落。香菱和晴雯，这两个都入了“薄命司”的女子，她们的故事各自不同，却是两个典型的从原有阶层坠落的例子。

香菱的阶层坠落源自入大观园之前的意外事件：她本是官宦人家的小姐，却在小时候被人拐卖，本来曾经有希望被冯渊聘做正妻，结果却中途被呆霸王薛蟠看中，巧取豪夺买来做了妾——失去原生家庭的庇护之后，她的命运中掺杂了太多的不幸和意外。作为薛蟠的侍妾，她本不属于大观园，但幸运的是，宝钗带她在大观园里居住过一段时间，黛玉又收她为徒教她写诗，她在这里度过了一段美好的时光，算是她悲苦的一生中为数不多的救赎。

晴雯的故事则同样令人唏嘘。她从小就在贾府当丫鬟，因为生得好、针线也出众，成为贾母心目中将来给宝玉留着收房的不二人选。因为有美貌、才华的加持，又有来自上层的默认，晴雯在大观园里算是中间阶层中的红人。所以，相比于默默无闻的司棋、谨小慎微的袭人，她显得张狂而又清高。在宝玉身边的那段时光里，她过得养尊处优、神采飞扬——撕扇、补裘、蓄着美丽的指甲……与小红略带悲观的清醒不同，她自以为这样的日子会永远持续下去，“大家横竖在一处”。因着这种乐观和笃定，她不愿用暧昧的方式巩固自己的地位。然而最后，最清高的她却成为王夫人口中的“狐狸精”，并最终被赶出了大观园，在贫病交加中死去。晴雯的“阶层坠落”表面看是一个阶级对另一个阶级的剥夺，其内核实际上反映了完全依赖一份工作的工薪阶级，在对抗风险事件上的脆弱。

由此可见，大观园，从来不是一个真正意义上的乌托邦，它只是青春王国覆灭前一个短暂的避难所，是一个表面看来平静繁华底下却暗流汹涌的世界；它既是安身立命、养家糊口的饭碗，也是如履薄冰、步步惊心的职场；它比童话王国还要精致美丽，又如真实社会一般现实无情。这里有着阶层的整体固化，也有着少数人的攀升和坠落。但最终的最终，每个人的命运都是时代大潮中的组成部分。大观园主人公们所处的时代，是四大家族整体衰落乃至覆灭的时代，那个时代里，上层在消耗着祖上的荫蔽，中层亦步亦趋，底层艰难谋生，看似凝固的阶层在分化中蕴藏着具体而微的阶层双向流动甚至整体的大变局。而我们当今所处的，则是一个社会在经历剧烈变革后逐渐归于稳定的时代，过去三十年的改革福利使一个扁平化社会剧烈分化，社会的阶层和梯队初见端倪但又尚未定型。这样的时代注定有人心浮躁、急功近利的一面，也注定有活力饱满、令人奋发的一面，在这个过程中，“我们继续奋力向前，逆水行舟，被不断地向后推，直至回到往昔。”（菲茨杰拉德——《了不起的盖茨比》）

最好的时代，最坏的时代，大抵就是这个意思。

另外，我想，《欢乐颂2》之所以难以引发共鸣，除了我开头提到的弱化人物身份差异统一打造狗血剧情之外，还有一个原因是，它将美好的禀赋自动赋予那些既得利益的阶层——安迪连谈个恋爱都有“女索罗斯”般的超能力附体，曲筱绡某些明显越界的行为被解读成真性情，而上一部结尾中已经有所改变的樊胜美，这部剧里面似乎中了某种诅咒而变得更加面目可憎。编剧这种拍有钱人变韩剧、拍穷人变成纪录片的双重标准，“有钱有颜即正义”的标准，是这部剧的又一症结所在，这也许是过去三十年的财富裂变带来的某种负面影响吧。

反观《红楼梦》《飘》《人间喜剧》……所有称得上伟大的作品，其伟大便在于作者以悲悯、客观之心描摹每一个人物，主角从不自带高光、开足外挂，反面人物也不会万劫不复、十恶不赦，他们都有着各自的喜悦和悲伤，也有着各自的骄傲与苦衷，或清醒而痛苦，或懵懵懂懂，或主动，或被动，卷入时代的洪流，就像滚滚红尘中的你和我。

宝玉、藕官与苏轼：痛失所爱之后的自我救赎

前几天在“知乎”上看到一个问题：宝玉那么爱黛玉，为什么黛玉死了之后他没有去殉情？

底下回复的人很多，有个抖机灵的回答获得了非常高的票数：因为后四十回是高鹗写的，不是曹雪芹的原著。

这个答复乍看无懈可击，实则不然。

那么，假如我们有幸可以看到八十回后曹公的结局，宝玉，会为了他的林妹妹而殉情么？

我想，他大概是不会的。虽然我并不认同续书中的宝玉先去中了个“乡魁”再去出家当和尚的中庸结局，我也并不认为，宝玉会像焦仲卿那样，在爱人逝去后选择终结自己的生命。

因为，关于痛失所爱之后的自我救赎，在前八十回里已经有了生动的一课，这大概能折射出曹公的爱情观，大概也会是宝玉在失去黛玉之后的心路。

这一课来自于一个微不足道的小戏子藕官。在《杏子阴假凤泣

虚凰》这一回里，藕官在园子里烧纸被婆子们看到，宝玉出头替她蒙混过关，却不知她所祭的为何人。后来回去问了芳官，才知晓了这背后的故事：

“哪里是友谊？他竟是疯傻的想头，说他自己是小生，药官是小旦，常做夫妻，虽说是假的，每日那些曲文排场，皆是真正温存体贴之事，故此二人就疯了，虽不做戏，寻常饮食起坐，两个人竟是你恩我爱。药官一死，他哭得死去活来，至今不忘，所以每节烧纸。后来补了蕊官，我们见他一般的温柔体贴，也曾问他得新弃旧的。他说：‘这又有个大道理。比如男子丧了妻，或有必当续弦者，也必要续弦为是。便只是不把死的丢过不提，便是情深义重了。若一味因死的不续，孤守一世，妨了大节，也不是理，死者反不安了。’你说可是又疯又呆？说来可是可笑？”

那么宝玉听了这话，是怎样的反应呢？

宝玉听了这呆话，独合了他的呆性，不觉又喜又悲，又称奇道绝，拉着芳官嘱咐道：“既如此说，我有一句话嘱咐他，须得你告诉他。以后断不可烧纸，逢时按节，只备一炉香，一心虔诚，就能感应了。我那案上也只设着一个炉，我有心事，不论日期，时常焚香，随便新水新茶，就供一盏，或有鲜花鲜果，甚至荤腥素菜都可：只在敬心，不在虚名。”

这段话听起来很熟悉，因为黛玉也曾经有过类似的言语。在书里第四十三回，金钏因为和宝玉调情被王夫人责罚，羞愧难当之下跳井自杀，宝玉偷偷跑去祭奠金钏，回来后正赶上王熙凤过生日，大家都在看戏。黛玉看到《男祭》这一出，便和宝钗说道："这王十朋也不通的很，不管在那里祭一祭罢了，必定跑到江边子上来作什么！俗语说，'睹物思人'，天下的水总归一源，不拘那里的水舀一碗看着哭去，也就尽情了。"

这段话宝钗并没有回应，因为她未必听得懂，听懂了也未必认同，但宝玉一定懂。他早上的时候偷偷去祭奠金钏时，并未告诉黛玉，但黛玉不但知道了他去做了什么，还用这段话来告诉他：对一个人的思念，不必拘泥于地点和形式。

这一段乍看平常，却堪称前八十回中最打动我的情节之一。因为它为我们展现了最好的关系的样子：我懂你的哀伤，但我尊重这种哀伤；以及，你做了一件秘密的事，而我立刻就懂了。

这样的"木石前盟"，也是经历了好几个阶段，才完成了这段关系的构建。

第一个阶段，是懵懂和心动。他们的初见，是从林黛玉进贾府开始，宝玉见到黛玉便说："这个妹妹我曾见过的"。其实，他们何曾见过，只是觉得天然有种亲切熟悉感，似曾相识罢了。初见之时他们年龄尚小，从此之后同作同息，朝夕相处，自是比别人亲厚，这种亲厚里，有兄妹亲情，有伙伴的友情，也有爱情的萌芽。

第二个阶段，是试探和迟疑。在成长的过程中，宝钗来到了贾府，打破了宝黛之间的平静美好的童年时光。宝钗相貌出众、性格平和、情商高，她的到来给黛玉造成了不小的压力，而这个时期的宝玉，正处于青春时期的躁动期，他四处留情，一会羡慕宝姐姐"雪白的膀子"，一会又去调戏金钏，连在袭人家看到一个女孩都会去打听。所以，这个时期的黛玉，表现出来的是恋爱中的女孩常有的小性子，爱哭、促狭、猜疑，这些别别扭扭的背后，隐藏的其实是她对宝玉的不放心、对自己不能言说的心思的反复掂量和咀嚼。

第三个阶段，是笃定与宽容。在《红楼梦》的第三十二回，宝黛的关系出现了重要的转折点：

> ……林黛玉见问，方想起前日的事来，遂自悔自己又说造次了，忙笑道："你别着急，我原说错了。这有什么的，筋都暴起来，急的一脸汗。"一面说，一面禁不住近前伸手替他拭面上的汗。宝玉瞅了半天，方说道"你放心"三个字。
>
> 林黛玉听了，怔了半天，方说道："我有什么不放心的？我不明白这话。你倒说说怎么放心不放心？"宝玉叹了一口气，问道："你果不明白这话？难道我素日在你身上的心都用错了？连你的意思若体贴不着，就难怪你天天为我生气了。"林黛玉道："果然我不明白放心不放心的话。"宝玉点头叹道："好妹妹，你别哄我。果然不明白这话，不但我素日之意白用了，且连你素日待我之意也都辜负了。你皆因总是不放心的原故，才弄了一身病。但凡宽慰些，这病也不得一日重似一日。"林黛玉听了这话，如轰雷掣电，细细思之，竟比自己肺腑中掏出来的还觉恳切，竟有万句言语，满心要说，只是半个字也不能吐，却怔怔地望着他。此时宝玉心中也有万句言语，不知从哪一句上说起，却也怔怔地望着黛玉。两个人怔了半天，林黛玉只咳了一声，两眼不觉滚下泪来，回身便要走。宝玉忙上前拉住，说道："好妹妹，且略站住，我说一句话再走。"林黛玉一面拭泪，一面将手推开，说道："有什么可说的。你的话我早知道了！"口里说着，却头也不回竟去了……

这一段近乎表白的剖心掏肺之后，他们彼此明白了心意。自此之后，他们开始享受爱情，二人很少再吵架，在很多场合，二人都有非同寻常的默契。连黛玉和宝钗之间也开始“金兰契互剖金兰语”。

——这就是宝玉和黛玉的木石前盟最可贵之处，他们的相知并不是因为“前生注定”，而是因为他们共同成长，在共同的生活经历里体味到了人生和爱情的真谛，也完成了彼此的爱情观、人生观的构建。最终认定彼此的他们三观契合、心灵相通，只消一个眼神便明白彼此的用意。

也因此，我相信，在我们未曾见到的后半部分故事里，尽管林妹妹泪尽而亡，宝玉最终迎娶了宝钗，也一定不是戏剧化的“调包计”的结果，而是痛失所爱之后的宝玉，对命运的一种妥协、对自我的某种救赎。

尽管最后，在无情的命运裹挟下，宝玉和宝钗这种举案齐眉却“意难平”的生活也遭受了轮番的碾压，最后落得了“白茫茫大地真干净”，我仍然相信，曹公十年呕心沥血，决不是想写一个“横刀夺爱”的爱情悲剧而已，也不会把“红楼梦”写成又一个“梁祝”、又一曲《孔雀东南飞》。他的格局，远远超出才子佳人的缠绵悱恻，超出“三角恋”的狗血剧情。

说到痛失所爱之后的自我救赎，我总会想起一个人，他就是我的偶像苏轼。

苏轼不足弱冠便与妻子王弗结为连理，从此之后琴瑟相和。后来王氏早逝，未能陪夫君至终老。苏轼在她逝后念念不忘亡妻的好，并为她写下千古流传的《江城子·乙卯正月二十日夜记梦》：

十年生死两茫茫，不思量，自难忘。

千里孤坟，无处话凄凉。
纵使相逢应不识，尘满面，鬓如霜。

夜来幽梦忽还乡。小轩窗，正梳妆。
相顾无言，惟有泪千行。
料得年年肠断处，明月夜，短松冈。

其情之深意之切，令人动容。

然而苏轼为人放达，心胸开阔，总能于困境之中保持乐观，于悲痛之余开怀大笑，于落魄之时聊发少年狂。

也正因如此，他并未一味沉湎于对亡人的思念，而是寄哀思于笔端于行动，也因此他的人生和感情，总是有着柳暗花明和峰回路转的可能。

王弗死后三年苏轼续弦王闰之，后又纳朝云为妾。但是，你决不能说他辜负或忘记了亡妻，他于妻子逝后，在她长眠的山坡上植下三万株松树——他知道自己即将远行，便留这片松林与亡妻为伴——这是何等的深情，又是何等的气魄！当那些幼树蔚然成林，当松涛阵阵伴随着王弗长眠，王弗所拥有的，何尝不是苏轼完完整整的爱情。

真正的爱情，从来都不应该是让人为之赴死的，而是一种发自内心的慈悲与感恩，让人更有勇气面对生活的琐碎、平庸甚至无常。

这个道理，圣人一般的苏轼悟了，藕官这个小戏子也悟到了。我想，成长之后的宝玉，也应该悟得到。

当摇滚少年拿起保温杯，当贾宝玉变成贾政

黑豹乐队鼓手的保温杯火了。大家一边调侃着保温杯里面泡的枸杞菊花，一边怀念着昔日那个铁汉一般的摇滚少年。

如果说窦唯胡子拉碴地坐地铁还可以解读为不惧世俗眼光，那么赵明义老师的保温杯，则以更加世俗和烟火气的方式，让人猝不及防地感觉到一种真实的幻灭感。

原来，摇滚少年也会变成大叔，而且还不是如烈酒般浓烈辛辣的老炮儿，而是如此圆润、温暖、庸常的中年男子，正如那保温杯里的枸杞茶。

于是乎，这一周，社交媒体上充斥着关于赵明义老师和他的保温杯的各种段子。表面上是一场以怀旧为名义的狂欢，背后是每个人对于自己即将到来或者已经到来的中年危机的深刻焦虑和不甘。

说到底，赵明义老师的中年生活到底过得如何，我们无从得知。或许如传言中一样，过着吃瓜群众想都不敢想的优渥生活，或许也和普通人一样操心柴米油盐、关心孩子的成绩，谁知道呢？

只是这种摇滚少年和保温杯的反差感，会在某些时刻击中我们。就如我初看《红楼梦》时，看到书中那一句，贾政“起初天性也是个诗酒放诞之人”时的错愕。

很难把这个正襟危坐、不苟言笑的中年男人，和“诗酒放诞”几个字联系在一起。难道，他也曾经像他的儿子宝玉那样，和丫头们一起嬉闹、写字、撕扇吗？他也曾经和他的“林妹妹”一起在落花下共读《西厢》吗？他在学堂读书的时节，也曾有过调皮捣蛋、让老师头疼不已的时刻吗？

再看他的妻子王夫人。书里面的她，一出场似乎就已经是一个“泥雕木刻”般无趣乏味的女人，是她宝贝儿子宝玉口中的“鱼眼睛”，和刘姥姥说的那个昔日的“着实响快会待人”的王家二小姐，基本上完全对不上号。

看起来，贾政和王夫人这对中年夫妻早已被生活磨丢了棱角、磨失了表情。可是，不是明明有句话叫作“贫贱夫妻百事哀”么，这一对不贫也不贱的夫妻，怎么也会遭遇中年危机呢？

说到底，中年危机，到底是怎么来的呢？

还是从贾政说起。我一直觉得，近代有两位毒舌的作家，分别说过一句话很适合贾政。第一句是来自钱钟书的“扎心金句”：“你不坏，可全无用处”；第二句则温暖一些，来自虽毒舌却有着豆腐心的张爱玲：“中年以后的男人，时常会觉得孤独，因为他一睁开眼睛，周围都是要依靠他的人，却没有他可以依靠的人。”

全无用处，以及没有可以依靠的人——这两样大概是男人中年危机的主要来源，也构成了政老爷午夜梦回时最深的恐惧和担忧：于外，家族的袭爵已到尽头，凭借父亲去世前的那一点儿情面，他得到了一个工部员外郎的位置，但是，他既没有林如海那样的科举功名，又没有王子腾那样的军功，因而始终无法获得重用，人到中年仍然在中层官职上徘徊，看不到明显的上升势头。于内，母亲年迈、妻子整日吃斋念佛、长子早夭、幼子尚小且不论还最憎恨读书。唯一值得欣慰的，或许就是进宫当了妃子的大女儿元春，成为当前家族的最大的政治资源，但谁不知道“伴君如伴虎”这句话？宫闱深深，寂寞不说，还伴随着巨大的风险。所有这些，家里别的男人们从来不想，他们要么只知淫乐，要么沉迷炼丹修道，只有他，会在阖家欢乐之后“悲谶语”而“翻来覆去竟难成寐，不由伤悲感慨”。

这也许可以解释他为什么会积极提携贾雨村、养一批清客，一来是为政治资源的储备；二来也可以在平庸的工作、无聊的家庭生活之外，找几个可以说话的人。或许，也可以解释为什么他会有赵姨娘这样的一个妾——在书里的大部分时候，赵姨娘都是面目可憎的：愚蠢、多事，连亲生的女儿都不待见她；然而，就是这样一个赵姨娘，却为贾政生了一儿一女，而且，贾政还时常会和她聊聊家常，聊完还在她房里休息。除却大家分析的，赵姨娘应该颇有几分姿色之外，我想，与时刻端坐、面无表情的王夫人相比，她更加心直口快、简单直接，这样一个低微却有着活泼生命力的妾，可能更有几分世俗的温暖，成为中年危机的贾政最后的一点儿自留地。

然而，清客也好、姨娘也好，他们或许可以给贾政片刻的陪伴，却无法和他进行真正精神层面的对话和交流，更无法纾解他的压力和焦虑。大部分时候，贾政仍然是孤独的。这孤独让他变得越发沉默，越发不讨人喜欢，连全家人聚会，母亲都嫌弃他在场让孩子们拘谨要赶他走。——他也不是从一开始就这般沉重无趣啊，他也曾有过意气风发的少年时，有过“诗酒趁年华”的恣意，也许也曾经有过和丫鬟们玩闹的“精致的淘气”，只不过当人到中年，看到家族的颓势、儿子的不成器，深感自己的无力回天，他没法任性地做一个“无事忙”——每个少年都会变成自己曾经不喜欢的大人模样，宝玉的岁月静好的背后，大概就是贾政的负重前行吧。

与男人的中年危机比起来，女人中年之后的状态则更多地是取决于家庭关系（如夫妻关系和亲子关系）的状态。对于古代大家族的女人来说，或许还要加上婆媳关系和主仆关系。

拿贾政的太太王夫人来说，她出身大家，嫁过来之后也得到上上下下的认可，还生了几个相当出色的子女，照理说也是“人生赢家”的范本了。但是，我们看到，中年之后的王夫人，是一个性情乏味又不是太有头脑的女人：大概是因为从小受到“女子无才便是德”这些思想的灌输和管束，她见识有限，贾政和她之间的互动仅限于家族事务的交流和商议，更像是同事，而不像夫妻；她爱子心切，大儿子有才有学却英年早逝，长女进宫终日不得见面，身边只剩下一个不太靠谱的小儿子，她成日担心儿子学坏，因为怕丫鬟把儿子勾引坏了，不惜逼死金钏，赶走晴雯，原本念佛的手上沾上鲜血不说，和儿子之间的隔阂也越来越深；她孝敬婆婆，贾母虽然认可她，却无法像欣赏凤姐那样欣赏她，对她的评价是“可怜见的，不大说话，和木头似的”，于是把管家的大权从她手上拿走，全权交给凤姐。——人到中年的王夫人，就这样从那个“响快会待人”的王家小姐，变成了一个不为丈夫宠爱的女人，一个中年丧子的可怜的母亲，一个担心儿子青春叛逆的惶恐的母亲，同时，她也是一个年近半百却仍要在婆婆面前小心侍奉的大家族的儿媳妇，一个没有管家权利却要背上两条人命嫌疑的女主人。

如此说来，中年危机，对于男人女人其实是公平的。在女人也承担着职场角色、男女分工不再像古代那么泾渭分明的现代，男女中年危机的性质和内涵，都变得更加接近了——不会因为性别而有差异，也并不会因为有钱有权就饶过谁。——如果大观园的青春故事没有戛然而止，贾宝玉未必不会成为贾政的翻版，而薛宝钗也许就是下一个王夫人，至于心比天高的晴雯，也许被时间消磨成了令人厌恶的赵姨娘的模样。

既然“中年”这个并不讨人喜欢的人生阶段，最终都会到来。那么，该以怎样的姿态迎接我们终将到来的中年？有没有哪些事物，可以帮我们对抗即将到来的中年危机呢？

关于这个问题我有过一些思考，但由于我距离真正意义上的中年尚有一定时间，所以大抵也就是纸上谈兵而已。不过，凡事有所准备总好过猝不及防，在这里胡乱扯几句，贻笑大方的同时，就当给自己打预防针了。

对抗中年危机第一招：有一个三观一致并能无障碍交流的伴侣。

把这条放在第一个，实在是我觉得太重要。人的本性中对孤独的恐惧与生俱来，人与人之间结成各种关系，便是为对抗这种恐惧而产生的。而在所有关系中，能最大程度上消弭孤独、让人得到心灵上的慰藉和陪伴的，便是伴侣。然而，人类的情感的复杂之处在于，两个人并不因为结为夫妻，而天然具备心灵交汇的能力。不说现实中太多怨偶，只说《红楼梦》中，便有无数同床异梦的夫妇——前面说过的贾政和王夫人，尚且保持着“举案齐眉”的表面和谐，其他的夫妇：如贾赦和邢夫人、贾珍和尤氏、贾蓉和秦可卿，基本上就剩下维持一个夫妻的名分而已了。最让人唏嘘的是王熙凤和贾琏，这对夫妇从甫一出场时的“只羡鸳鸯不羡仙”，生生地在明争暗斗、钩心斗角中磨成了一对仇人，往日恩爱消失殆尽，“一从二令三人木”，让人不由感慨“人生若只如初见”。

二人关系好到极致的状态，一般叫作soulmate（灵魂伴侣）。这种状态就像杨绛之于钱钟书，将“妻子、情人、朋友”的角色水乳交融，又或者像王小波和李银河那样，在众人惊愕的眼光中挽着手去做点惊世骇俗的举动。但是，soulmate往往是可遇而不可求的。放眼整部《红楼梦》，我们只能找得到两对，老一辈里的林如海和贾敏，新一代里的贾宝玉和林黛玉了。当然，你可以说后者是因为林妹妹早逝才没能变成蚊子血，其实二人之间的默契以及由此带来的巨大感动，在日常的交流间早已展现得淋漓尽致。

如果不能成为soulmate，至少要在俗世意义上做到三观一致、势均力敌，最起码，要能做到无障碍交流。试想，一辈子那么长，如果总和一个说话不在同一频道上的人在一起，那漫长的人生，该有多么无趣？

对抗中年危机第二招：具备适当的物质条件，但仍有目标和追求。

我们生在一个物质急剧膨胀的时代，被时代裹挟的我们，已经很难对金钱和物质视而不见；然而好的一面是，我们也越来越愿意正视并驾驭自己对物质的欲望。所以，我想，能够很好地对抗中年危机的人，应该是具备一定物质条件的，这样才不会被柴米油盐、子女的补习费、老婆的一件新衣服而打败，陷入物质带来的窘迫感和困顿感中。

那么，如果以四十五岁之后算作“中年”的话，人到中年时，该具备怎样的物质条件呢？我想，现在自媒体上天天鼓吹的“财务自由”，应该还属于极少数人能达到的状态；对于大部分平凡的我们来说，中年时候的状态，应该是事业上有一定积累、手上有些许积蓄，不再为生计发愁，仍有一些目标和“奔头”在远方召唤着我们，让我们为之兴奋、为之努力。

对抗中年危机第三招：做一个丰富有趣的斜杠青年。

就像前文所说的，锦衣玉食的贾府里，政老爷和王夫人，也一样有中年危机感；从小纨绔习气的珍琏之流，也没能把自己的中年过成诗和远方，由此可见，物质的丰盈并不必然带来幸福。在基本的物质条件满足之后，人内心的满足，往往是由物质之外的成就感决定的。

让自己成为一个丰富有趣的人，或者用流行的话说，成为一个斜杠青年，或许是对抗中年危机的最好的方式。

斜杠青年的意思，就是一个人有不同的特长，同时承担几种不同的社会角色，这或许会让原本忙碌的生活变得更加忙碌，原本紧张的时间变得越发紧张。但是，这无论如何是一件一本万利的事情——因为你的每一条斜杠，在将来都可能会成为你生活的支点，在某些必要的时刻支撑你、成就你，帮你度过人生难挨的时刻。再说了，成为一个带斜杠的中年人、老年人，总是要比一般人显得有趣些。

说起来，贾家最具备智慧的老太太——贾母，她年轻的时候，应该就是这样的一个有趣的斜杠青年——史家小姐 / 贾家当家人 / 戏曲、乐器爱好者 / 美食家 / 室内装饰专家……所以她会欣赏黛玉、宝琴多过宝钗，喜欢晴雯多过袭人，所以她才会在一把年岁时，仍然活得热烈而有趣，成为贾府的灵魂人物。

现在想想，倘若能够成为这样一个有趣的老太太，年岁增长又算得了什么呢？

对抗中年危机第四招：修炼一颗见招拆招的强大心脏。

最近，纪录片《苏轼》又着实让我的偶像东坡先生火了一把。说起来，作为从小学就热爱苏轼的小粉丝，我的心情很复杂，一方面当然知道偶像的魅力即使跨越千年也不可抵挡；但另一方面偶像成为超级网红之后，再写点儿关于他的事情，似乎就显得有点儿人云亦云。

不过，想来想去，在见招拆招这一点上，不搬出他老人家，似乎很难找到更合适的代言人了——他也曾经少年得志，也曾经中年落魄，也曾经历牢狱之灾、饥寒之苦、丧偶之痛，但他就是“打不死的小强”、不可救药的乐天派——被贬黄州能让赤壁闻名天下，暂居杭州就给老百姓修一条苏堤，淋个雨能吟出一阕《定风波》，连原本做坏了的菜肴，都能变成无上美味。这样的化苦难为财富的力量，见招拆招的强大心脏，已经近乎圣人，非你我普通人可以达到的境界。

但对于你我来讲，随着年岁增长，逐渐成长、成熟，经历的风浪越来越多，了解了这世界上的无奈和无常，总该修炼出一颗见招拆招的强大心脏，具备一些微笑化解苦难、幽默面对尴尬的能力，就像《红楼梦》里的刘姥姥，一个不曾见过世面的乡下老太太，凭借着强大的韧性，打秋风打得不卑不亢，纵然是耍宝讨生活，却依然让人尊敬。

当山雨欲来，大厦将倾，这个有着强大韧性的老太太，凭借草根般的韧性和质朴的善良，竟然给予贾府最后一点儿温暖的救赎，这不得不说是偶然当中的必然。

以上这几点，大概是我能想到最好的迎接中年的方式，也是让我们能以更好状态过好后半辈子的万能钥匙了。另外，我虽然是个不折不扣的“孩奴”，但在这些招数，我并不愿意将“养孩子”纳入其中。养育一个孩子、看他的笑脸、为他忙得四脚朝天，当然是对抗孤独感、无聊感的绝佳利器，但是，孩子总会长大，当有一天这段亲密的关系指向分离时，我希望我们和子女之间，是一场充满爱意却又毫无羁绊的目送，只有这样，他们的成长，才不会为我们带来更深刻的中年危机。更何况，有趣的、丰满的生命，并不因你单身、丁克抑或为人父母而发生改变。

最后，以我偶像写在中年（元丰五年，苏轼四十五岁）的一首词作为结尾，我想，如果宋朝有保温杯的话，说不定，我们现在会拥有像东坡肉、东坡饼一般美妙的饮料。那味道，也必如他的人生一般，充满跌宕，却让人甘之如饴。

浣溪沙·游蕲水清泉寺

山下兰芽短浸溪，松间沙路净无泥，潇潇暮雨子规啼。

谁道人生无再少？门前流水尚能西！休将白发唱黄鸡。

贾探春vs.张韶涵：那些被亲妈伤害的女孩们

前几天，我和家里几个90后的妹妹聊天，她们兴奋地讨论新一期的《歌手2018》，不停地提到一个熟悉又有几分陌生的名字——张韶涵，说她在这期节目里面表现非常亮眼，并且即将开启新一轮巡回演唱会。

我于是努力在脑海中搜寻了一下关于这个女孩的歌和关于她的信息——那首红遍全国、甚至被北大校长动情演绎的《隐形的翅膀》自不必说，还有很多很好听的歌曲《欧若拉》《寓言》，我仍能随口哼唱出来。然而我想了一下，这些歌曲都是大约十年前的了——那么在这消失的十年里，她在做些什么呢？

于是我好奇地去研究了一下张韶涵最近的一些作品和新闻，才知道，在出道不久大红大紫过一段时间之后，她就被拖入了负面新闻的泥潭中：她的母亲出来指责她“不孝”，还爆料她吸毒、同性恋，导致她的形象一下从冉冉升起的“小天后”变成了“问题少女”，歌唱事业一落千丈不说，整个人身体也垮了，不得不中断事业去养病。

我看到她那段时间的照片，身材暴瘦、面容暗淡，眼神也没有了往日的飞扬神采，着实让人心疼。然而，更让人心疼的，就是一手造就她如此境遇的，竟是她的母亲、小时候就离开的父亲以及她的各色“亲人”。

很多人说，张韶涵的境遇很像《欢乐颂》里的樊胜美，都有不堪的原生家庭，自私的父母拼命榨干女儿的钱去满足自己的欲望，或去补贴不争气的儿子……她们都是被原生家庭深深伤害的女孩，隐形的翅膀尚未起飞，就被自己的亲人生生折断。

然而，当我回看了张韶涵在《歌手》里演唱的视频后，当我看到这个女孩在沉寂十年后在舞台上光彩夺目的样子，我觉得比起那个仍然幻想靠男人的力量来摆脱原生家庭泥潭的樊胜美，她更像《红楼梦》里的贾探春。

跟苦孩子出身的樊胜美、张韶涵不同的是，贾探春是“白玉为堂金作马”的贾家的小姐、贾政的女儿，然而不同于元春和宝玉，她并非正室王夫人所生，而是小妾赵姨娘所生。在讲究嫡庶的古代，庶出的女儿虽然也是正经的主子小姐，但是终究在身份上是有一定“瑕疵”的。更要命的是，她有一个特别不省事还每天怒刷存在感的亲妈——赵姨娘，这位亲妈无论从见识格局、行事风格和套路上，都和张韶涵的妈极为神似。这两位母亲，虽时隔几百年，却像是一个模子印出来的。

先是见识格局上。《红楼梦》里，赵姨娘是个见识粗鄙、鼠目寸光的女人，作为贾府的“半个主子”，她也算是成功上位的“人生赢家”了。但她非但不矜持自重，反而跟个跳梁小丑一样，不是教唆自己的儿子贾环去跟小丫头掐架，就是被别人一怂恿就去跟下人吵架，总之是身段尽失；张韶涵的母亲也是一样，起初她把女儿当成摇钱树，当母女关系恶化，她出来向自己的女儿泼脏水时，恐怕都没想到公众形象对于一个艺人的重要性，她的所作所为，对于女儿来说简直是釜底抽薪。

再是行事风格上。张韶涵的母亲行事高调，动不动就开记者招待会，恨不得把自己家的那点儿事弄得世人皆知；赵姨娘也是个不知收敛的人，每天挂在嘴边上的话就是“你是我肠子里爬出来的”，当探春获得了贾母、王夫人的信任，有了临时管家的权利，她想到的不是替女儿高兴，而是让女儿徇私，“多拉扯拉扯我们”。

最后是“坑女”的套路上。这两位母亲也是如出一辙，先是试图控制女儿，一旦发现女儿不再听她们摆布，就来道德绑架这一套，声泪俱下地控诉也好，指着鼻子骂女儿“攀高枝”也好，总之就是仗着那一点儿血缘关系和生养之恩，把自己的亲骨肉作践个够。

然而，就是这样的两位母亲，她们居然都生出了十分优秀的女儿——贾探春在贾家的几位小姐里面，虽比不上元春，却远超同样是庶出的迎春和惜春，她“俊眼修眉，顾盼神飞，文采精华，见之忘俗”，她“又红又香，无人不爱”，是一朵“带刺的玫瑰花”，她还有理家的才干、改革的眼光，带领大观园兴利除弊、开源节流；张韶涵也是个出类拔萃的姑娘，二十来岁出道就在偶像剧里演女一号，年纪轻轻就成为当时的流量担当，嗓音条件又极好，凭借几首金曲红遍大江南北。老天爷似乎是公平的，虽然让她们生在泥淖，却给了她们在泥淖里开出花的机会，成为励志少女的典范。

然而这励志的背后，是她们不为人知的心酸和辛苦——红起来的张韶涵完美得不像真人，几乎没有绯闻，也没有朋友，她一心投入工作，将所有的情绪都化为歌声；而贾探春十分努力去做那个被祖母、父亲认可的孩子，中秋之夜，宝玉、黛玉都早早离场，只有她仍旧陪在贾母身边——难道她不困、不累、不贪玩吗？不，她只是不如那两个玉儿受宠爱，所以她始终无法像他们一样任性。

没有得到过无条件疼爱的孩子，无论外表看起来多么坚强，他们始终是小心翼翼、如覆薄冰的。

面对不堪的母亲，贾探春在成长过程中本能地选择了“切断”，她认王夫人为母亲，而称呼自己的生母为“姨娘”；在人前，她努力地维护王夫人，当贾母因为贾赦的事情迁怒于王夫人时，别人都不敢说话，只有她站出来替王夫人辩解；她极力地与赵姨娘撇清关系，在赵姨娘说赵国基是“你舅舅”时，她会板起脸来说“我舅舅年下才升了九省检点，哪里又跑出一个舅舅来？”她用这种看似冷酷无情的方式保护着自己，以免被母亲拖入那个万劫不复的深渊中。

她也会为赵姨娘受人蛊惑而“恨铁不成钢”，她也会私下里苦口婆心地劝诫、痛心地流泪。然而在流过泪之后她仍旧清醒而决绝，她爱惜自己的羽毛，不卑不亢、不偏不倚，赢得了阖府上下的认可。

而张韶涵的决绝，则来得晚了一些。一开始出道，她希望能用自己的“孝心”来改善与原生家庭的关系，她没命地工作赚钱，把所有的钱如数交给母亲。她曾以为，这样的付出就能换来和谐，然而人心是填不满的沟壑。当她因为生病收入下降后，母亲居然公然跳出来诋毁她、谩骂她，让她的事业一落千丈。从那以后，张韶涵仿佛消失了，她像很多过气的明星一样，不再被人提起，只有她的那些曾经的作品，因为太过有名仍然受到欢迎，在街头巷尾，在KTV，仍然无数次地被人唱起。

这样的实力加持，也为她埋下了复出的伏笔。所幸的是，在流行转瞬即逝的歌坛，偶尔也还是有“二次走红”这样的奇迹上演。当一身白衣的张韶涵唱起《梦里花》时，她那明亮的嗓音、动情的演绎，还有宛若为她量身定制的歌曲，真让人有泪流满面的冲动。

唯一纯白的茉莉花
盛开在琥珀色月牙
就算失去所有爱的力量
我也不曾害怕

用了将近十年的时间，她终于与那个不堪的原生家庭和伤害她的母亲切割开来，不用再陷入泥潭，用力地做回自己。

这一刻让我想起贾探春曾经说过的话——“我但凡是个男人，可以出得去，我必早走了，立一番事业，那时自有我一番道理。偏我是女孩儿家，一句多话也没有我乱说的。”

在贾探春的年代，女人能做的选择太少，纵有文韬武略之才，也不过被囿于闺阁之中。她们的事业无从谈起，婚姻也不由自己做主。所以，纵使贾探春洞悉了家族颓势、努力地兴利除弊，她也无法成为挽救贾府命运的人——她甚至连自己的命运都无法把握，当南安太妃选中她去远嫁和亲，她只能像那个断了线的凤凰风筝一样，“一番风雨路三千”，去飘向未知的前路。

而让人感到欣慰的是，在如今这个年代里，身为女子虽仍有种种桎梏羁绊，但已可获得相当程度的自由。所以，才有一个个像张韶涵这样的女孩，凭借自己的才华和努力，支撑起自己的人生，将拖累她、伤害她的那些人远远地甩在身后。

我想，倘若贾探春生在这个年代，聪明如她、果敢如她、高傲如她，一定可以成就一番事业，说不定可以挽救家族的命运，而不是将人生运势押在那一支“杏花”的签上，靠“得贵婿”来改变命运。这，也是我在文章开头便说，张韶涵并不像樊胜美的最重要的原因——真正的励志女孩，她并不会指望男人为她解决所有的问题，她或许期待爱情降临，但决不会以抓住救命稻草的姿态，将所爱的男人一起拖入她刚刚逃离的深渊。当然，在《欢乐颂2》的结尾处，樊胜美的想法也在发生改变，并不像过去那样一味指望男朋友。期待着在新的剧情里，她能够蝶变，一如张韶涵歌里唱的那样：

每一次都在徘徊孤单中坚强
每一次就算很受伤也不闪泪光
我知道我一直有双隐形的翅膀
带我飞，飞过绝望……

我终于翱翔，用心凝望不害怕
哪里会有风，就飞多远吧
隐形的翅膀，让梦恒久比天长
留一个愿望，让自己想象

很高兴，看到张韶涵——这个拥有隐形翅膀的倔强姑娘回来，这一次，愿你海阔天空，再无枷锁。

第二篇

星沉海底当窗见

读书观影笔记

巨流河：如此悲伤，如此愉悦，如此独特

电影《无问西东》上映的时候，我和先生抽了一个下午去看。对于我们来说，虽然此生与清华并无缘分（他所毕业的学校如今已经成为清华的一个院，但他始终不能自认是个清华人），但电影里弥漫的那种理想主义、家国情怀和对人生意义的发问，仍使我们感到诸多共鸣。

在看完电影的路上，我发了朋友圈点评这部电影，于是有朋友在下面留言，推荐一本《巨流河》给我，说书里有段故事，与王力宏扮演的沈光耀的那段令人热血沸腾的殉国传奇高度契合。

因此，我在翻开此书前，曾以为这是一部飞虎队飞行员与女学生的爱情小说，然而当我用了数天的时间一口气读完它，才深深感到，它的叙事之宏大、背景之壮阔，远远超出我的想象。

——它是一部中华民族百年沧桑的记录史诗：讲述了一个革命家庭在满目疮痍的中华大地上的颠沛流离，一位投身报国的青年飞

行员和女学生隐忍真挚的爱情，一位多愁善感的文学少女在漫长人生道路上的心灵成长。而书里所有的叙事，都来自于齐邦媛先生一生的真实经历，所以，格外打动人心。

渡不过的巨流河

齐邦媛出生在辽宁的巨流河畔，幼年时随母亲南下一路追随父亲，四处辗转，先后在南京、北平、重庆居住，又在乐山、武汉等地求学。成年后，她先于父母去台湾工作，阴差阳错地定居台湾，在之后的时光里，她在美国、德国等多处访学，可谓四海为家。可是在她心目中，巨流河畔的辽宁是她永远的故乡。这故乡虽然饱经战火、满目疮痍，却让人魂牵梦萦一生。

不同于欧洲人的大航海和骑士精神，也不同于游牧民族惯于马背为家，传统中国人的心中始终存在着一种故土难离的情结，背井离乡对于中国人来说，始终是一个无奈的选择。

齐邦媛的父亲齐世英，就是在追随郭松龄革命失败、东北发生九一八事变失守之后奔赴南京国民政府就职，其后一直追随国民政府，但他的心中却始终牵系东北，并终其一生匡助、救济来自东北的同乡。东北沦陷成为他一生的遗憾，战死的那些同乡成为他毕生奋斗的源泉，难得的是齐先生一生虽然在沙场出生入死，却仍然温柔敦厚，保留着知识分子的本色和气度。他的革命志向和对同乡的收容也深深影响了子女和亲属，使得齐家成为东北流亡学生在不同时期的精神避难所，亦为他们剪不断的乡愁提供了一个温暖的去处。所谓心安之处即吾乡，齐家那个小小的驿站，想必是那些年里，无数东北游子心中等同于故乡的所在吧。

书里数次写到，那些远离了白山黑土后流离失所的青年学子，在无数个场合动情唱起《松花江上》，这样的场景，总会让人动容不已：

我的家在东北松花江上
那里有森林煤矿
还有那满山遍野的大豆高粱
我的家在东北松花江上
那里有我的同胞
还有那衰老的爹娘
九一八　九一八
从那个悲惨的时候
九一八　九一八
从那个悲惨的时候
脱离了我的家乡
……

齐邦媛先生在阔别故乡六十年后，曾在改革开放后返回过故乡，然而，经历了战争的创伤、六十年代的浩劫，彼时的东北仍未恢复完全的生机。一如鲁迅先生阔别二十年还乡时感受到的悲凉一般，她记忆里的“鬼哭狼嚎山”、母亲曾经哭泣过的牧草、点亮童年记忆的芍药花，都遍寻不见了。

六十年终渡巨流河，故乡竟已成异乡，所幸仍有心安之处，将游子变成归人。

战火里的爱情

齐邦媛与张大飞的爱情，在书里着墨并不算多，但对于张大飞的思念和缅怀，却始终萦绕在作者心中。

起初，这只是一段乱世里的兄妹情，在南京时，张大飞是齐家每周定期招待的诸多东北流亡青年中的一个。国民政府迁往重庆后，齐邦媛被送至重庆南开中学上学，而张大飞报名进入了军校，之后成为陈纳德“飞虎队”的成员。两人虽然天各一方，却通过鸿雁传书，分享彼此的成长、思考和信仰。

多年的书信往来让这对少年情愫暗生，然而在那个年代，一个是随时要跟着学校躲空袭的女学生，一个是居无定所，每天在天际命悬一线的飞虎队成员，谈情说爱是无比奢侈的事情。张大飞来南开中学看望齐邦媛的那个夜晚，大概是他们此生最接近寻常爱情的一刻，然而这一刻之后却是天人永诀：

> 我出去，看到他由梅林走过来，穿着一件很大的军雨衣。他走了一半突然站住，说，“邦媛，你怎么一年就长这么大，这么好看了呢。”这是我第一次听到他赞美我，那种心情是忘不了的。他说，部队调防在重庆换机，七点半以前要赶回白市驿机场，只想赶来看我一眼，队友开的吉普车在校门口不熄火地等他，我跟着他往校门走，走了一半。骤雨落下，他拉着我跑到门口范孙楼，在一块屋檐下站住，把我拢进他掩盖全身戎装的大雨衣里，撑着我靠近他的胸膛。隔着军装和皮带，我听见他心跳如鼓声。只有片刻，他松手叫我快回宿舍，

说："我必须走了。"雨中，我看到他半跑步到了门口，上了车。疾驰而去。这一年夏天，我告别了一生最美好的生活，溯长江远赴川西。一九四三春风远矣。今生，我未再见他一面。

在看此书的时候，这段话，以及其后他们二人的通信让我泪流不止。齐邦媛的叙事克制而含蓄，然而内在的情感却极为深沉。写下此书时，她已接近耄耋之年，她隔着数十年的岁月回望这段爱情，这段脆弱到没有来得及酝酿便已戛然而止，却又强韧到终其一生都无法忘却的爱情，已成为她波澜壮阔人生的一部分。

一九四三春风远·远去的时代和大师

因为家庭与求学的缘故，齐邦媛与当时那个时代的诸多大师有过交集，也曾经受训于那个时代最伟大的一群师长，堪称人生中巨大的财富。所以，在书里，她追忆师长、追忆当时的南开和武大，也让读者有幸看到那个时代的许多影子：比如南开的创始人、老校长张伯苓振臂高呼："中国不亡，有我！"；比如朱光潜先生在英诗课上用略带安徽口音的英文读到《玛格丽特的悲苦》时，取下眼镜，眼泪流下双颊；再比如吴宓先生在她的论文中写下："爱如一炬之火，万火引之，其火如故。"

那是中国最危亡的几年，但也是异常璀璨的时代。

作为一个南开大学毕业的学子，南开和西南联大的校史，几乎是我们入学的第一课，也因此我对于重庆沙坪的南开中学、迁往昆明的西南联大，那些熠熠生辉的名字和故事并不陌生。而最近上映的《无问西东》，以及《巨流河》一书，则是以不同的方式，让那些人和事在我们面前更加鲜活地展现。

然而，更令我深思的，是齐邦媛先生后半生寄居台湾，以旁观者的角度看待六十年代生活在大陆的知识分子的命运。她的那些师长和同学的遭遇令人唏嘘——大师精神、人文传承，那些属于民族的瑰宝，战争未曾摧毁，却被人为摧毁。伤痛虽然已经结束，但修复却需要更久一些的时间，这也许是远去的那个时代留给我们的深思。

一生的心灵慰藉：宗教、文学、诗歌

在同时代的女性当中，齐邦媛无疑是幸运的，幸运在于她几乎接受了那个年代最优质的教育，即使是在战火纷飞的年代，每日躲着空袭和炸弹的日子里，也仍然得以在南开中学和武汉大学读书，和文学、诗歌为伴，并有幸师从张伯苓、朱光潜、钱穆、吴宓等大师，聆听他们的见解，用心潜读雪莱、济慈、弥尔顿和莎翁的诗句，这样巨大的精神财富，对于一个经历过颠沛流离的童年和少年时代、经历过情窦初开又痛失所爱的少女，无疑有着类似宗教般的慰藉。

为纪念张大飞，齐邦媛在他殉国后受洗为基督徒，并始终保留着他馈赠的《圣经》。宗教为她减轻了内心的伤痛，也成为她一生的寄托。

定居台湾之后，齐邦媛在相夫教子的同时，将自己所学投入台湾的外文和国文教育。无论是在台中大学任教，还是在编译馆翻译台湾文学或编写台湾地区语文课本，她始终用自己的力量为台湾的学子打开一扇与世界对话的窗口，也努力向世界展示中国台湾文学的独特价值。

台湾，这样一个方寸之地，最终成为齐邦媛的安身立命之地，也成为她的精神家园，这是时代的宿命，也是她颠沛流离的人生里最为安稳的归宿。这里天地虽小，却所幸未曾经历时代波澜，较为完整地保留了文化的血脉，也留下了那个时代独有的印记。

现如今，在中文的文化世界里，有谁能忽略掉来自宝岛台湾的那些声音和力量呢？像我这样的80后文学青年，哪个不是读着三毛、琼瑶、席慕蓉、林语堂、余光中成长起来？又哪个不熟知李敖、白先勇和古龙呢？

文学和诗歌，这些人类文明中的瑰宝，最终将跨越政治的分歧、跨越时代的隔阂，在不同的年代里遇到知音。文学不似铁炮长枪，无法杀敌保国，却使人内心坚韧而明亮，最终形成一股强大的力量，让人熬过人生中那些艰难、幽暗的岁月。

关于这本书，我在最近一段时间看了很多评论，很多人如我一样被深深感动，也有人提出了不一样的声音，比如齐邦媛先生是否仍旧继承了资产阶级的思维方式和局限性，在国破家亡之际仍然沉浸于风花雪月的诗词，在热血青年奔赴延安之际仍然闭耳不闻政治，这是否体现了当时知识分子的另一种“精致利己”。对此，我想说的是，如果说历史是一位任人打扮的小姑娘，那么齐邦媛为我们呈现的，只是她用她所经历的颠沛流离的一生所书写出来的一个版本。这一版本并不一定最完美，也不一定最客观，然而她呈现出来的真实、从容，却可打动读者的心。

记得那天，我在飞驰的高铁上看完了这本书，窗外的阳光照耀着广袤的土地，书中的百年沧桑在胸腔中涌动。这一样的阳光，也曾见证过满目疮痍的故土，也曾抚慰过千疮百孔的民族。

感谢齐邦媛先生的《巨流河》，如此悲伤，如此愉悦，如此独特。

从九又四分之三站台开始的旅程

2011年的夏天，伴随我们多年的《哈利·波特》系列电影，终于迎来了完结篇。

我于是突然想起2007年那个夏天，那个时候，全世界的小朋友和大朋友们，都在等待一个答案，那就是，哈利·波特究竟有没有活下来。

这个谜底揭晓的那天早上，我正准备搭从香港出发的飞机去往北京，到达机场，办完所有手续之后，我飞奔向机场的书店，远远地，就看到一群戴着尖顶巫师帽，穿着斗篷的“巫师”们在书店的门口走来走去。

我于是像见到亲人一样飞奔过去，买下了厚得像一本词典的《哈利·波特7》，如获至宝。

其实，连我自己都说不清楚，到底这部长长的童话——姑且让我仍旧把它称作一部童话——对我来说到底意味着什么，为什么，我会在早已不再属于童年，也不再属于少年的年纪上，对这样的一部作品，痴迷得像个孩子？

但我相信，对于和我同龄的人来讲，对哈利·波特的痴迷，绝对不是少见的。国内各大高校的BBS上，几乎都有一个专门讨论哈利·波特的版面，活跃着太多像我这样不再年幼的哈迷。

我想，我或许应该庆幸，我是在这样的年纪上读到《哈利·波特》，正如我一直庆幸我会在二十岁之后重读《小王子》和《彼得·潘》——成长让我懂得了隐藏在这些故事背后的现实世界，而世事的磨砺和创伤让我更加懂得单纯、善良和童心未泯的可贵。

(一)

真的很佩服罗琳，她不仅懂得孩子的梦，也懂得大人的梦——她为我们编织了一个那么美好的关于魔法世界的梦，在这个世界里，随时都会发生让人意想不到的事情——哈利这个处处受人欺负的小男孩居然是抵挡了神秘人的英雄；猫头鹰可以帮人们送信，更可以成为人们的朋友；巫师们可以利用炉火来行走，而邓布利多手中那个打火机样的东西，居然可以暂时收起路灯的光亮。

这是一个多么奇妙的梦。我们小的时候，一定都曾有过这样的梦。而之所以有那么多的人痴迷于它，不仅仅是因为它符合我们每个人可望可不可即的梦，还因为这个梦太真实，真实得像是伸手就可以触摸得到，其中的友情、亲情故事，似乎都曾发生在我们的身旁，那些黑暗的和邪恶的力量带给我们的伤害，也痛得那么真切。

所以我不仅仅把它看作一个故事。而事实证明，罗琳，也不仅仅是想要讲述一个戴着圆眼镜的黑发小巫师的故事而已。

她要带给我们的还有很多。

她让我们重新发现友谊的力量——那是一种澄澈的孩子般的友

谊，哪怕前一秒钟还彼此误解，下一秒，却因为朋友有危险，而吓得脸色苍白——没错，我是在说罗恩。

罗恩·韦斯莱，《哈利·波特》系列的男二号，似乎从一出现，就注定了是一个配角——总是在哈利的身边默默地扮演着那个既不是特别聪明，又不是特别勇敢，甚至有时会爱嫉妒、爱小心眼的角色。正如他在厄里斯魔镜里面所期待看到的——他多么希望自己成了男学生会主席，成了魁地奇队长，成了妈妈最喜欢的那个孩子，成了众人瞩目的明星。哈利的困扰常常在于，无论走到哪里，都有太多关注的目光，而罗恩的苦恼则是，无论走到哪里，都有太多关注的目光在别人身上。

只有那一次，他下了一盘精彩绝伦的棋，为哈利打通了通往魔法石的路，为格兰芬多赢得了额外的加分，那一刻，他是一个真正的格兰芬多人，有着“深藏心底的勇敢”。

再后来的几集里面，罗恩几乎再没有如此精彩的表现，在大名鼎鼎的哈利·波特和聪明绝顶的赫敏面前，他只是一个普通的不能再普通的男孩。

然而，我还是常常会想起，三强争霸赛的那一幕。他认为哈利背着自己去报名参加争霸赛而怨恨他，却在哈利从匈牙利树蜂那里死里逃生之后，吓得脸色苍白地找到哈利，勇敢地承认了自己的错误。

这小小的嫉妒、小小的误解，非但不会让罗恩这个角色变得惹人讨厌，反而更加增加了他的真实感。

我们年少的时候，谁不曾有过嫉妒啊，特别是在面对比自己或是聪明，或是漂亮，或是受宠的同龄人的时候。

再看《死亡圣器》里面的那段。邓布利多在遗嘱里面把自己的熄灯器留给了罗恩，罗恩感到受宠若惊也迷惑不解——他自认为并不是邓布利多十分关注的学生。直到后来，他因为嫉妒而离开，又因为后悔离开而渴望回归的时候，熄灯器以那样一种奇妙的方式指引他回来，我们才开始赞叹邓布利多的睿智——他知道罗恩有一天会离开，不，他是知道罗恩一定会想要回来。

经历了这一场短暂分离的三人组，从此以后变得更加无坚不摧。三个十七岁的少年凭借着邓布利多留给他们的些许线索，寻找着一个又一个魂器，并最终直面伏地魔。我相信，罗琳还是偏爱罗恩的，要不然，不会在最后的决战中，安排由罗恩来打开密室、拿到蛇怪毒牙，更不会将赫敏安排成为罗恩的另一半。

说到这里，突然想到，很多朋友都和我说，看到最终的结局，不是哈利和赫敏在一起，感到很遗憾。似乎在所有的故事中，都理所应当是男一号和女一号走到一起。

然而，罗恩和赫敏，从初识的吵吵闹闹，到最终的携手，是有着许多许多的征兆的。比如，《密室》中，被曼德拉草救过来的赫敏，飞奔着拥抱了哈利，而拥抱罗恩时，却有些尴尬——懵懵懂懂之时，她只把哈利当作是纯真的朋友，而对罗恩，却已有种模糊的性别意识。再比如，《火焰杯》中，面对赫敏和克鲁姆的组合，哈利表现得无所谓的样子，而罗恩则在意得多。

再到后来，罗恩和赫敏之间那种别别扭扭的、属于小恋人之间的猜疑、吃醋，已经表现得相当明显。而哈利和赫敏，却自始至终，只是兄弟姐妹一般的友谊。

所以，在《死亡圣器》的最后，我们看到十九年后的罗恩和赫敏，仍然有着十九年前一样的小吵小闹；我们看到哈利、赫敏和罗恩，三人组仍然会在同一时间出现在九又四分之三站台，不由会心一笑。

居然就这样长大了，为人父母了，时光带走了许多东西，却又什么都不曾带走，真好。

(二)

记得在《哈6》刚刚出版，《哈7》尚未面世的那两年里，我的内心一直无比纠结一件事，就是邓布利多在临死前到底求斯内普什么事情。和哈利一样，我无法接受这样的一个老人，居然会去“哀求”。

正如我们无法接受，那个被邓布利多无条件信任的斯内普，居然真的是个坏人。

直到后来，我们了解了真相，了解了在他那黑色的眸子背后的隐痛，了解了这个男人一生挥之不去的悲伤，也了解了他对詹姆·波特那深深憎恶的来源，更了解了他面对哈利的绿眼眸时候，那种无奈的心悸和心痛。

记得《哈7》刚刚出版的时候，在一位哈迷的文章里看到这样两句话，十分传神地写出了斯内普看到哈利时候的心情：

> I am looking at James Potter；
> Lily Evans looks at me。

这是多么纠结的情绪。纠结，这个词，几乎伴随了斯内普一辈子。

还记得年少无知的时候，她是阳光下咯咯大笑的小公主，他是邋遢、瘦削的小男孩。她是女巫，他是男巫，共同的魔法世界把他们联系在了一起。他们在草地上一同玩耍，讨论着那个未知的、奇妙的世界。

然而，人生若只如初见。若一切只停留在那年的夏天，该是多么美好的事情。

那年的9月，他们共同登上了开往霍格沃茨的红色列车，也开始了分道扬镳的人生历程。

在霍格沃茨，人人都是巫师，他们之间原本的那些共同点，很快就被更多的分歧所替代——她是活泼、聪明、人见人爱的格兰芬多女生，而他则是阴郁、邋遢、醉心于黑魔法的斯莱特林男生。

终于，他带着绝望的情绪看她渐行渐远，最终投入了詹姆·波特，这个他从一入学就看着不顺眼的男人的怀抱。而他，则成了黑魔王忠实的追随者。

然而，当他得知伏地魔竟然要去追杀他心爱的女人全家的时候，他面色苍白地找到了邓布利多，只要他们能活下来，他愿意用一切去换。

后面的故事我们早就知道了，莉莉·波特用生命保护了她的儿子，使他成为黑魔王杀戮咒下“大难不死的男孩”。而我们不知道的是，这其后的漫长岁月，斯内普是怎样用绝望与悔恨吞噬着自己的内心。

因为詹姆，他对哈利怎样也无法建立好感，但是因为莉莉，他竭尽所能保护他的安全，因为他有一双绿色的眼睛，就像她。

我无法想象，当最终从邓布利多那里得知，哈利·波特最终还是要死去的时候，斯内普内心是怎样充满了绝望。他的一生，就这样绝望地爱着一个并不爱他的女人，背着一生无法卸去的枷锁，也保守着一个无人可诉说的秘密。

单是看书的时候，王子的故事已让我泪流满面。当我在电影上看到他和莉莉那段温暖的、明亮的儿时画面时，更是无法抑制自己的眼泪。

这一段，为这个男人暗色调的一生，勾勒出一笔最为明亮的色彩。

记忆越是温暖，现实就越是冰冷。

但好在，那双绿色的眼眸，在他生命最后的刹那，找到了他。

(三)

记得第一次读哈利的时候，我还在读高中。隐约记得是一个秋天的傍晚，从同学那里借来了第一本《哈利波特与魔法石》，翻开了第一页，从此，便一发不可收拾。

后来我去书店买齐了当时国内已经出版的《魔法石》《密室》和《阿兹卡班的囚徒》，用了一周的时间，在被窝里打着手电筒把它们全部看完——当时我还在学校寄宿，每晚10:30熄灯之后，想看闲书只能用这一种方式。

记得刚看完第三部的时候，我深深地迷恋上了小天狼星这个角色，勇敢、真诚，有着英俊的脸庞和爽朗的笑声。在他回来的时候，我欣喜地以为，哈利从此以后便不再是个孤儿了，他有了一个家，有了一个爱他、帮助他的教父。小天狼星的身上留存着太多詹姆的影子，他对于哈利而言，几乎就是父亲了。

那个时候，不曾想过，魔法世界竟会变得越发残酷。那些可以靠时间转换器追回的光阴，终究还是会一去不复返。

从《火焰杯》开始，哈利的故事便开始变得不再像个童话了。塞德里克死了，这个无辜的男孩，成了伏地魔归来之后的第一个牺牲品。他死得那么令人意外，又仿佛那么微不足道——只是因为在伏地魔面前成了“碍事的”，就无端端地搭上了一条性命，没有解释、没有反抗，就那么悄无声息地死了。

越是这样的轻易，就越发让人看到在黑魔头归来之后，生命的微如草芥，亦越发让人觉得毛骨悚然。

《凤凰社》可能是全套书中气氛最为沉闷、色调最为灰暗的一本了。读完它的时候我已经置身于大学校园。在那样自由、宽容、无拘无束的环境里，这样的一个故事让我觉得由衷的压抑。而此时的哈利正处于他整个青春期中最为叛逆、最为张狂、最为迷茫的一个时期，整本书中哈利始终弥漫着一种焦躁不安的情绪，对人的距离感、不信任感格外强烈。甚至是在乌姆里奇疯狂迫害他、逼迫他在自己的手臂上刻下血字的时候，他都能咬着牙对邓布利多说，I am OK。

这种焦躁不安和疏离感最终造成了严重的后果——他被伏地魔利用，不顾一切地冲往魔法部神秘事务司，并最终导致了小天狼星的意外死亡。

小天狼星的死让我难过了许久，也让我久久不能接受。因为他死得太过轻易——前一秒钟还在笑，后一秒钟，笑容便凝固在脸上。

我曾经久久地等待，罗琳在某个时间点上，安排小天狼星回来，但直到《混血王子》，我才意识到，他不可能回来了。因为，连我们心目中那个无所不知、无所不能的邓布利多，都不可能再回来了。

邓布利多去世之后，我终于明白了一件事，那就是，必须是哈利，并且只有哈利，要最终面对那个名字都不能提的魔头，并且，两个人不能都活着。

《混血王子》和《死亡圣器》之间隔了两年的时间，这两年，对于哈迷是异常漫长的两年，罗琳为我们留下了太多太多的谜团——邓布利多的死，斯内普的身份，后面的几个魂器到底是什么，哈利最终能不能活下来……

终于我们等到了答案，2007年的夏天，罗琳给了全世界一个答案，也给这个长达十几年的梦轻轻画上了一个句号。

那个夏天，我刚刚离开大学校园，一个人暂借在北京工作，经历着一系列的人生重要事件。

那个夏天，仿佛是与自己十余年的青葱时光告别，就像哈利一样，我在那个夏天，也从我的校园，真真正正地毕业了。

现在想起那个夏天，仍然常常会记得这一串串熟悉的名字留在我心底的印记——哈利·波特、罗恩·韦斯莱、赫敏·格兰杰、阿不思·邓布利多、西弗勒斯·斯内普……

我们终于知道了，为什么哈利注定是那个被选择的人，知道了哈利一岁那天夜里发生了什么，知道了伏地魔留在他身上的，除了伤疤还有什么，我们知道了为什么这个男孩必须要继续走下去。

我们终于知道了，那个我们敬爱的长者，那个永远戴着半圆眼镜、留着长长的头发和胡须的邓布利多，也和我们一样，是一个有回忆、有悔恨、有伤痕的普通人。

我们终于知道了，那个阴郁的、头发油腻腻的、蝙蝠一样的男人，竟然有着那样深沉的、绝望的爱，并且，为了爱，追悔莫及了一生。

十几年了，哈利长大了，我们也长大了，没有了时间转换器的我们，再也回不去了。

感谢罗琳，在我们最美好的时光里，为我们编织了一个如此美妙的梦境，这个梦境陪着我们从十几岁走到二十几岁，有梦在的日子，从来都是温暖和奇妙的。

这一段长长的通道，终于走到了尽头。通道的尽头，会是有求必应屋么？

这个我们看着长大的姑娘才不会等着被王子拯救

周末的下午，忙里偷闲地一个人去看了《美女与野兽》。之所以在没有人做伴的情况下还“孤独指数爆表”地去看电影，实在是因为太喜欢本片的主演Emma Watson，这个我们看着长大的姑娘，这个从包子脸、小雀斑时期就是我心中女神的姑娘。

她活出了一个女孩应有的最好样子

作为一个资深哈迷，熟悉赫敏的饰演者Emma是很正常的事情。书里的赫敏是个其貌不扬、出身麻瓜家庭，却聪明、勇敢的学霸。作为三人组中唯一的女生，她不但常常展现出两个男孩所不具备的魔法技能，还有着异乎寻常的胆识和魄力，其人格魅力甚至超越了主角哈利，成为无数哈迷心中的女神。而从九岁就开始饰演这个角色的Emma，她的成长故事也一如赫敏一般励志：当所有的人都在担心三人组长残的时候，她越长越美丽，长成无可争议的“迪斯尼公主”真人版；当无数同龄的童星都在吸毒、堕落时，她越活越漂亮，以优异成绩进入布朗大学、在联合国为女权运动演讲、在伦敦发起公益读书活动……

说实话，作为一个“看着”Emma长大的粉丝，当我得知《爱乐之城》的女主角原本选定了她，而她却因为《美女与野兽》而推掉的时候，心里是有些为她感到可惜的。因为替代她演出的石头姐今年凭借此片获得了奥斯卡的“最佳女演员”奖，而且《爱乐之城》无论从故事性、还是内涵上都要比迪斯尼动画片的真人版更有看点，角色也更有张力。

但是，话说回来，人生没有那么多“如果”，没有那么多十全十美。考虑到Emma几年前就已接拍《美女与野兽》，因为档期原因错过另一部，实属正常不过。不然的话呢？总不能像国内某些小鲜肉那样用抠图去完成一部电影吧。大可不必为她惋惜，因为Emma还这么年轻，在随时可以产生神话的好莱坞，谁知道下一个经典在何处等待呢？

更何况，生于1990年的Emma，早已活出了一个女孩应有的最好的样子。即使她最终无法成为一个多有成就的演员，她也有足够清醒的头脑、足够丰富的内心、足够强大的气场，去做自己人生舞台上的主角。这难道还不足够励志吗？

贝儿：我的生活不应只是如此

作为一个经典的童话故事，《美女与野兽》被搬上大荧幕已经有十几次之多。其中最著名的版本是1991年的迪斯尼动画片，这部动画片在全球拥有无数粉丝，片中贝儿跳舞时穿的黄色裙子，更成为无数女孩梦寐以求的公主华服。

然而，与迪斯尼传统公主中的白雪公主、睡美人等形象不同，《美女与野兽》中的主人公贝儿是一个有着美丽的外表，却有着叛逆的内心的女孩，在那个封闭保守的小镇上，她读书、思考，在小镇上被看作古怪、另类的代表。在影片中，她一出场的台词就是“我的生活不应只是如此”，于是，我们在这个女孩身上看到了很多除了美丽之外的特质：她聪明、勇敢，不愿意嫁给小镇上人人都认为是如意郎君人选的Gaston，她甘愿当人质解救父亲，愿意透过野兽可怕的外表去了解他的内心，在危急时刻去拯救自己的父亲、拯救野兽……应该说，贝儿这个形象的风靡，本身就具备现代意义。她身上的果敢、坚毅和独立精神，与Emma、与赫敏如出一辙，从这个意义上来讲，没有人比Emma更适合演这个角色。

你可以是公主，但请不要在原地等候王子拯救

每个女孩心中都有个公主梦，这也是迪斯尼公主多年来风靡世界的原因。

作为一个看着安徒生童话、格林童话和迪斯尼动画长大的80后女孩，我也曾经是小美人鱼、灰姑娘、白雪公主的读者和粉丝。如今，当我成为一对10后兄妹的母亲时，我很欣喜地看到，如今的女孩当中，最流行的迪斯尼公主形象，不再是睡美人、白雪公主，而是《冰雪奇缘》里的艾莎公主。因为，与凭借美貌得到王子垂青的灰姑娘、与沉睡百年等待王子吻醒的睡美人不同，艾莎本身是一个有缺陷、有恐惧的冰雪精灵，她不需要去获得某个王子的垂青，她所需要的是克服自己内心的压抑和恐惧，这个形象的出现相对于传统的公主是一次巨大的进步。

而在《美女与野兽》里，勇敢的贝儿姑娘出身卑微却有着强大的内心，她自尊、独立，但并不抗拒爱情，在片子的末尾她骑上马奔向自己的爱人：一只外表野蛮内心温柔的野兽；最重要的是，这次是她去拯救他，而不是在原地等候被人拯救。

作为一个一岁的女孩的妈妈，我已经被无数前辈告知了小女孩对于公主形象的痴迷，也早已做好了在未来几年陪伴她刷遍公主动画的准备，但也希望她在成长过程中，更多地接受这些价值观的熏陶：

> 你的价值，不是来自你的美貌，而是源自于你的头脑、勇气和善良。
>
> 你可以活得很自由，可以和周围的人都不一样，只要你知道什么是你想要的，什么是你不想要的。
>
> 我希望你去爱人，但不要仅仅因为他是王子，而是要他与你心灵相通、人格平等。
>
> 你可以是公主，但请不要在原地等待被王子拯救；你可以选择去爱他，也可以选择去救他，也可以选择去离开他。

这几点，说起来容易，做起来却很难。正因为很难，才彰显出Emma所倡导的HeForShe活动的意义。所以，我感谢Emma，这个我们看着长大的姑娘，她不但在荧幕上，作为美丽的贝儿公主引导了我们；她更以自己真实的人生，让我们感觉到，作为一个女性可以如此精彩，作为一个女孩的父母，可以如此骄傲。

人生如浮萍，如梦幻泡影

新年第一张电影票，贡献给了韩寒的《乘风破浪》。本着接受两个小时韩式文艺洗礼的心态，却意外地收获了一段笑点不断伴着小感动，散场之后又回味许久的观影时光。

这是韩寒的第二部电影，相比于《后会无期》散文诗般的叙事、金句频出却让人记不住情节的平淡，《乘风破浪》的故事性强得多，叙事结构精巧，笑点虽多但并不老套，演员的演绎也精准到位。值得一提的是，韩寒的老本行赛车，在片内占比不低，但是丝毫不会让人觉得喧宾夺主。

如果说，《后会无期》只是一个文艺青年的“散文诗MV”的话，这一次，韩寒和他的团队，确实为我们贡献了一部诚意满满的好片。

我和韩寒是同龄人，从《萌芽》和新概念作文时期便追随他的文字，我读过他全部的书和大部分文章，一路见证他挂科辍学、饱受争议（还曾经上央视节目被群嘲），看他在自己热爱的赛车事业上取得成就，看他逐渐褪去不羁和叛逆，成为眼神温暖慈爱却仍保有一丝纯真的“国民岳父”。

韩寒对于我们这些1980至1985年间出生的一代人来说，不仅仅是一个意见领袖，更是一个符号。他的存在让我们意识到：这世界上存在某种不那么循规蹈矩的活法，虽然非主流的道路也绝非坦途，但是至少你可以大胆地去走，再没有人能对你的人生指手画脚，就像当年给你的试卷判不及格那样。

《乘风破浪》的主旨，大体是讲父与子之间的隔阂与和解。赛车手徐太浪在获奖之后，对父亲说了一长串话，埋怨父亲对自己的不理解、不支持。他的父亲在他出生前便坐了牢，母亲产后抑郁自杀。他记忆里的父亲，是一个暴躁、乖戾、乏味的中年人，一直在遏制他的兴趣，而他从小到大所做的一切努力，似乎都是为了证明父亲是错的。

而随后到来的一场车祸，无意中让他穿越回了他出生前的1998年。在那里他阴差阳错成了父亲徐正太的兄弟，也见到了以往只出现在模糊照片上的母亲。在那里他和年轻时候的父亲一起犯着中二病，一起喝酒吃火锅吹牛，一起两肋插刀为兄弟复仇。这个时候他才发现，原来他所憎恨的父亲，曾经也是个不知天高地厚的少年，收20块钱的“假保护费”就妄想自己是“杜月笙”，天真地以为靠囤BB机就可以发家致富走向人生巅峰。而他记忆中缺失的母亲是那样的温柔可人，原来父亲和母亲曾经那样相爱，有过那么浪漫的青春岁月。

他回到那个他原本没有机会参与的年代，懂得了自己的父亲。在影片的结尾部分他与父亲相视一笑，在某种意义上，也与内心那个伤痕累累的自己完成了一场和解。

同样讲述父与子之间的握手言和，《老炮儿》是让六爷用上一代的“规矩”解决了年轻人之间的问题，而《乘风破浪》则是直接用了浪漫主义手法，让徐太浪返回二十多年前的亭林镇，去感受那个现在看来有点儿老土，却又质朴得可爱的年代。那个没有微博、微信，没有定位，找人要靠狗，你说你想静静，没人会问你静静是谁的年代。

从影院出来的时候，丘先生问我：现在穿越剧都只是穿回1998年，而不是更遥远的年代了，是不是说明我们已经很老了？我说，可能吧，但更大的可能是韩寒对那个年代有一种钟情，就像亭林镇，某种意义上已经成为韩寒的精神家园，他们与剧中的许多元素——港片、录像厅、郭富城头型、BB机一起，勾起了某种恰如其分的怀旧情绪，在某一瞬间击中我们。

同为穿越剧，在穿越之后的人生走向处理上，《乘风破浪》的浪漫主义色彩要比同样是穿越主题的《夏洛特烦恼》强烈得多，也更符合我的审美。后者的主人公夏洛在穿越之后，利用自己的上帝视角成名、发财，开名车住豪宅，娶到了自己曾经的梦中情人，最后却发现现实中的妻子对自己才是真爱。

而徐太浪穿越之后阴差阳错成为父亲的好兄弟，虽然他也曾经试图劝告父亲不要犯事，试图暗示母亲不要跳楼，以此改变父母的人生轨迹。但当六一死去后，和父亲一起去为兄弟复仇的那一刻，他把这一切都抛在了脑后，他们像一对真正的兄弟那样，朝着那个命定的悲壮结局奔去。

一切有为法，如梦幻泡影。人生没有重来的机会，亦没有标准答案，哪怕你在1998年遇到“无业”的马化腾，也只能劝他不要卖掉电脑，再目送他渐行渐远。

说到底，都是小人物。所能做的，只是让自己活得不再那么拧巴，仅此而已。

这不是自由王国的心灵鸡汤，这是暗黑世界的星星之火

昨天去看了这部最近很火、豆瓣上打出9.2分的电影《Dangal》（不得不说，中文译名《摔跤吧！爸爸》实在翻得不好，看之前我还以为又是真人秀改编的骗流量的电影呢）。

电影很好看，节奏紧凑、画面真实、主线清晰、人物饱满，看得人热血沸腾的同时又满心感动。片中摔跤比赛也十分精彩，听说是演员认真训练之后拍摄的，着实令人敬佩。

然而，作为一个为人父母者，我在电影的前半段中，脑袋里一直存在着某种困惑和思考：遑论结果如何，这样执着的教育、这样残酷的训练、完全压抑孩子个性的道路，真的是值得歌颂的吗？这不是我们最鄙视的那种“自己不会飞，生个蛋命令蛋飞”的父母吗？

然而，当故事推进到两个女孩参加闺蜜婚礼的那一段，那个小新娘对两个被摔跤训练折磨得满腹牢骚的女孩倾诉道：

我希望有你们那样的父亲，至少你们不用在十四岁时就嫁给你们不认识的男人，生孩子、洗衣、做饭。

这时我猛然醒悟过来：这个故事的背景并不发生在北京、纽约，并不发生在中产阶级、知识分子家庭。这两个女孩所处的，是全世界最歧视女性、存在着大量遗弃、童婚、家暴、性侵的国度之一。换句话说，那是一个对女孩异常残酷的暗黑社会，在那样一个环境中，作为父亲的马哈维亚，给予女儿的，其实是一种用铁血手段换来的自由、一种真正意义上的大爱。

我们今日所说的快乐教育、尊重天性、顺势而为，这一切的前提是，我们的孩子已经可以有足够的选择权。而且，因为我们生活在一个相对多元的环境中，他们即使选择了不一样的道路，人生也不至于堕入深渊。

然而，三四十年前，我们的父辈，何曾有这样的底气。在所有人都重复着放羊—娶媳妇—生娃—再放羊的故事时，如果有哪个父亲愿意放弃一亩三分地的收成、愿意放弃放羊带来的现实收益，让自己的孩子去读圣贤之书、去开启心智、看到另外一种生活的可能，我们只会对他报以深深的敬佩，因为他的远见卓识，改变的不仅仅是一个孩子的命运，还有一个家族的轨迹。

时至今日，莫说在印度的小乡村里，就是在我们的国度，在某些仍然将女孩视为生育工具、将传宗接代作为人生第一目标的原始村落里，你与这些女童父母谈论爱与自由，谈论兴趣的呵护，仍然会带有“何不食肉糜”的荒谬。

我们今日在讨论的人权、女权、选择权，现在的语境里所有的“天赋之权”，在人类的漫长历史中，都是属于少数人的稀缺奢侈品。时至今日这些美好的名词可以在我们普通人的生活里熠熠生辉，这着实是无数星星之火聚起来的燎原之势，无数斗士撕破黑暗藩篱带来的希望之光。

正如对于万人唾弃的“应试教育”，我们一边骂它，一边不能忘却，我们今日可以有机会对应试教育发出声讨，可以有条件让自己的孩子做出不同选择，恰恰是因为我们曾经是这条道路上的幸存者，是它将我们渡向广阔的彼岸。

所以，还是那句话：

> Whenever you feel like criticizing any one，just remember that all the people in this world haven't had the advantages that you've had.
>
> （当你评判别人时，请记住，不是所有的人都拥有你那么好的条件。）

据说，因为整部电影的时间过长，我看到的版本被删减了一部分。我在回来之后，在网上的帖子中，拼凑出了被删掉部分的内容，其中有一段在我看来堪称全片精华：当忧心忡忡的妻子对丈夫说，你让女儿剪掉头发、像个男孩子一样，我真怕他们将来嫁不出去。这时，父亲说了这样一句话：

> “他们没有资格来选择我的女儿，是她们去挑选男人。”

选择的自由、说不的自由、免于被挑拣的自由、在一个极度歧视女性的社会里与男孩同场竞技赢得荣光的自由，这是这个看似残酷、狠心的父亲，给予女儿最好的礼物，也是两个女儿十几年的辛苦训练所得到的回报。

正如我在观影伊始时的疑问，这部电影引发了强烈的争议，我觉得这未必是一件坏事。好的作品就是讲述一个故事，让不同的人看到不同的角度，去思考、去争论，去尝试挑战约定俗成、去打破禁忌、直击社会的痛处，这是阿米尔·汗这些年为印度做的事，也是他被视为“印度良心”的原因。在这个奇葩的国家里、在满世界的嘲笑和不解中，这个男人用自己一己之力，一点点改写着国家的形象，影响着社会的思考和进步。

从这个意义上讲，他值得所有赞美。他不仅仅是印度之光，他是人类之光。

爱乐之城：爱情与梦想让平凡人生熠熠生辉

在出差的飞机上看完了《爱乐之城》。

总体来说，这是一部轻松的电影，动听的音乐，俊男美女翩翩起舞，洛杉矶旖旎的风景，让人看完有种立刻订张机票飞过去的冲动。

然而，就是这样一部标榜为歌舞剧的电影，却在最后的几分钟戳中心灵，虽不至于痛哭失声，却也让人眼眶湿润。

因为，这故事里的人，太像你我，太像我们身边每一个曾经卑微却又怀揣梦想的平常人，让人在某些时刻，想起曾经在暗夜里发过的誓、在梦想初见端倪时的欣喜若狂、在遭受失意时的黯然神伤，以及那些曾经照亮彼此却最终在人群中渐行渐远的爱情。

还记得年少时的梦吗？

女主角Mia是一个从小有着编剧和电影梦的女孩，为了实现这个梦想，她大学读了两年就来到好莱坞片场打工，虽然身处好莱坞，但却只能一边在咖啡馆打工一边寻找机会试镜，在一次次的失败、一次次寻找的过程中，她邂逅了男主角，一个落魄、潦倒却妄想用一己之力复兴爵士乐的钢琴家。两个本无交集的年轻人，在一次次偶遇中熟识，在互相鼓励扶持的过程中相爱，一起走过了一段清贫却奋斗着的时光。

故事的背景发生在洛杉矶的好莱坞，这是一个被全世界的年轻人视为梦想之城的地方，影片中用“繁星之城”的曲子为她做了一个极好的注脚。

City of stars，are you shining just for me?

City of stars，there’s so much that I can’t see?

是的，这里星光熠熠，这里生龙活虎，这里每天都在上演传奇，这里对于不甘平庸的年轻人，有着致命的吸引力。

其实，不光好莱坞，大城市的魅力大多在此：她给年轻的心灵无限可能，在这里你做着荒诞的梦，却不用担心被嘲笑。更重要的是，在这样一座城市里，你随时都可能遇到和你一样的人，此刻你也许是一个人在奋斗，但你并不孤独。

电影中，最喜欢的一段是两个人刚刚相爱时，一起去格里菲斯天文台看星星的片段。

那一晚，两颗孤独的心在一起起舞，背景中那片华美璀璨的星空，是爱情的颜色，也是梦想的颜色。

致敬，那些做梦的傻瓜。

致敬，那些不安分的人们。

梦想、面包和爱情，如何排序？

换句话说，这里面至少包括两个问题：

1. 你会为了谋生，而做一份并不那么喜爱的工作么？

2. 你会为了追求梦想，而和你的爱人天各一方么？

这两个都是很难回答的问题，却又是我们都可能遇到过的问题。

电影里，Seb率先遇到了第一个问题。他是一个对于音乐十分坚持的人，人生目标是开一间属于自己的爵士酒吧，这间酒吧只演奏最纯粹的爵士音乐，然而，为了生计，他还是要去加入他并不喜欢的乐队，去做他曾经不屑的商业巡演。

于是，当Mia问他：你很满足于当一个流行乐手，你忘记你的梦想是开爵士酒吧了吗？Seb被问得恼羞成怒，他脱口而出，“也许你只喜欢落魄时候的我，因为这会让你更有优越感。”

两个不愿意放弃梦想的小人物，他们太懂得彼此，所以连伤害都是这样正中要害。

这之后Seb给了自己一个台阶下，他说：我长大了，我的梦想也改变了。

然而，我们看到的是，他何曾忘记自己最初的梦想，在他有了足够的资本之后，他义无反顾地去将它付诸了现实。

从这一点上看，Seb和Mia都是幸运的，他们或许曾经迷茫，或许曾经失败，但都最终抵达了那个曾经遥不可及的目标。而现实中，我们太多人，常常是走着走着，就忘记了自己为什么出发。

在不久之后，Mia遇到了第二个问题。

她为了实现自己的梦想，只身一人去了巴黎发展，而Seb却留在好莱坞继续坚守做着他的乐队。

“关于我们，就等候答案吧。”

当他们在曾经相遇的那个山顶上说出这句话的那一刻，两个人的心里已经有了答案。

最终，他们果然失去了彼此。尽管在分别时还在流着泪说着将永远爱对方，却最终抵不过山高水远，敌不过漫长的分离。

这世界上遗憾的事情，有一种是你努力了却没有实现梦想，而另一种，是你有一天成功了，而那个你最想分享成功喜悦的人，却不在你身边了。

这世界上每天都在发生着这样的遗憾与错过。电影中的他们选择了成全梦想，普世中的你我，每个人的选择也会不尽相同。

无论选择如何，唯愿我们，都不曾忘记自己的初心。

当我们在人群中走散，渐行渐远

五年之后，当Mia终于成为明星，她回到好莱坞，回到她曾经工作过的咖啡屋，并在无意中走入那间叫“Seb´s”的爵士酒吧时，她已经为人妻、为人母。

她看到招牌的瞬间怔住，她看到昔日的爱人已经实现了梦想，她坐在台下被熟悉的音乐击中，记忆如潮水般涌来。

那一刻，恍如隔世。

她想起了他们的相遇，想起了共有的时光，经历了漫长的五年之后，曾经的伤痕被岁月抚平，曾经的美好却历历在目，那一首曲子的时间里她想到了千百种可能，就像歌里唱的：如果我们现在还在一起会是怎样？

这一段的画面唯美浪漫，诉说着那些错过的美好。

然而，曲终梦醒，他们已经各自有了不同的人生，虽在这一刻四目相对，却只不过是最熟悉的陌生人而已。

电影中，Mia最被人诟病为“绿茶婊”的，就是这段。有人说，前一秒还在“脑补”自己和台上弹琴的前任结婚、生子，后一秒钟就这样牵着老公的手，装作若无其事地离开。

那么，请问，如果不是这样，又能怎样呢？时光已经把彼此带去了不同的轨迹上，难道因这一次的偶遇去打扰彼此平静的生活吗？难道因为心有不甘，再去伤害如今身边最为亲近的人吗？在漫长的人生路上，谁不是一边笑着面对新的生活，一边哭着告别旧的时光啊。

每一段经历都是命中注定的相遇，或长，或短，都不会白费。我会因为你爱上曾经不喜欢的爵士乐，你也会把当初我给你取的店名写在招牌上，虽然我们在彼此的故事里，都不再是主角。但重要的是，我们曾经温暖彼此。

就这样吧，我很好，你也保重。

缘起，我在人群中，看见你。

缘灭，我看见你，在人群中。

穿越星际，只为归来

影院里的时间，有一种很奇妙的相对论——当电影好看的时候，时间通常都会过得飞快，而不幸选了一部烂片又没有及时在开场30分钟内决定离开的话，后面的时间就会过得非常缓慢。

所以，对于这样一部既有科幻又有情怀的电影来说，2小时40分钟的片长，几乎就是刚刚好的。

走入影院之前，我和同去的两个小伙伴说，这片子我肯定看不懂，因为高中时候所学的物理知识都已经早早忘在脑后了，当了妈之后智商更是下降得厉害。

还好，诺兰大师在秀黑洞、虫洞、重力场等各种硬科技的同时，还兼顾了一下我们这些普通观众的智商，反正，即使忽略掉那些酷炫十足的画面，仅仅是从故事本身来看，也已经足够引人入胜了。

开场的40分钟，网上很多人抱怨过于冗长和缓慢，而在我看来，这40分钟偏偏是不可或缺的情感铺垫，将末世之下，一个单亲家庭中父亲和子女之间平凡却隽永的感情细细描画出来，特别展现了库珀和他十岁的女儿墨菲之间，那种兼有“忘年知己”，以及“前世情人”般的情感。这其中，墨菲的聪慧、敏感，对父亲的信赖，给观众留下了深刻的印象。

这40分钟散文诗般的叙事中，最喜欢的是开场的那一段画面——库珀开着老旧的吉普车，和一对儿女一起捕获一辆印度无人机，那种发自内心的快乐和恣意，在黄沙漫天的末世背景下，显得尤为珍贵。

后面的叙事节奏一下紧凑和紧张了起来，一次沙尘暴当中，库珀无意中发现女儿卧室那些深深浅浅的落沙，竟然是一组二进制的信息，指向一个坐标——他顺着坐标指示的方向找去，就这样成了那个“被选择的人”。

在地下的秘密基地里，库珀遇到了布兰德教授和他的女儿布兰德博士，以及其他前NASA的工作人员，他们带他参观了这个隐藏于地下的工作站，这一切其实是为了在地球濒临毁灭之前，找到另一个适合人类生存的星球。为此，他们设定了两套计划——Plan A是找到这个星球之后，把地球上现有的人们运过去，但难点是需要解开一个关于重力（或者反重力）的公式；Plan B则是放弃现在地球上的所有人，带着几百个受精卵去新的星球上孵化人类，至少保证人类的基因可以留存下来。

对于库珀来说，Plan A意味着他的儿女将来可能在一个新的星球上过上美好的日子，对他来说吸引力是巨大的；而Plan B虽然也可以拯救全人类，却要眼睁睁地看着自己的亲人在地球上死去，显然是他不愿意的。而布兰德教授答应他，在他们去茫茫太空的这些日子里，他将努力解开那个关于重力的公式，使他们有机会执行Plan A。

于是，为了实现这个渺茫的可能，库珀毅然踏上了这场悲壮的旅程。

这一场“被选择的”旅程，从一开始便注定面临种种选择，诺兰大师在这里，以近乎哲学的意味，将几个终极的选择放到了人们的面前。

第一个选择关于时间。顺利穿越虫洞，靠近了第一个星球，这个星球看起来很适合，但由于离黑洞太近，时间被严重扭曲，上面的一小时，相当于地面上的七年。选择去这个星球也就意味着，哪怕他们顺利回到地球上，时间也过去了几十年，他们的亲人，都将老去了。

但库珀他们还是决定去这个星球看看。最终，在这个星球上，一名同伴牺牲，库珀和布兰德博士，以及机器人塔斯死里逃生回到主飞船上时，时间已经过去了二十三年。

归来的库珀一帧一帧收看这些年地球上发过来的信息——相隔二十三载，昔日的小儿女，都已长大成人，儿子成了一个普通的农民，娶妻生子；而女儿，一方面倔强地不肯与父亲交流，另一方面，却继承父亲的衣钵成为一名科学家，并在父亲离开的地方工作着，成为布兰德教授的左膀右臂。

电影的前半段，这是最为催泪的一幕，本该朝夕相处耳鬓厮磨的亲人，本该一一亲历的平凡生活和重大时刻，如今却只能用这种近乎恍如隔世的方式，快速从眼前闪过。

平凡的三维世界里，我们对时间是这样无能为力。哪怕和亲人一起老去的时光，也是奢侈美好的。

在选择下一个星球之前，他们面临第二个选择，关于爱。因为所剩燃料已经不够去两个星球然后再返回，所以在到底去哪个星球的问题上，布兰德博士和库珀发生了争执。库珀认为应该去曼恩教授的星球，因为他是那批先行者当中最有权威的一个；而布兰德则坚持去爱人所在的星球。在这里，导演通过安妮·海瑟薇之口，传递出了本片的主旨——爱是唯一可以超越时间与空间存在的，也许是我们不能理解的一种特别存在，爱本身是有意义的，也许就是某种证据。

后来，库珀还是没有听从布兰德关于爱的那一番论述，“理性”地选择了曼恩博士的星球。在他们到达那个漫天冰封的世界，解救了休眠中的曼恩博士后，一个弥天大谎却在他们面前一点点地揭开。

在这一段里，库珀了解到了整个计划的真相——原来布兰德教授早就解开了那个关于重力的公式，但由于缺乏黑洞内的数据，解开公式也是无济于事的，所以，Plan A从头到尾就是不可行的，对于库珀和他的同伴来说，唯一的任务就是Plan B。

其后的情节演进，符合美国大片里常有的戏剧化反转——曼恩博士，这个一直以来被当作神的先驱者，居然是一个内心怯懦、自私胆小的人，他为了能够有再次活下去的希望，向地球上发送了错误的信号，让人们误以为这个星球很适合生存，从而派了飞船过来。他本来希望派来的飞船能给他带来新的希望——一起去一个更适合生存的星球，但眼下库珀挂念女儿，一心要回到地球上，于是他决定除掉库珀。

在这里，曼恩和库珀有一段很重要的对话，关于全人类的命运与个人命运、人类对死亡的畏惧、对生的渴望等。经过一系列强烈的戏剧化冲突之后，库珀获救，曼恩抢到了一艘飞船，并一意孤行决定强行与主飞船进行对接。

这一段的视觉和音响效果堪称经典，尽管只是2D的效果，仍然让坐在影院里的我们感受到了身临其境的紧张，那种激烈的挣扎、剧烈的颤抖，几乎要坠入茫茫宇宙和无边虚无中的恐惧感，真实得令人震颤。

这其后，库珀面临的第三个选择，则更加残酷。由于燃料已经不够承载所有人去第三个星球，库珀决定根据牛顿第三定律，在反作用力的助推下，将布兰德博士一个人送去她爱人的星球。在抛弃了一系列的重物（包括那个可爱的机器人塔斯）之后，他最终将自己的飞船坠入黑洞，从而帮助布兰德博士顺利降落。

如果说，在前两次选择中，我们的主人公，面临的还是失去时间的成本、任务失败的可能，这一次的选择，则更加残酷——他将坠入茫茫未知的黑洞，埋葬于无边的太空，永远无法回到地球，见到亲爱的女儿。

但科幻电影的奇妙之处便在于，它总让你的心在坠入深渊的前一秒钟，给你一个全新的奇妙的世界。

库珀没有死，他在坠入黑洞之际，神奇地进入了一个五维空间，在这里，时间真的成了一种实体的所在——“昨天就好像是一座可以爬进去的山谷，而明天也成为一座可以翻越的山丘”，而连接这个五维空间与三维空间的入口，竟然是他女儿墨菲童年时候的卧室。

在这个五维空间里，一切曾经的灵异事件都有了解释，墨菲曾经以为的鬼魂，原来也不是鬼魂，而曾经一直归结为某种神秘力量的“他们”，其实只是五维空间的“我们”……

这一段的情节极为扣人心弦，先是库珀在五维空间看到将要离开女儿的自己，他痛哭流涕，通过摩斯电码向过去的自己传递“stay”的信号；突然，机器人塔斯出现，告诉他已经获取了黑洞的数据，布兰德博士的那个公式所需的数据得到了，也就意味着地球上的人们可能得救！这时，库珀决定通过当时留给女儿的那块手表，将数据传输过去。

此后，五维空间坍塌，库珀在惊险中得救，以124岁的高龄在

“库珀空间站”醒来——这个以他女儿命名的空间站里，一切都像当年他生活的地方一样，只是，这里没有了沙尘暴，没有了枯萎病，一切看起来那么生机勃勃。

多年之后的这一场父女重逢，真正演绎了什么叫作恍如隔世——女儿白发苍苍，儿孙绕膝，而父亲却还是中年时候的模样。

父女之间的对白很平淡，但却令人忍不住飙泪。

“因为我的父亲告诉我，他一定会回来。”

“您不该在这里，看着您的女儿死去，您应该去另外的地方……”

突然想起库珀在太空时，对布兰德说过的一段话：身为父母，最重要的是，让自己的孩子感到安全。

视线转到另外的星球，在那里，爱人已经死去，布兰德博士一个人在陌生的星球上孕育着地球人的基因，执行着Plan B。

事实证明，在那场关于爱的争论中，她是被证明正确的一方——爱是一种伟大的指引，一种超越了时间与空间的存在。是爱，指引库珀穿越茫茫星际，心心念念地“归去来兮”更是爱，支撑着布兰德承受着无边的孤独，一个人活下去。

是温驯地走入那个良夜，还是对着消逝的光明怒斥；是穿过无边星际寻找另一个家园，还是经历漫长时光等待重逢。

——爱，在这里是一切的答案。

走出影院的瞬间，我已经认定《星际穿越》是我本年度看到的最好的电影——情节紧凑、画面宏大、音效逼真、情感动人。

我想，一部好电影，应该包括这样几个特征。第一个特征，在于有许多暖心的或者虐心的细节，在不经意间戳中你。比如，库珀根据坐标去寻找基地的路上，翻起副驾驶的一堆衣物，赫然发现女儿墨菲藏在下面；而后来，库珀离开家去执行任务时，仍然不甘心地翻开副驾驶的杂物，却没有墨菲的身影……

好电影的第二个特征，在于除了光环笼罩的男女主角之外，常有一些萌萌哒的配角让人印象深刻。这部电影里面，最讨喜的配角是机器人塔斯，简洁而工业化的造型，各种强大的功能，任意设定的幽默和忠诚指数，还有关键时刻的大义凛然，使塔斯这个角色堪称本部电影的“最佳男配角”……

好电影的第三个特征，是前半段的缓缓叙事中，隐藏着草蛇灰线，伏笔千里。到后面，线索一一解开，既合情合理，又意料之外。不单单是电影，好的作品都是如此——《红楼梦》便是此中翘楚，《哈利·波特》亦精于此道。在此片中，最初那些貌似灵异、玄妙的伏笔，和后面五维空间的叙事一一对应上，让人有种恍然大悟般的酣畅淋漓之感。

好电影的第四个特征，是让人在走出影院之后，仍然忍不住去回味、去讨论，甚至想写下一点儿什么东西，来与看过、未看过的朋友们分享。于是，有了上面的文字，与喜欢这部电影的朋友分享。

幻灭之后，余温犹存

她说，她想表达，爱情的百转千回，完全幻灭了之后，也还有点儿什么东西在。

而我，只想触摸，那一炉香燃尽之后，余烬的温度。

得知张爱玲的自传小说《小团圆》将在大陆出版的时候，我十分兴奋，第一时间在网上订购，并且第一批拿到了简体版的书。

尚未翻开便已爱上别致的设计：封底是充满乡土风味的凤凰牡丹图案，像是古时女子出嫁时候的嫁衣，喜庆热烈；封面是一枚小小的邮票，依旧是同样的花纹，整个构图大方又不失喜庆。喜庆的色彩配上《小团圆》的故事，形成了极为强烈的反差，愈发透出张爱玲一贯的苍凉味道来。

在这个春天格外明媚的阳光下，用一周的细碎时间，读这个被张爱玲称作“热情的故事”，竟读得心底寒意逼人。

(一)

工作之后，读书的时间变得格外零碎。从拿到书便开始断断续续地读，睡前、饭后、途中，有空的时候便读上几页，如此下来竟用了七八天的时间——对于小说来说，这是极不好的阅读方式，因为会严重影响情节的连贯性。

也只能说，好在读的是《小团圆》。

从来没读过这么怪异的书，书明明是新出版的，主人公的名字明明全是陌生的，但每个人物都长着似曾相识的脸，而故事情节也总让人有种提前看过剧本的感觉。

《小团圆》并不是典型的张氏小说的风格，甚至算不上是典型小说的写法——人物不典型、时间跨度大、情节过于分散……也难怪，这根本就不能算是一部小说，这更像一场非同一般的大集会。张爱玲用这样一个故事，将她笔下的人物、她生活中的过客一一悉数登场，有华丽亮相的，有苍凉转身的，更有既不华丽也不苍凉只是突兀走个过场的——总之，来个各路神仙“大会演”——这大概也是书名“小团圆”的来历。

九莉是张爱玲，之雍是胡兰成，蕊秋是黄逸梵，楚娣是张茂渊，比比是炎樱，文姬是苏青……几乎每个人物都可以在过往熟知的故事中找到原型。不同于三毛的《滚滚红尘》，不同于坊间报纸上的种种传说，这部书的面世，使以往关于张爱玲的种种猜测都可能有了答案，尽管这答案，可能比我们之前所了解的还让人不忍卒读——张爱玲这支笔，真是刻薄到家，写起她自己来，竟也是一点儿情面全无，整本书像是给自己来了一场毫不客气的“秋后算账”。

鲁迅说，真的勇士，敢于直面惨淡的人生。

从这个角度上讲，张爱玲这个女人，算得上是真的勇士了。

（二）

记得刚工作时，有朋友就对我说过他的一个观点：一个人一生的命运其实在十六岁之前都早已决定了，其后的种种只不过是把它表现出来而已——这种说法有点儿像现在流行的“原生家庭”论，只不过当时这个词还没有那么流行而已。

最初听到这种说法只觉震动，而这次看《小团圆》的时候，我不停地想起这句话。

全书一开篇便热闹非凡，又是港大读书时的场景，又是港战的背景，人名更是一个接一个地蹦出来。整部书中，当下和过往，现实和梦境错综在一起，让人看得眼花缭乱。

可是细细梳理下来就会发现，整部书其实就讲了三个人和两件事——九莉、蕊秋和之雍，一段不很快乐的童年和一段很不完美的爱情。

张爱玲用了整部书将近一半的篇幅来写九莉和九林的童年（其实就是她和弟弟张子静的童年），情节详细到有点儿啰唆的地步，让人惊叹她惊人的记忆力的同时，也不由深刻感受到这些记忆对她一生的影响。

她的原生家庭，是个典型的上流社会家庭。她的童年，看起来并不缺少什么，而事实上却恰恰缺少了最最重要的东西——一份毫无保留的爱。

这最初的记忆里毫无保留的爱，只能来自我们在这个世界上最亲近的那两个人——没有哪一种爱来得比父母之爱更顺理成章，这爱和生命同根同源，只有它能灌溉和滋养我们的人生，使我们的心田具有不枯竭的能力。

而童年的九莉或者说张爱玲，从未得到过这样的爱。

张爱玲出生在一个充满矛盾的家庭里。父亲是极旧的，抽鸦片，养姨太太，充满遗老的腐朽之气，和他在一起，整个人都仿佛要黯淡下去；而母亲则是极新的西洋淑女——高贵、时髦、新潮，可以想象，幼年时候的张爱玲曾经把母亲当成偶像一般崇拜，盼望着长大，盼望着像母亲一样打扮自己，盼望着像她一样出国。

可这偶像一样的母亲，终究和通常意义上那个拥有温暖怀抱的“母亲”太过不同。九莉的童年，没有一般人童年中在母亲娇纵的目光中恣意的玩闹和撒娇，有的，只是母亲用审视和挑剔的眼光，训练她成为标准淑女的片段。

挑剔其实是源于冷漠，蕊秋潜意识里视女儿为拖累，不然的话，她不会对她说出“我不喜欢你”“反正你活着就是害人！像你这样只能让你自生自灭！”这样惊心的话。

偏偏九莉是这样早熟早慧的孩子，小小年纪，被人问起“纯姐姐和蕴姐姐哪个好？”会心下盘算：“蕴姐姐不及纯姐姐，再说不喜欢她，不好。纯姐姐大概不大在乎，人人都喜欢她。”于是说“喜欢蕴姐姐”——完全没有小孩子的天真无邪，十足一个老气横秋的小大人。

可以想象，这敏感的孩子是怎样卑微地爱着自己的母亲，怎样渴望得到母亲的肯定。这不对等的爱使她在母亲面前永远那么不自然，与母亲牵手过马路都觉得尴尬异常，直到几十年后还心心念念要还母亲的钱。

因为没有被珍视和疼爱过，长大后的九莉亦不是很讨人喜欢的女子。她在与人的交往中，显然是时时局促而不安的，总在心下暗暗计较着自己的一言一行，生怕被人耻笑了去。——这种“放不开”，其实是源于骨子里深刻的不自信。

若单是不自信，倒也罢了。支离破碎的童年记忆，留给她的顽疾又何止如此。她那种心如死灰般的冷漠，那种繁华丛中心境的荒芜，那种末世中的幻灭感，又何尝不是幼时种下的。

没有被完整疼爱过的孩子还有一个共性，就是对“渣男”的识别能力较低。因为最初的记忆里缺少了丰沛的爱，长大后的九莉对爱有着异乎寻常的渴望。她像一个沙漠中干渴的旅人，见到一点儿清水便欣喜若狂，哪怕明知是饮鸩止渴，却仍不舍放手。

这样说来，真正负了九莉一生的，其实是蕊秋，而不是之雍。

(三)

“你若认识过去的我，也许会原谅现在的我。”

——张爱玲

点一炉沉香屑，听张爱玲为我们讲一个故事。

我一直觉得，喜欢听张爱玲讲故事的人多多少少都有点儿自虐的倾向，因为她故事的底色永远灰暗，过程和结局总不那么令人愉快。即使是像《倾城之恋》这样为数不多的“团圆”结局的故事，也总让人觉得哪里不对头——这团圆的代价竟是一座城的沦陷，这团圆的背后是男人和女人自私的算计和自保，而非我们想象中奋不顾身的爱情。

而她的功力就在于，她既可以让人在灰暗的故事里看透人性中的撕扯和纠结，又可让人在这里面看到隐忍的悲悯、细微的感动、无法掩饰的真情。

这大概就是罗曼·罗兰所说的，看清生活的真相，却依然热爱生活吧。

看完《小团圆》之后，有几个朋友问我，这本书好不好看，要不要买？我说，如果你没有看过或者很少看张爱玲的其他作品，那么最好不要看，因为你可能会看得一头雾水；而如果你是张爱玲的多年读者，那么一定要看，并且，最好同时买一本胡兰成的《今生今世》，两个一起比照着看。

本来是两本不怎么有趣的书，这么比照着一读，却变得有趣起来。

很多人看《今生今世》的时候，都曾被胡兰成妙笔之下灿若春花的文字感动得一塌糊涂，因为他的清丽旖旎的文笔，实在符合当下诸多文学青年的口味。

《小团圆》为我们讲述了另一个版本的张胡恋。我惊讶于这两个版本中细节的惊人相似，小周的那段，给“范先生”画像的那段，她最后抱着他的那个细节，两个人的讲述几乎完全吻合。并没有时下八卦杂志上常常出现的那样，同一事件中的男女主角对于同一件事的描述差了十万八千里。

所不同的是内心的感受。

在胡兰成的笔下，《今生今世》中的张爱玲，不吃醋、不嫉妒、不介意与其他女人分享老公，俨然已经是个仙女的水准了：

“我与爱玲只是这样，亦已人世有似山不厌高，海不厌深，高山大海几乎不可以是儿女私情。我们两人都少曾想到要结婚。”

“一夫一妇原是人伦之正，但亦每有好花开出墙外，我不曾想到要避嫌，爱玲这样小气，亦糊涂得不知道妒忌。”

读到这些的时候，曾经感到万分惊诧：天底下真有这样的女人吗？淡定地看着自己的爱人在自己眼前与别人打情骂俏，又或者客观冷静地读爱人的来信，听他在信里描述其他的女人？

让我们看看张爱玲自己怎么说。

“没有她们也会有别人，我不能与半个人类为敌。”

“之雍以为她没事了，又来信道：‘昨天巧玉睡了午觉之后来看我，脸上有衰老，我更爱她了。有一次夜里同睡，她醒来发现胸前的纽扣都解开了，说：“能有五年在一起，就死也甘心了。”我的毛病是永远沾沾自喜，有点儿什么就要告诉你，但是我觉得她其实也非常好，你也要妒忌妒忌她才好。不过你真要是妒忌起来，我又吃不消了。’她有情书错投之感，又好气又好笑。”

“她再看到之雍的著作，不欣赏了。是他从乡下来的长信中开始觉察的一种怪腔，她一看见‘亦是好的’就要笑。”

看出点儿罗生门的味道没有？

胡兰成惯于用华美的辞藻粉饰原本平庸甚至猥琐的生活，而张爱玲则用锐利的笔锋除掉伪装，剖出生活最为真实的样子，即使这样子其实是很不堪的。

他们是这样背道而驰的两个人，竟那样荒诞地错爱了一场。

整本书看下来，最让我感动的有两处：

第一处是书的开篇："雨声潺潺，像住在溪边。宁愿天天下雨，以为你是因为下雨不来。"

第二处是书的最末处，九莉做了一个梦，梦到青山上有座小木屋，有好几个小孩在松林中出没，都是她的。之雍出现了，微笑着把她往木屋里拉，然后她醒来，快乐了很久，此时的她，已经不喜欢他了。但初相逢时候那种一见钟情的悸动、那种单纯不设防的喜悦，终究还是真实存在过的。

她的生命，她的爱，还是像那炉沉香屑一样，燃尽了，熄灭了，到最后，只剩下隐隐的余温，那是她爱过的、懂得的证据。

爱一个人，误一生

最近集中读了三本书——《今生今世》《山河岁月》和《禅是一枝花》，这三本书的作者都是胡兰成。

读胡兰成的起因自然是因为张爱玲，因为我自高中时期开始读张爱玲，这十多年的时间里我读遍了她所有的书，包括前几年出版的《同学少年都不贱》，同时还在等待《小团圆》在大陆发售。

在等待《小团圆》的日子里，我突然想到，或许我应该读一读胡兰成的书。虽然我对这个人的印象不好，但是，“知己知彼”，方能“百战百胜”啊！

于是我去书店里面专门去找了胡兰成的书，我当时还自嘲地想，要不是打着张爱玲的噱头，谁会买胡兰成的书啊！

可笑的是，我一边这样想，一边还要为他的书买单，心下还暗暗地替张爱玲不平：这个男人真是到现在还在吃定她啊！

今生今世：华服之下的蚤子

说到张爱玲和胡兰成的往事，我其实是比较后知后觉的，我大概在读到张爱玲六七年之后，才第一次真正注意到“胡兰成”这个名字以及这个名字在张爱玲人生中的分量。

现在回想起我在这件事情上的愚钝，除了自身原因之外，我想，更重要的一个原因在于，在《小团圆》见于世人之前，张爱玲此前的文字中，并没有对这段感情着墨过多——想必那是她内心深处最为深刻的隐痛。自尊如她，敏感如她，骄傲如她，怎么会愿意拿自己的伤口出来示人呢？

然而，她还是无处可逃，因为你不愿意写，挡不住别人拿出来写——这本《今生今世》，就是胡兰成写下的《我和张爱玲以及其他N个女人不得不说的事》……

和所有喜欢张爱玲的人一样，最初知道胡兰成是“汉奸”的时候，心里也是很震惊的。但奇怪的是，这震惊并不是很强烈，也许是因为我从未亲历过战火纷飞的年月，对于战争和政治，我的敏感度始终比较低。知道胡兰成的汉奸身份，我非但没有义愤填膺，反倒有一种恍然大悟的感觉，明白了张爱玲在五十年代初远赴美国并最终客死他乡的背景，亦明白了以张爱玲的才气和文笔，曾经一度在国内的名气并不算大的原因。

但是，在我对这段情事尚未深知的时候，对于张爱玲和胡兰成之间的感情，曾是怀了最为美好的幻想和揣测的，尽管我知道胡兰成在张爱玲之前已有数个女人，尽管我知道胡兰成的汉奸身份，但在我的认知中，爱情始终是一种最为纯洁无邪的东西，与政治无涉。我甚至不无伤感地想，若是没有这个汉奸身份，若是他们生在太平盛世，或许真的可以做一对琴瑟和鸣的神仙眷侣，或许，真的可以执子之手，与子偕老。

因为他们也曾很好过啊！那时候张爱玲在自己的照片上题的句子："当她看到他，她变得很低很低，低到尘埃里，然而，心里是欢喜的，从尘埃里开出花来"，那时候胡兰成称她为"临水照花人"，在他们结合之时，他写下："愿使岁月静好，现世安稳。"

我也曾经被这段乱世中短暂的爱情感动得一塌糊涂，直到我终于拜读完胡兰成的著作，掩卷之时，一种巨大的幻灭感扑面而来。

对于胡兰成的人和文，无论在他生活的当时，还是时下，都是存在着很多很多争议的，大部分的人认同一分为二的说法，即人品可鄙，但文字尚佳，比如来自香港文学评论家江弱水的九个字——"其人可废，其文不可废"。

可是，拜读完这个大才子的著作之后，我不得不说，我觉得，他的文，大概也可以当作"废物"，扔到故纸堆里了。

胡兰成的文字，初初看来，文字清雅，用词华美，让人忍不住弄个本子摘抄佳句。但是，细品下来，便不难感觉到通篇浸染着虚伪和卖弄，他笔下的所有遣词造句都直指一个终极的目标，那就是把自己塑造成一个玩世不恭的翩翩浊世佳公子，一个任何女人见了都会爱上的"荡子"，甚至是一个品禅、悟禅、拈花微笑的智者，那种自鸣得意和惺惺作态，和张爱玲文字中刻骨的冷静、清醒和谦卑形成鲜明的对比。

胡兰成的书，无论是讲历史的《山河岁月》，还是讲禅宗的《禅是一枝花》，都有着典型的胡式风格——初看惊艳，细看造作，读多了审美疲劳，正如林黛玉教香菱学诗时说的话"万不可见了这浅近的就爱，一入了这格局，再也出不来的"。

不妨来感受一下：

"今我飘零已半生，但对小时的事亦只有思无恋，等将来时势太平了我亦不想回乡下去住，唯清明回去上坟是理当。胡村与我的童年虽好，譬如好吃的东西，已经吃过了即不可再讨添，且我今在绝国异域，亦与童年在胡村并非隔世，好马不吃回头草，倒不是因为负气。汉朝人的诗：'浮云蔽白日，游子不顾返。'我不但对于故乡是荡子，对于岁月亦是荡子。"

这般的自恋，郭小四、玛丽苏什么的，估计都得靠边站吧？

更加令人发指的是，在《今生今世》这本书中，胡兰成用华美、堆砌的文字，洋洋得意的口吻，详细记述了他与七八个女子的爱恨纠葛，而每一次，他都许以婚约，并且大言不惭地说——"常时看见女人，亦不论是怎样平凡的，我都可以设想她是我的妻。"岂不知，那个时候，他的正牌妻子，就是张爱玲。

这样的"渣男"，还在书里给自己贴了一堆"端然""简静"的标签，真是让人作呕。

他的文字，恰如张爱玲所说的，一袭外表华美的袍，爬满了虱子。

爱比尘埃低

于是我重又陷入一种困扰当中——这样轻浮虚伪的一个男人，在彼时是如何吸引了张爱玲，让她爱得那样义无反顾呢？

只能说，人，是做不了自己的主的，哪怕清醒如她。

写文章的张爱玲，头脑比谁都清醒，眼光比谁都毒辣，她从不粉饰人性、从不包装爱情。她不是热衷灰姑娘和白马王子故事的琼瑶，也不是可以和爱人义无反顾流浪天涯的三毛，作为一个过于敏感和早慧的女子，她对于人性的解读真实得近乎刻薄，让人没有勇气与之对视。

可是就是这样一个女子，她的爱情理论只是纸上谈兵，她先看到海的照片，后见到海；先写爱情小说，后陷入爱。

遇到胡兰成时，她已经二十三岁，已经不是懵懂的小女孩，却从未真正地爱过一个人——她不是那种可以随便对人打开心扉的人，她自小缺少父母的疼爱，内心深处是一个自卑而敏感的女孩。

然而，胡兰成以一种恰当的姿态闯入了她的生活，打开了张爱玲近乎自闭的心灵世界，也让她彻底卸下防备，成为在爱里被迷乱双眼的寻常女子。

在他们交往之初，张爱玲曾经为胡兰成写下这样的字句——因为懂得，所以慈悲。我始终认为，这“懂得”二字，应该是二人感情的一个恰当的注解。天才总是孤独的，这孤独更多的时候是一种曲高和寡的无奈。张爱玲不同寻常的出身、成长过程中来自亲人的关爱的缺失、在大家族的缝隙中生存的本能，让她一方面学会了封闭自我以避免受到伤害；另一方面，在内心深处又极其渴望被了解、欣赏和懂得。

胡兰成的成功在于恰到好处地扮演了这样的一个欣赏者，他从来就不是一个矜持的人，夸赞起别人来更是不遗余力，而且，从他在《民国女子》等文上的表现来看，他对人的鉴识能力还是非常不俗的。

至于他爱上张爱玲的原因，则十分简单，他自己也承认，张爱玲的出身、谈吐和品位，让他“开了天眼”，那是他不曾接触过的上流社会，他需要通过征服一个这样的女子，来证明自己的魅力。

并且，我相信，在他们最初的那段时光里，他曾经是用心爱过她的。但这爱从来都不是他想要的全部，他在感情里是一个没有上限亦没有底线的人——在认识张爱玲前他已有妻妾若干、红颜知己若干、眠花睡柳的风流史若干，而且，这一切也没有因为张爱玲而改变过。

相比之下，张爱玲所给予他的爱，则圆满、皎洁、无瑕得仿似十五的月亮。

她的爱让他自得不已，时时忍不住拿来和人炫耀一番。但与此同时，以我的猜测，他应该也会有些隐约的惶恐——过于精致和清洁的东西总是让人感觉紧张的，有时候反倒是平凡和庸俗，可以让人觉得格外放松。这一点或者可以解释胡兰成后来娶小护士周训德、寡妇范秀美的心路——他在她们面前是真实、放松、肆无忌惮的，丝毫不必掩饰自己不堪的一面，这样的一种相处模式，虽然有些世俗的污浊之气，往往反倒是耐受力更强些。

张、胡二人的爱情，从萌生的那一刻开始便有着天然的致命伤——他们并非同类，在本质上，他们其实一直是分道扬镳的。

最终他们以分手告终。这分手，与其说是胡兰成背叛张爱玲的结果，不如说，是张爱玲认清真相之后的抉择。

在爱的时候，她甘心为了爱，低到尘埃里。

但最后却发现，原来爱，从来都是低过尘埃的。

爱情这东西，在人的一生中宛若珍宝。她精致、眩目、光彩四溢，亦有着固有的矫情和脆弱，需要时时勤拂拭，勿使惹尘埃，也因此被太多的人视为负累，与其为爱伤心伤神，不如不要爱情，有她没她，不一样活吗?

于是，出现了爱里的不对等，在爱情里没有公平可言，奋不顾身地爱，义无反顾地给，最终换来的可能只是旁观者的一声叹息。

想来便让人觉得无尽悲辛。

因为爱过，所以慈悲

我在重温张爱玲和胡兰成这一段往事的时候，不经意间被一个细节所触动：在他们分开两年之后，张爱玲给胡兰成写了一封信，信里有这样一句话：我已经不喜欢你了。你是早已不喜欢我了的。

这句话里有不甘，有委屈，更有种清醒之后的决绝。

当她写下“我已经不喜欢你了”这样的话语，她其实不是为了告诉胡兰成，而是为了告诉自己，或者说，是救赎自己。

与这封信同时寄出的，是一张30万元的支票，是她在他离开之后的两年里写剧本的稿酬。

我看到这里的时候很诧异：都已经分手两年了，凭什么还要拿钱给他啊？难道是分手费？可是，哪有一个男人接受女人的“分手费”的事情啊！

可是胡兰成不但接受了，还将此写入自己的书里，并且自命不凡地说“这种地方尚见是患难夫妻”，真让我为张爱玲感到不值。

不值归不值，对于她这样一种诀别的姿态，我是打心里激赏的。张爱玲曾说过：“女人用丈夫的钱，如果爱他的话，那是一种快乐，愿意想自己是吃他的饭穿他的衣服。那是女人的传统权利，即使女人现在有了职业，还是舍不得放弃的。”

所以，当她不爱他的时候，她寄钱给这个男人，这时的她对他不仅仅是怜悯，更有一种一刀两断的快意了。

这一封简短的信笺，这一张“雪中送炭”的支票，这冷漠的女子高洁仁厚的心地，更加映衬出那个男人的猥琐不堪。

这也算是一种成全吧，成全了你的碧海蓝天，也成全了我的昨天与今天——我之所以不说明天，是因为我们都知道，事实上，因着这段孽缘，她随后的人生，还是兀自地萎谢了——她在五十年代远走美国，之后再未返回国内。她后来嫁给了大她三十岁的赖雅，痛失了今生唯一的骨肉之后，一直孑然一身，直到离世。

她终其一生为他所累。

她这一生，起头起得真好，过程却充满艰辛和悲怆，到终了处她奇装异服华丽转身，留给世人一个苍凉的背影、一口寂寞的古井，“任由后来的人，淘出一地清冷月光（李碧华语）”。

亲爱的文森特

3月30日是文森特·凡·高的生日。

说起来，我其实很晚才注意到凡·高也是白羊座这一事实，然而得知这一情况时我几乎毫不意外。

是啊，除了白羊座，还有哪个星座可以将偏执与天真、热烈和孤独糅合得如此天衣无缝呢？那浓烈奔放的色彩、元气淋漓的笔触，以及藏在画面背后的敏感和脆弱，恰恰是白羊座赤子之心的最佳代表。

2017年冬天，一部史无前例的油画电影《至爱凡·高》（*Loving Vincent*）上映。我趁着午休时间一个人去单位附近的电影院看了这部电影。故事情节并不复杂，它通过邮差的儿子阿尔芒试图送一封凡·高生前的信件为线索讲述了凡·高的生平，尤其是在他人生最后几年里的境遇。这部电影的独特之处在于，它是导演多洛塔·科别拉和休·韦尔什曼联合全世界100多位热爱凡·高的画家，用油画的方式一帧一帧画出来的，整部电影用了62 450张手绘油画，无一不是凡·高的风格。

于是，这部时长95分钟的电影里，观众不仅跟着邮差的儿子阿尔芒的步伐，走过了凡·高在生命最后几年先后居住过的巴黎、阿尔勒、圣雷米和奥维尔小镇等地，还看到了闪烁着的星月夜、流动着的河水、被风拂动的麦田和被惊扰的乌鸦，看到美丽的少女玛格丽特在弹奏钢琴，文森特在对着镜头回眸，眼神深邃——感谢伟大的艺术家，感谢现代电影技术，让热爱凡·高作品的人享受了一场特别的视觉盛宴。

电影散场后，我流着泪在《繁星点点》(*Starry Starry Night*)的旋律中走出了电影院。中午时分的影院格外冷清，我所看的这一场更是只有不超过五个观众。然而在放映厅出口，我与另一个女孩一同走出的时候，我竟看到她也在擦拭眼泪，我们彼此相视一笑，有一种心领神会的默契。

谢谢你，亲爱的文森特，如果不是因为你，我在这世间，会少了一种认出同类的方式和乐趣吧？

白羊座的凡·高

我并不是个懂画的人，在我的成长历程中，曾经有过几年热爱绘画的时光，但是遗憾的是，我未曾接受过任何专业美术训练，就被应试教育塑造成了一个毫无特色、只会读书的小孩。然而当我第

凡·高《向日葵》

一次在美术教科书中看到印刷相当拙劣的《向日葵》图片时，我就喜欢上了凡·高的画。它不像表现主义、超现实主义的作品那么抽象难懂，也不像文艺复兴时期的作品充满宗教色彩。它的主题突出，色彩饱满又明丽，陶罐的古拙和向日葵的盛放相得益彰，明暗过渡的黄色绚烂至极，它完全符合了我简单的、孩子式的审美。幼年的我，甚至不需要任何鉴赏能力，就能被它打动。

后来我陆续接触到凡·高的其他作品，从著名的《星空》《罗纳河上的星月夜》《鸢尾花》，到它送给提奥的儿子小文森特的《杏花》、他早期的人像作品《吃土豆的人》，以及不同时期的自画像。在他的笔下，星空熠熠生辉仿佛流动的梦境，杏花在蓝色的天空背景下春意盎然，麦田饱满灿烂。他的画中，满溢的是对自然的热爱、对生命奥义的追寻、对万物的悲悯。

凡·高的一生只活了三十七年，绘画的生涯只持续了十年。二十七岁那年，凡·高在勉强做过书店学徒、牧师等工作后，在现实生活中屡屡碰壁的他，终于听从内心召唤走上了绘画之路。与西方现代派的毕加索、野兽派的马蒂斯等画家相比，他的作品数量都算不上多，但几乎每幅都是用生命去画的。

对于绘画，他曾经这样说：

“我能感觉到体内有一股强大的力量。我看到我的作品中存在着一股强大的张力，这让我对工作有了一种强烈的渴望。”

“我希望达到的境界，不是去描画一双手而是手的姿态；不是去精确地勾勒出一个头部，而是头部的表情，例如一个挖掘者抬头吸气或说话的神态——换而言之，就是生命。”

在我的理解中，白羊座的艺术家们，常有着这个星座的敏感和天资，这些生于春天的孩子，对于自然和艺术，常有着孩子一般敏锐的观察力；然而也常伴随着与生俱来的偏执和固执，表现在作品和人生的强烈反差，常常是作品明媚温暖，而人生却充满抑郁和挣扎。远的如卓别林、安徒生，近的如海子、三毛，莫不如此。

天才，还是疯子？

与凡·高的画一样有名的，大概是关于他的种种传说。他潦倒而短暂的一生、他疯子一样的举动、割掉自己的耳朵、在麦田里开枪自尽……

1890年，他在巴黎附近的奥维尔小镇画了这幅《麦田里的乌鸦》，画完这幅画没多久，他在麦田里开枪自杀。然而，离奇的是，他的腹部中弹后并未马上死去，而是过了一天之后，在弟弟提奥赶来之后才去世。

在这部电影中，阿尔芒经过对凡·高去世前一些人的访谈，推测出凡·高并非自杀，而是被他人开枪误杀。为了保护凶手，凡·高自称自己是自杀，让警察不必追究任何人的责任。

麦田里的乌鸦

了解凡·高生平的人都知道，这一说法虽然未被证实，却符合了凡·高一贯的性格，也符合他当时的心境——他并不仅仅是世人眼中的天才与疯子，他还是一个内向、害羞、敏感、有着无限同情心的人，他始终担心自己成为别人的拖累，无论是对提奥，还是对其他人。

英国作家毛姆的著作《月亮与六便士》里，以画家高更为原型（但小说与本人的经历有不小出入），讲述了一个衣冠楚楚的股票经纪人查尔斯·斯特里克兰，突然有一日抛弃优渥的家庭生活、抛弃体面而乏味的工作，去巴黎追求自己的绘画梦想，在那里他过着穷困潦倒的生活，冒着被世人厌弃的名声勉强度日，其后又不得不去了马赛等地流浪。其后，他随着邮船漂泊到了南太平洋的大溪地岛上，在那里迸发出创作的灵感，在生命的最后几年，他与当地的土著妻子一起过着与世隔绝的生活，他最终得了麻风病惨死在岛上，最满意的作品也付之一炬。然而，在他死后，他的名声传回了欧洲大陆，作品拍出了天价，人们开始赞美他伟大的作品，也开始赞美他对艺术的孜孜以求。

查尔斯·斯特里克兰的遭遇与凡·高有相似之处，现实中的高更与凡·高也曾有过一段交集。他们都一样生前被人视为另类和疯子,生前作品一文不名死后一鸣惊人。凡·高无疑比书中的画家斯特里克兰幸运些，因为他有一位最重要的知己，也是他一生中最重要的亲人，他的弟弟提奥。

文森特与提奥

在月亮与六便士的隐喻中，月亮似乎是纯洁无瑕的，像梦想一样高高在上，令人着迷。而六便士廉价而羞耻，却是我们每日生活中的必需——画家可以一日饿着肚子作画，却不能日日为买颜料的钱而困顿。

所以，当后世的我们能有幸欣赏到文森特·凡·高的《星空》时，别忘了那个用毕生心血守护画家天才，为他源源不绝提供生活费、画布和颜料的人——提奥·凡·高。

大学时我读过一本叫作《亲爱的提奥》的书，里面收录了文森特·凡·高和提奥·凡·高的通信合集，那个译本并不算完美，然而这些真实的信件仍然让人感动万分。我感动于凡·高用生命追求艺术的热情、在艺术探索中的孤独寂寥，更感动于两兄弟之间彼此的理解和深情。

在给提奥的信里，文森特写道：

> 不得不说我的前景非常暗淡，也许我现在的绘画永远不会有任何价值……
>
> ——文森特·凡·高《给提奥的信》1888年8月，阿尔勒

> 人们看到我的作品比绘画的花费和我的生活花销更有价值的那一天终会到来，总的来看，我们投入其中的还非常少。
>
> ——文森特·凡·高《给提奥的信》1888年10月，阿尔勒

> 每个人的心中都有一团火，但路过的人只看到烟。
>
> ——文森特·凡·高《给提奥的信》

在这些信里，文森特常常因为缺钱、困顿、不被人理解而沮丧，但他的信仍然文笔流畅、逻辑严谨，充满对生活的热切的希望，对艺术的思索和追求。

这些信连缀起来，就是他悲伤而纠结的一生——爱情上屡屡碰壁、被人们误会为疯子、与朋友分分合合，他用生命画出来的画，在他在世的时候只以400法郎卖出去一幅……

亲爱的文森特，这世界真是荒谬，它让你生前因为缺少知音而过于冷清，而许多年以后，这世界在你的身后，又因为你太过出名而显得闹哄哄。

在给提奥的每一封信里，凡·高都用他独特的笔迹留下Loving Vincent的签名，这也是电影的英文原名。这仿佛一个温暖的魔咒，让那些贫穷的、冷清的、疯癫的、疼痛的日子，都多了一点儿温存的期待。

人生得一知己足矣，文森特有提奥守护一生，堪称人生幸事。

也许是两兄弟的感情过于深厚，文森特的去世对提奥打击巨大，六个月之后，提奥也追随哥哥的脚步离开了人世。他们同心同命，死后一起在奥维尔小镇长眠，永不分离。

当然，今天我们在怀念凡·高时，也不能忘掉一个凡·高兄弟身后的女人——提奥的妻子乔安娜。在两兄弟去世后，继承了所有画作和书信的乔安娜，坚持整理出他们的书信出版，并继续一次次为文森特的画作举办画展，才使得他的作品逐渐为人所知，影响了后印象派和野兽派的一批画家，使他最终成为后印象派的代表性画家，一座艺术史上的丰碑。

> “我们并没有感觉到自己快要死了，但我们却能感觉到我们实际上是无足轻重的，只是艺术链条中的一环。”

亲爱的文森特，你若有知，看到你的画作被拍出一个又一个天文数字，你的名字成为美术史上的无法抹去的名字，你的名气超过你曾经的偶像米勒，你的信徒和学生像潮水一般源源不绝，你该作何感受呢？

亲爱的文森特，你眼中的星空，你内心的瑰宝，你笔下的画作，都让你不曾死去，他们都是不朽的。

最后，用我很喜欢的余光中老师在凡·高逝世百年时写下的文字，结束这篇文章：

> “用一个人的悲伤换来全世界的喜悦，那牺牲的代价，签在每一幅杰作上面，名叫文森特。”

感谢你驯养我，希望你记得我

《寻梦环游记》（*Coco*）这部动画电影，是皮克斯在2017年推出的又一部优秀动画作品，因为对皮克斯品质的信赖，在电影上映后我本打算第一时间去看，结果因为空前忙碌，竟一直没有安排出时间。

五岁的儿子比我先去看了这部电影，带他去看的是我的表妹。晚上回到家后，他跟我描述了他看到的故事（虽然据说他看了一半就因为害怕跑出来了……），他问了我两个问题——第一个问题是："妈妈，为什么小男孩的家人都跟他说——No Music?"第二个问题是："妈妈，为什么那些骷髅明明已经死了，却还可以唱歌跳舞?"

我说，对不起，我还没有看过这部电影，不过等我看完回来之后，我可以回答你的问题。

我于是带着儿子的两个问题，看完了这部电影。

因为有了儿子的"剧透"，我其实大概猜到了影片的梗概。然而这部充满浓郁墨西哥风情、故事温暖感人、音乐动听、画面精美的电影，还是让我深深感动。

它决不是一个普通意义上的“探险故事”或者“环游记”，它更像一个情感的潘多拉魔盒，用层层递进的叙事，将我们内心深处最纯的梦想、最真的情感、最深的恐惧，一一释放出来。

选择梦想，还是选择亲情？

电影要探讨的第一个主题，是关于梦想、亲情和家庭之间的抉择问题。故事的背景发生在墨西哥，一开场，剪纸、音乐、万寿菊等元素，就将电影的地域风情烘托得十足。小男孩米格是一个有着音乐梦想的孩子，然而他的家族几代人都是鞋匠，并且，他从小就被家人严格限制不许唱歌、不许碰音乐。

在一次偶然的机会中，米格得知了自己的家族曾经有过一个音乐巨星，这个人是他的曾曾祖父，他在年轻时为了追求自己的音乐梦想，抛弃了家庭和女儿（小男孩的曾祖母Coco，电影的名字来源，也是灵魂人物）。在他走后，曾曾祖母以一己之力将家族维持下去，并且从此视曾曾祖父为家族的背叛者，视音乐为禁忌。

米格的故事并不陌生，自我的价值实现和家人期望之间出现矛盾，选择冒险还是选择安逸？这几乎是每个人的成长过程中都会遇到的抉择问题。

一如每一个试图摆脱父母控制远走高飞的年轻人一样，米格选择了离家出走。只不过，在离家出走过程中，他一不小心误入了亡灵世界，在那里他见到了逝去的亲人，经历了一场惊心动魄的冒险。也由此，他理解了梦想和亲情、爱与生死的关系。

在影片里，亡灵世界与尘世的连接，是通过极富墨西哥特色的“亡灵节”来实现的。而亡灵世界里的色彩斑斓、载歌载舞，大概是墨西哥人乐观的天性的集中展现。在那里，死去的人们过着和尘世差不多的生活，有现代化的设施、有表演和狂欢、有明星和粉丝，一切看起来仍旧充满欢乐。更让人欣慰的是，亡灵们仍然可以穿过那座万寿菊花瓣搭成的桥梁，返回尘世探亲——亡灵世界看起来那么瑰丽，死亡似乎也变得并不可怕了。

然而，亡灵世界仍然有它的运行规则，这样的歌舞升平、其乐融融，并不属于每个人。于是，在这里，导演为我们引入了影片的第二个主题，也是更深层次的主题：

死亡，意味着什么?

在影片的设定里，死亡是多重的：第一次是肉体的死亡，然而肉体死亡后，死者仍然可以活在亡灵世界里，并且在每一年的亡灵节的祭祀活动中，可以通过家人在神坛上祭祀的照片返回尘世，去看看自己子孙后代的生活；而第二次的死亡，也就是终极死亡，就是当没有人再记得你的时候，就在亡灵世界里永远消失了。

只要爱和记忆还在，我们就不会真的死去

米格穿越到亡灵世界后，先是遇到了他已经逝去的亲人们，包括曾曾祖母本人。作为亲人，他们十分愿意帮助米格回到尘世，但是，他们在给米格的祝福中附加了条件，仍然是那个苛刻的“No Music”。米格自然不愿接受这样的安排，于是他再一次逃走了，准备去找歌神德拉库斯——他一直认为是他曾曾祖父的人寻求帮助。在途中，他和一个因为未被亲人祭祀而无法返回尘世的亡灵埃克托相识。一路上米格对埃克托从误解到相互支持，直到见到歌神德拉库斯之后，竟揭开了一个尘封多年的秘密——原来当年正是德拉库斯毒死了自己的朋友、搭档埃克托，并且剽窃了他的歌曲，把自己

打造成一代歌神。而且，最重要的是，米格发现，这个失魂落魄、籍籍无名的埃克托，才是自己要寻找的曾曾祖父。他对米格说出了当年的情况——他并不希望抛弃自己的妻子和女儿，而是在赶回去的路上发生了意外，所以才无法及时回家，他一直都深爱自己的亲人，特别是他的女儿Coco（可可）。

于是，影片的情绪在这里达到了高潮，当埃克托向他的曾曾孙子米格唱起他为女儿可可所创作的歌曲《请记住我》（*Remember me*）的时候，我的眼泪夺眶而出。那小小的、柔软的小女孩，和我的女儿有着同样的名字——可可，她用稚气的眼睛望着自己的父亲，感受着他深情而温柔的爱。

——这段父女之间温暖的回忆，长久地埋藏在可可的心里，哪怕父亲已经离去多年，哪怕父亲早已被当作整个家族的“叛徒”，哪怕她自己已经变成耄耋老人，她仍然能哼唱起当时的旋律，满是皱纹的脸上，仍然是被宠溺的笑意。

在谜团解开、一家人的误会消除后，故事进入了全家同心协力战胜反派、拿回埃克托照片的情节。这段本该相对俗套的情节，却意外地又一次打动人心：在双方争执过程中，曾曾祖母伊梅尔达在混乱之中被推上了演出的舞台，在所有灯光都对准她的时候，一向拒绝音乐的曾曾祖母居然开唱了，而且唱得如此深情、如此美妙——原来，她曾经也是如此深爱音乐的，她和埃克托也曾是一对弹琴唱歌、琴瑟和鸣的恩爱夫妇，只因为被“抛弃”后，不得不担负起生活的重担，并且将曾经深爱的音乐，从生活中删去。

伊梅尔达在台上唱歌的样子格外动人，她让我想起我那些熟知的长辈们——他们看起来平凡而庸碌，他们似乎缺乏情调，然而，在那些我们不曾了解过的最初，他们也曾经年轻过啊，也曾经是满脸洋溢着青春、壮志满怀的少年，只不过在生活的磨砺下褪去了梦想的光环，变成了“满面尘灰烟火色”的中年人、老年人……

而那些满脸皱纹、眼神涣散的耄耋老人，他们也曾经是天真柔软的小孩，也曾是父母的掌上明珠。我们每个人都曾经年幼过、年轻过，也同样会变老，会死亡。

在这场冒险的最后，米格终于在太阳升起之前，得到了他死去的亲人们对他的无条件、无保留的祝福，返回了尘世。这一场冒险之后，他不仅解开了几代人之间的误会，也明白了一个道理：梦想与家庭，并不总是矛盾的，缺少亲人祝福的梦想，终归是有遗憾的。

于是他拿上歌神的吉他返回家中，找到曾祖母可可，为她弹奏起那首《请记住我》。于是我们看到可可脸上温柔的笑意，听她哼唱起记忆里的旋律，看她从抽屉里拿出爸爸的照片，听她讲述起自己爸爸的往事……这个长久以来被音乐和背叛所伤害的家族，终于在那一刻达成了和解。

只要我们爱过的痕迹还在，只要我们还被人所记得，我们就不会真的死去。

Remember me though I have to say goodbye
Remember me don't let it make you cry
For even if I'm far away I hold you in my heart
I sing a secret song to you each night we are apart
Remember me though I have to travel far
Remember me each time you hear a sad guitar
Know that I'm with you the only way that I can be
Until you're in my arms again
Remember me...

请记得我，记得我们曾彼此驯养

这部数次让我泪流满面的电影，让我想起我逝去的亲人：我的爷爷奶奶，也同时想起伴随我成长的另外一个故事——《小王子》。

第一次读到《小王子》的时候我应该在十岁左右，它悲伤的结局让我久久不能释怀。那时候的我尚未直面过生死，我无论如何也想不明白，小王子为什么要离开他的狐狸，为什么要离开他的飞行员朋友，回到他的星球上去；我最不能理解的是，为什么他要采取那样的一种方式离开——被毒蛇咬，然后留下一具躯壳在沙漠里。——这难道不就是传说中的“死”吗?

在我读到《小王子》十年之后，我第一次经历身边亲近的人离世——从小最疼爱我的奶奶在我二十岁那年的夏天永远离开了我，我的爷爷，在奶奶去世仅仅八十三天之后也离开了人世。

我永远不能忘记那年从夏天到秋天扑面而来的哀伤，和我从《小王子》中得到的巨大的安慰。那一年里我一遍又一遍地翻看这个童话：

> “你知道，路途太远了，我不能带着这副躯壳，那太重了。那只是一副老旧的躯壳而已，你没有必要为老旧的躯壳而哀伤的……”
>
> “时间会缓和所有的悲伤，当你的悲伤被安抚以后，你就会因为认识过我而感到满足。”

我一遍又一遍地泪如雨下，仿佛这每一个字都为我此刻而写。经历了爷爷奶奶的离世之后，我仿佛一夜长大，突然明白了生死，明白了人生的无常，也终于明白了为什么小王子会将死亡，说成是“回到他的星球”去。原来，他真的不是离去，而只是回去——我们每一个人，最终都要回到我们最初出发的地方。

我试着把逝去的亲人，想象成天空的星星。这样的想象使我可以远离原本无法抑制的悲痛。而从那之后，每当我仰望星空的时候，我便会感到一种无限的温暖，仿佛每一颗星星上，都有爷爷奶奶微笑的眼睛在注视着我的生活，并且分享着我的喜怒哀乐。

很多年之后，当年逾而立，已经为人母的我，被这部电影所打动的时候，我再一次想到了在天堂的爷爷奶奶。我想，因为我一直记得你们的样子，因为我将永远记得那些童年时被你们疼爱呵护的时光，所以，你们在天堂，应该是可以看得到我的吧？在那些我人生的重要时刻，你们，应该也是在对我微笑的吧?

时间已为我缓和所有的悲伤，而被爱过、驯养过的记忆，却从来不曾褪色。

感谢皮克斯，为我们带来这样一部优秀的作品，让我们理解死亡，从而更加热爱生命。

> “死亡是生命中的一部分，人们总是忽视它的存在，不敢相信。但有一点很明确，就是我们都要面对它、经历它。这个既残酷又很有力量的现实，我很自豪我们从来没有隐藏过它。”

“沧海拾粟”话东坡

2017年的某次出差途中，我在机场书店看到祝勇老师的《在故宫寻找苏东坡》，立刻如获至宝地收入囊中。随后几天的差旅时光，我都与这本书相伴。

这是我在林语堂的《苏东坡传》、王水照的《王水照说苏东坡》之后，又一次读到的关于苏轼生平的完整传记文字。如果说林语堂先生的书是苏东坡爱好者必读的“圣经”、王水照老师的书是苏轼研习者的“讲义”，那么，祝勇老师的这部《在故宫寻找苏东坡》，则是一部图文并茂的纪录片，在记述苏轼入仕、流放、家庭、交友、诗词、绘画、书法等各个角度的人生成就的同时，为我们呈现了现存于世的苏轼的艺术作品，让人大饱眼福、爱不释手。

碰巧的是，我那次出差的目的地之一，就是杭州——一个苏东坡两度为官、留下过诸多传说、足迹以及美食的城市。

在飞往杭州的飞机上，我突然想到，虽有各位大师的珠玉在前，我也应该写一点儿关于苏公的文字，因为他不仅仅是我的偶像，还应该算得上是我最重要的精神导师——在我求生、求学、成长的过程中，他的文章、诗歌，他的人生态度，无数次给我启发和激励。

然而，当我动笔时，却感到了深深的为难——他的一生实在过于丰富、宏大，我竟不知如何写起。在飞机落地之前，我给自己的文章取了好多个题目，比如“突围的一生”，比如“人生逆旅中的行人”，又比如“雪泥鸿爪”之类……

突然我想起他老人家说的：寄蜉蝣于天地，渺沧海之一粟。我这个后世的小粉丝的文章，在诸多的“苏迷”作品中，应该也就是沧海一粟。不如我就从他跌宕起伏的一生中，撷取几个须臾，写一写我心中的苏东坡吧。

公元1082年，淋雨的苏东坡

宋神宗元丰三年（公元1080年），四十四岁的苏东坡在新旧党争中失利，被贬谪黄州。

谪居黄州之后，苏东坡的俸禄少得可怜，不足以应付全家人的生活。在这种情况下，好友马梦得帮助他从官府申请到一块叫作“东坡”的土地，他带领家人开垦、种植、收获……俨然过上了一介农夫的生活。

由于“东坡”属于官地，因此他听从朋友的建议，前往沙湖购买属于自己的土地。走到半道上，突然到来的暴雨从天而降，身边的人都奔走避雨。只有苏东坡泰然处之，吟咏自若地行走在雨中。不一会儿雨过天晴，他也写出了流传千古的《定风波》：

莫听穿林打叶声，何妨吟啸且徐行。
竹杖芒鞋轻胜马，谁怕？

一蓑烟雨任平生。

料峭春风吹酒醒，微冷，
山头斜照却相迎。
回首向来萧瑟处，归去，
也无风雨也无晴。

这不仅是一个诗人的吟诵，更是一个自然赤子对变化多端的自然现象的欣然接受和拥抱，也是他在经历人生大起大落后，对命运无常的淡定和从容。在黄州的几年，他也曾有过“拣尽寒枝不肯栖，寂寞沙洲冷”的伤感，也曾有过《寒食帖》里的不甘，然而他还是以博大的胸怀和乐天的性格，将命运抛给他的磨砺如数接招，并将它们淬炼成珍宝。

公元1083年（约），烹饪东坡肉的苏东坡

苏东坡在黄州耕种“东坡”的那几年里，当兜里没钱、田里收成不好的时候，全家人都吃不好，他就想着怎么给自己和家人改善饮食。在这种情况下，他发现黄州的猪肉很便宜，有钱人不爱吃猪肉，而穷人不知道如何烹饪。于是，美食家苏东坡发明了东坡肉，还专门写了一首《猪肉颂》：

净洗铛，少著水，柴头罨烟焰不起。
待他自熟莫催他，火候足时他自美。

黄州好猪肉，价贱如泥土。

贵者不肯吃，贫者不解煮，
早晨起来打两碗，饱得自家君莫管。

然而关于东坡肉到底是哪个地方的菜，我听说过好几个版本，苏东坡的老家眉州、长居的杭州以及黄州，都号称自己是东坡肉的发源地。从这首《猪肉颂》来看，至少是与黄州有着比较深的渊源的，而祝勇老师的书中说的“创制于徐州，完善于黄州，名扬于杭州”应该是更为准确的说法。

如今的“东坡肉”已是一道中华名菜，我每每去杭州，必定会点上这一味香甜糯软、肥而不腻、酥而不碎的东坡肉。这也算是除了诗词之外，苏东坡留给后人的重要“文化遗产”了。

公元1082年，吃闭门羹的苏东坡

吃闭门羹的经历，我们每个人都可能有过。去朋友家吃闭门羹，还可以自嘲一句自己是“不速之客”，但若是在自己家吃闭门羹，可就有点儿不妙了——毕竟，连家都进不去，就意味着无处可去、露宿街头，这可不是闹着玩的。

于是，有的人就冲着让自己吃了闭门羹的人发脾气，比如含着金汤匙长大的贾宝玉同学，有一天被雨淋成了落汤鸡般回到怡红院，不想久久叩门却无人开门：宝玉一肚子没好气，满心里要把开门的踢几脚。方开了门，并不看真是谁，还只当是那些小丫头们，便一脚踢在肋上。

这一脚可不要紧，踢到了怡红院的头号大丫鬟袭人，而且直接把袭人踢吐血了！由此可见，这个平素怜香惜玉的贾宝玉，这回可是少爷脾气上来了，也由此看出，叩门不开这种事情，确实让人比较恼火。

但是事情到了乐天派苏东坡身上，可就又是另一种剧情了。

宋神宗元丰五年，苏东坡被贬黄州时的某个晚上，他邀了一群友人喝酒，半夜才回到家，敲了半天门，家里的小童居然没有听到。于是，他也不再强求，一个人走到江边去看江水，还写下了这首著名的《临江仙·夜归临皋》：

夜饮东坡醒复醉，归来仿佛三更。
家童鼻息已雷鸣。敲门都不应，倚杖听江声。

长恨此身非我有，何时忘却营营？
夜阑风静縠纹平。小舟从此逝，江海寄余生。

这首词是我在三十岁之后最喜欢的一首东坡词（三十岁之前最喜欢的是《望江南·超然台作》），这里面有怀才不遇、有身不由己，亦有随遇而安，但更多的，是对自己内心那片净土的沉思和坚守。

它恰如其分地道出了我们这些业已中年或者接近中年人的身不由己——每日被生活的琐碎和苟且所累，全然顾不得“诗歌和远方”，有时累得疲惫不堪时，也在脑海中无数次地想过“我不干了！”——正所谓“长恨此身非我有，何时忘却营营”。

然而，事实上，作完这首词的苏东坡，并未选择真的“江海寄余生”，而是宿醉之后继续耕地、种田、吟诗、喝酒，做他的“东坡居士”。

他终归不是陶渊明和嵇康，他比他们要积极入世得多，他有消化苦难的能力，亦有着将无聊生活过得有趣的能力，他的生命是如此有张力，一个闭门羹，能算得了什么呢？

说起来，我们还得感谢那个没给苏东坡开门的小童。倘若他那天恪尽职守地给东坡大人开了门，我们可就无缘看到这么美好的词了。

公元1075年，梦到亡妻的苏东坡

十年生死两茫茫，不思量，自难忘。
千里孤坟，无处话凄凉。
纵使相逢应不识，尘满面，鬓如霜。

夜来幽梦忽还乡。小轩窗，正梳妆。
相顾无言，惟有泪千行。料得年年肠断处，明月夜，短松冈。

十几岁的时候学过这首《江城子》，只是当时年少未经事，只知是苏轼为悼念亡妻王弗所写的。

二十岁的时候，我读《红楼梦》、读纳兰的《饮水词》、读李清照的《漱玉词》，那些相爱却生离死别的故事让我一次次地心痛流泪、不能自已。我无比厌弃高鹗续书里的贾宝玉。林妹妹死了，他一没去做和尚，二没去殉情，而是跟薛宝钗“举案齐眉”地过起日子来了，说好的化灰化烟呢？怎么说，也应该像纳兰容若那样，为所爱之人写下一首首泣血的悼亡之词吧……

然而，当时间在我身上不着痕迹地走过，我才逐渐领悟到：选择沉溺和缅怀，做一个纯粹的情圣，其实只是无数种纪念爱情的方式中的一种——它固然充满了浪漫和悲壮的色彩，却未必是好的选择。

于是，重新读苏轼的《江城子》，此时方能感受到其中的感情深沉——他与王弗相伴十年，在王弗逝去后的十年里，他时常怀念起她，那些“画眉深浅入时无”的小儿女时光，他们也一样有过。然而如今斯人已逝，他的膝下尚有幼子，家中数十口需要维持生计，远了说，自己的人生抱负尚未施展……

以苏东坡的胸襟和性格，注定不会像纳兰容若那样被思念和哀伤包裹，他只是在午夜梦回的夜里，恍惚看到妻子对窗梳妆的样子，他醒来时写下这份深沉的思念与爱，在思念与爱中，重新获得勇气和力量。

公元1097年，吃生蚝的苏东坡

在出任杭州知州后，苏东坡再次经历了人生的大起大落。元祐六年，他先是被重用为翰林学士重回京城，后又升任礼部尚书。然而当年幼的宋哲宗被小人蛊惑之后，苏东坡被一贬再贬，从汴京到定州，再到广东的英州、惠州，最后竟然贬到了海南的儋州。在不杀文官的宋朝，被贬到这里，对一个文官来说几乎是最严重的惩罚了。

那时的苏东坡已经年逾六旬，经历了两任妻子王弗、王闰之的离世，侍妾朝云也已英年早逝，只有小儿子苏过陪他南渡琼州海峡，来到了海南岛——别看现在海南是度假胜地，有海、有沙滩、有海鲜，简直是人间天堂，在苏东坡的那个年代，却是个“食无肉、出无舆、居无屋、病无医、冬无炭、夏无泉”的不毛之地。

苏东坡到了海南之后，为了驱虫去毒，他又一次开始了自己的酿酒试验——在黄州、颍州、定州时，他就不止一次就地取材地酿酒。林语堂先生的书中，称他为“造酒试验家”。这一次他发明了天门冬酒，并命名“罗浮春”；海南缺乏肉类，他居然独具慧眼地发现了生蚝的妙处，他将蚝肉放入水中煮，还拿蚝肉在火上烤，“食之甚美，未始有也”。——他是史书上第一个有记载的吃生蚝的人，而我作为一个嗜生蚝如命的人，是多么感激他发现了这一美味的食物啊！

从东坡肉到羊蝎子，从荔枝到生蚝，不得不说，苏东坡用生命为我们证明了一个“吃货”的力量——也许，只有对美食有着这般执着和慧眼的人，才是真正热爱生活的智者，才能将一次次的流放之旅，变成“发现之旅”。

苏东坡在晚年时，曾用一首小诗来总结自己的一生：

心似已灰之木，身如不系之舟。
问汝平生功业，黄州惠州儋州。

在回首毕生功业时，他想到的不是庙堂之上的辉煌，不是天子身旁的指点江山，而是在他人生最幽暗的日子里，在黄州、惠州、儋州的那些时光。或许，那些曾经在他最艰难的岁月里张开怀抱拥抱他的土地，才是他一生中最重要的精神家园，那些躬耕于田间、泛舟于赤壁、啖荔枝、酿美酒的时刻，才是乐而忘忧的、神仙一般的日子。

我今天写到的，只是苏东坡精彩丰富的一生中的几个画面。苏东坡少年得志，其后在政坛上经历大起大落，一生颠沛流离、无数次死里逃生，然而他凭借自己强大的韧性、乐天的性格，对抗命运带给他的种种不确定性；凭借自己对自然、诗歌和艺术的超凡感悟和灵性，为后世留下了无数脍炙人口的诗词、书画等作品；他凭借自己对生活的热爱和旺盛的好奇心，不断去开拓人生的宽度和深度，在美食、酿酒、水利工程、医学等多个领域都有建树，成为当代“斜杠青年”的鼻祖……

他的一生，堪称传奇。他远远超越了他所生活的宋代，成为中华文化中的“千古一人”，更是国人心中永远的人格丰碑。

融不进的异国，回不去的故乡

——记两部讲述海外移民奋斗与哀伤的书

最近看了两本关于美国第一代华人移民的书——严歌苓的《扶桑》和林语堂的《唐人街》。如果说前者的压抑气氛让我在合卷之后忍不住心口疼痛、想要大哭一场的话，而后者透露出来的希望和温馨，则恰到好处地治愈了我的些许哀伤。

这是两个时代背景相似、内核精神相通，而氛围截然不同的故事——当我一口气读完这两个故事后，那百年之前的唐人街，在我面前似乎越发清晰起来。

(一)

《扶桑》的故事背景发生在一百多年前的美国旧金山，那里的唐人街肮脏拥挤，充斥着廉价的中国劳工、被拐卖来的中国妓女、小偷和酒鬼。在那里，中国人被视为下等人，他们出卖苦力换取微薄的报酬，却仍时不时地被洋人蹂躏和欺负。他们生如草芥、死如蝼蚁，无声无息地做着洋人不愿意做的工作，无声无息地死去。

扶桑是生活在旧金山唐人街的妓女，她并没有特别惊人的美貌，却在一次又一次的机缘巧合下成为了一个名妓——与传统认知中的名妓不同，她决不是巧笑倩兮的风尘女子，她木讷而沉默，却因此增添了一分别样的东方神秘魅力——她也因此获得了白人少年克里斯的痴恋和“唐人街一霸”的大勇的深爱。她的木讷和钝感给了她超乎寻常的忍耐力，使得她在经历一次次不可思议的厄运后仍旧强韧地活了下来，活到了九十多岁的高龄。

严歌苓笔下的扶桑，很少有台词、很少内心活动，却几度让我落泪。这个存在于移民博物馆史料中的中国妓女，只能算是“非典型华人移民”，她是游离在白人和华人之外的边缘存在，是当时华人女性最底层的人物。故事里的扶桑有着最为卑贱的生命，却有着大地般的悲悯和宽恕一切罪恶的力量。

《唐人街》的故事发生的时间是二战前，比《扶桑》的故事背景晚一些。然而根据时间线推断，故事里冯家的父亲冯老二（老汤姆）踏上美国的时间是在二十世纪初，所以也应该算得上是第一代华人移民。冯老二最初也在旧金山登陆，是西海岸修铁路的劳工中的一员，在遭遇白人对华人的排挤和冲突之后，他带着两个儿子迁徙到了更加自由民主一些的纽约，此后和儿子一起经营一家洗衣店，靠帮人洗衣服来维持生活，并且将辛苦攒下的钱寄回远在中国的家——那里有他的老婆，和两个年幼的孩子：汤姆和伊娃。

冯老二一直盼望着老婆和孩子能够来美国与他们团圆，然而船票对他们来说过于昂贵，直到当保险经纪人的二儿子佛莱迪开始挣钱，他们终于攒到了一笔钱，可以把母子三人一起接到美国。从此，这个华人家庭一步步地在纽约生根发芽，他们靠自己的双手辛苦地挣钱攒钱，全家人最大的愿望是能够开一家餐馆——然而，这个愿望对他们来说总是过于渺茫，最终竟是靠冯老二出车祸身亡，得到一笔保险公司的赔款才得以实现。

尽管这个家庭在唐人街的奋斗充满了血泪和艰辛，但依靠勤劳的双手、全家人的齐心协力，他们最终还是得以在这个陌生的国度扎下根来。二战爆发后，他们还自发地加入了海外华人为国募捐的队伍，拿出自己微薄的收入帮助遥远的祖国抗击日寇。

相比于《扶桑》里的旷世畸恋和惊世骇俗的刑场婚礼，《唐人街》的故事平淡而隽永，是典型的中国移民家庭对"美国梦"的追寻，也是典型的林语堂式的叙事；如果说扶桑的故事是让人感受到一种低到尘埃里的隐忍和痛楚的话，那么冯家的故事，则让人感受到一种尘埃里孕育希望的蓬勃力量。

隐忍、痛楚、生机和希望，这大概是海外移民亘古不变的关键词。

(二)

中国人移民美国的历史，最初大概是从十九世纪中期开始。淘金热和南北战争之后的美国需要一大批廉价的劳动力，与此同时，在清政府的压迫下，中国农民的生存状态不佳。于是诸多沿海地区的青壮年劳动力迫于生计远渡重洋，到美国去谋生。然而，那时的华人，在美国人眼里就是一群拖着"猪尾巴"的"下等人"，这些穷苦的华人在大洋彼岸修铁路、做苦力、忍受各种非人的待遇。他们唯一的希望，就是将辛苦挣来的美元寄回国内，给留守故乡的家人——在故事的开端，扶桑的素未谋面的丈夫和冯家的父亲冯老二，都是这样的存在。在家人和同乡的心目中，他们在美国挣着“金元”，是发洋财的人，殊不知，他们从事的，是连最贫苦白人也不愿意从事的工作，而他们拿的薪水，又要比同样工种的白人微薄得多。

在冯太太带着汤姆和伊娃远渡太平洋之前，他们和在乡下盼望丈夫的扶桑一样，都对未知的美国存在着某种神秘的、好奇的憧憬。相比之下，冯太太要幸运得多，她靠丈夫和儿子买来的船票来到美国，又有着合理的身份，她的到来让漂泊异国的冯家从此扎下根来。而扶桑则因为和丈夫从未谋面，因此被人贩子哄骗上了船，到美国之后被当成妓女卖掉。当很多年后，她和大勇走到一起，大勇竟然不无震惊地发现，面前这个妓女很可能是他未曾谋面的、本应守在家里下河捶衣、坐在门槛上剥豆等他回家的妻子时，他的心情沉重而复杂。这个看似横行唐人街、亦正亦邪的“混不吝”的大勇，其实也不过是那个时代的中国苦工中的一员而已。他在陌生的国度苦苦求生，内心深处却一直渴望落叶归根——所以他在赴死前嘱咐扶桑，将他的骨灰一半洒在海里，一半洒在老母的坟上。

活着回不去的故乡，死了也要回去。这大概是老一代移民一个无法释怀的心结——《扶桑》中的大勇如此，《唐人街》中的老杜格，也有同样的残念。

作为早期来美国的铁路工人中最年长的一位，老杜格半生出生入死、坎坷而沧桑，他和大勇一样充当着唐人街“保护伞”的角色。他在美国摸爬滚打一辈子，他看着这个国家飞速发展起来，他赞美这个国家的伟大，也注定将逝去在这里。然而，他毕生最大的遗憾，却是未曾在国内留下一个子孙，为此他羡慕冯老二有四个子女，后来又有了孙子马可，冯家得以就此在美国生根发芽——家庭、子女、繁衍，这些朴素的执念，始终是中国文化的精髓，也是国人生生不息的奋斗源泉。

(三)

同为华人作者，林语堂生活在20世纪中叶，应该算得上是第二、三代移民的代表；而严歌苓则属于第五代移民，尽管年代不同、背景不同，他们感受到的东西方文化的碰撞、伦理的冲突和思想上的鸿沟，应是相似的。

两本著作中，给我留下深刻印象的均是关于东方人，特别是女性柔性力量的描述，以及老庄精神中的以柔克刚、水一样的生存哲学，这大概是东方与西方极为不同的内核。

在《扶桑》中，严歌苓将扶桑塑造为大地一般的母性形象——她像大地一样卑微，又像大地一样悲悯，“她跪着，却宽容了全世界”。这是克里斯所代表的西方世界无法理解、却被深深吸引的一种神秘力量，从这种意义上来讲，扶桑这个受苦难的东方妓女，在某些时刻竟被赋予了神性的光辉。

类似的柔性力量在林语堂的笔下则体现得更为丰富。先是在冯家的三儿子小汤姆（也是作者在故事中的化身）与家附近的小霸王们发生冲突时，受美国文化影响较深的二哥鼓励他去跟那些孩子打架，而冯妈妈却希望汤姆用绕路的方式避免冲突，用父亲的话来说——美国人有美国人的方法，我们中国人，也有中国人的方法；其次体现在意大利籍的大儿媳的宗教信仰上，大儿媳佛罗拉是天主教徒，也希望自己的儿子马可去教堂受洗，在这个问题上，作为传统中国女性的冯妈妈用一种简单而充满普世智慧的标准给出了答案——她并不了解天主教的教义，但她认为天主教让人变好，那么就是个好的宗教，所以她支持儿媳的选择。冯妈妈受教育程度不高，但她的身上，却体现着中国人内核深处的老庄精神——以柔克刚，并且随遇而安。

冯太太和扶桑，两个完全不同的女性形象，却有着惊人相似的内核——她们以中国女性特有的柔性和韧性，在一片陌生的土地上扎根下来，在风雨飘摇之中安置好自己和家庭的命运。

正如老杜格在冯妈妈六十一岁生日寿宴上说的一段话：硬的和松脆的东西迟早都会破裂，但柔软的东西仍然生存着，这就是我长寿的秘诀。

这不仅是老杜格长寿的秘诀，大概也是坚韧柔软的中国人，在异国他乡生生不息的秘诀。

(四)

在过去的几年里，我去过几个不同城市的唐人街或中国城：洛杉矶、旧金山、新加坡、曼谷……时至今日，这些曾经的唐人街，除了仍保留部分中国元素之外，其余大体已经变得和其他商业区差异甚微——都有现代化的咖啡馆、银行和超市，最大的区别，大概只有那些方块字的招牌，以及更为地道的中餐馆而已。

对于一个偶尔旅居这些城市的游客来说，中国城为我解决的主要是旅行在外的饮食习惯问题，在吃了数天的牛排、披萨和汉堡之后，确实只有中国城里的清粥小菜和水饺，更能熨帖一个纯粹的中国胃。

去年的夏天，我和先生携一双儿女在南加州居住了两周时间。因为年仅一岁的女儿在西餐厅难以找到合适的食物，那段时间我们常常光顾一家叫作“余姐清粥”的中餐馆，那家店是台湾人所开，老板娘非常清爽麻利，热情地用软糯的国语跟每个客人打招呼、聊家常。在这聊家常的期间，服务生麻利地从厨房端出砂锅煮好的热腾腾的粥上桌，配上小咸菜，那一刻真恍惚置身于一个到处是熟人的中国三线城镇，而完全忘记了这是大洋彼岸的美国。

也难怪，在华人比例超过30%的南加州，我们在所居住的社区、所光顾的商店里，随处可见到华人。我有时忍不住好奇，这些来来往往的中国面孔，除了我们这样的游客之外，有多少是已经深深扎根于这个国度的移民呢？他们和他们的家人，又是经历了怎样的故事，才融入美国这个大熔炉呢？他们中的年轻人，大抵像冯家的第二代汤姆和伊娃那样，在美国接受教育、说着地道的英语，甚至像马可那样一出生就是美国人。在他们的心目中，远方那个已经有点儿陌生的中国，到底是异乡，还是故乡呢？

我用了近两周的细碎时间，读完了这两本风格迥异的书。合卷之余，思绪仿佛回到了百年前的唐人街，那些节庆时分的红灯笼和舞动的中国龙，那些鳞次栉比的方块字招牌，那些身着旗袍安静而沉默的东方女子……我知道现如今年轻一代的移民，已不会像他们的祖辈父辈那样一定要在中国城居住，他们会选择与同阶层、不同肤色的人比邻而居，让子女融入更多元的文化之中，更好地成为“世界人”。——唐人街，这个曾经承载了数代移民乡愁的所在，现如今似乎有了几分过时的味道。然而，我想，作为曾经的东西方文化的融合和碰撞之地，作为海外华人曾经的归属感来源，它还将一直存在，并且长久地承载那些去国怀乡的愁绪。

第三篇

诗酒趁年华

文字记述生活

在爱恨交加的北京，唱着你我的歌

2017年11月的北京，一个让人爱恨交加的深秋。

蓝天、银杏、雾霾在朋友圈交替刷屏——正如北京深秋浓烈的色彩一般，这个城市带给人的感情也是那么浓烈：浓烈的爱、浓烈的恨；另一方面，在这个无奈的深秋里，北京发生了许多事情，这其中有偶然也有必然，有无数的人带着无限的遗憾离开，就像当初带着无限的憧憬来到这里一样。

我对北京的印象源自儿时，那时我只是北京的一个小小过客，每每与父母来京，或办事，或旅游，或探亲，停留不过数日，她在我心目中是神圣而精彩的——这里有着中国最好的学府，有着高大的红墙、威武的哨兵，有热闹的西单、王府井，也有美丽的北海、颐和园，有中国第一家肯德基，也有数不清的博物馆。这一切足以让一个来自小城的孩子眼花缭乱，也因此在我的幼年和少年时代，来北京的每次短暂旅行，都丰富得像一场精神盛宴。

尽管如此，我与北京的缘分，仍然在兜兜转转中错过数次，大

故宫一角　摄影：刘芳菲

学、研究生，我都在其他城市就读。直到完成所有的学业，我在2008年奥运前夕，在“北京欢迎你”的欢快旋律中，只身一人从香港来到北京，正式成为一名“北漂”。

作为一名“北漂”，我无疑是极其幸运的。不仅仅是因为我在这个城市里拥有了体面的工作、相对舒适的生活，更是因为在这里我找到了我的精神家园。

初到北京的时候，我简直为她着迷。且不说老舍、郁达夫笔下让人欲罢不能的金秋，只是随便一个晴日的什刹海或者紫禁城，就足以让人惊艳。

那时候的我，最爱做的事情就是背着相机走在二环以里那些老

北京的秋　摄影：刘芳菲

的胡同和巷子里，随意地拍灰色的砖墙、金色的屋檐、红色的门楼、绿色的爬山虎……有时候在一些不起眼的地方，会突然地看到曹雪芹的旧居、纳兰容若的碑帖，抑或是歌词里那个叫“百花深处”的胡同，我都会像遇到故人一样心生欢喜。

再后来我在这里遇到先生，我们一起在这里安家，又生了两个身份证开头是110的宝宝。我对这个城市的四季越发熟悉，我知道她的所有缺点，然而我还是爱她。

这里的春天很干燥，有时候还有讨厌的沙尘和大风；然而，那一抹从冰冻严寒中战栗着苏醒过来的嫩绿，着实让人心生欢喜。

这里的夏天很炎热，但那暑气消退后结伴撸串、吃麻小的傍晚，总让人想起校园的时光。

这里的秋天很短暂，有时甚至没来得及拿出秋装便已入冬；然而那无数黄叶在背后飞舞成蝶的诗意，和满口京腔的大爷大妈捡白果的“接地气”，这种奇妙的组合却让人欲罢不能。

这里的冬天漫长而寒冷，还有令人讨厌的雾霾；然而那一夜之间银装素裹的北平城、铜锅木炭热气腾腾的涮羊肉以及让人叹为观止的后海冬泳，都让人觉得这个城市充满魅力。

北京这个城市，有多少人爱她，就有多少人恨她

北京最招人恨的是气候，不仅仅是北方冬天的极度干燥和寒冷，更有让人喘不过气来的雾霾。每年冬天雾霾来袭时，许多从未想过离开北京的人，脑袋里都会有无数次移民、搬家、逃回故乡之类的冲动。北京其他招人恨的地方，还有让人望而却步的房价、“摊大饼”的城市规划、拥堵不堪的交通……

然而，即使北京有这许多的缺点，仍然有无数人一边吐槽着她，一边舍不得离开，我就是其中的一个。

择一城而终老，遇一人而白首。简单的两句话，却并不是一件容易的事情。自从离开家乡后，我辗转过几座不同的城市，求学、谋生，或者谋爱。在定居北京之后的这些年里，我因工作或家庭原因，在其他城市或长或短地居住过一些时日，然而，最终还是选择了回来。

我知道，这不是一个完美的城市，相比南方城市的精致、小资，她显得有些粗糙。然而，说不清楚为什么，我总觉得，只有在北京的我，才是那个最真实的自己。

大概是因为，这是一座将大气、洋气、贵气、土气、文艺气、烟火气糅合得天衣无缝的城市。在这里你可以找到无数种和自己相处的方式，而无论哪一种方式，你都可以很容易地找到同类。

是的，同类，这是我离不开北京的第一个理由。

离不开北京的第二点理由，大概是她的包容。

所谓的包容，不仅仅是因为这里的人们都说普通话，在这里不会有一张口就被当成“乡下人”或者“外地佬”的尴尬；还有无论你是什么人，你都可以在这里迅速地安顿下来。

尽管在过去的十几年里，北京的房价已经以窜火箭般的速度，涨到了一个让人瞠目结舌的水平。在这个城市里留下来的大学生，无论你是否毕业于Top院校，无论你从事什么行业，只要你不是“富二代”，都很难用自己的工资收入拥有一套房。但是，公正地讲，北京除了房价之外的其他消费，并不比其他城市高，在这个城市里安顿下来的成本，其实并没有想象中高：四毛钱起步的公交、三块钱起步的地铁、菜市场供应充足的蔬菜、街边小饭馆的拉面和小吃……这一切平民化的消费，与百万的豪车、千万的公寓、精致的米其林餐厅、璀璨的精品店同时共存在东三环、在金融街、在五道口……在这个意义上讲，北京称得上是一个“丰俭由己”的城市，一个包容得下各种生活方式的城市。

当这个11月即将结束的时候，北京已然迎来冬天。嘴唇开始干裂，暖气已然烧热，街道依然川流不息，快递、外卖、闪送们仍在争分夺秒……

对于很多人来说，那个曾经以“包容”著称的北京，因为启动了城市的“瘦身计划”，而变得有点儿陌生。在这里，我并不想去评论，因为我知道我所看到的、听到的，未必是完全的真相；我也不想去同情心泛滥，因为凡事都有两面性，任何一个城市，都需要在安全、秩序、包容中寻找一个平衡。

我只是想起了过去的这些年里，曾经在我的生活里擦肩而过的一些人，不知道在这个寒冷的冬天，他们过得好不好。

——我想起某个滴水成冰的冬至日，我一个人背着单反在什刹海拍照，实在走不动了就搭了一辆人力三轮，攀谈之下竟然发现蹬三轮的大叔是我的同乡。他来北京打工多年，当时的工作是在景区蹬三轮，他老婆则在附近卖小吃，儿子在北京的一所小学借读。和他聊天时，他说，他最大的愿望就是儿子也能考上大学，留在北京工作，那他可真是祖坟上烧了高香了。

这么多年过去，不知道这位大叔的儿子，后来还有没有继续留在北京读书的机会？他是否已经如愿考上了大学？

——我想起我和先生结婚之初，曾经和很多朋友一起，在万寿路的某个大院的地下室里面，认识了一群玩乐队的摇滚青年，他们手把手地教我们打鼓、弹吉他、玩贝斯。那段时间，我们这些白天西装革履的金融民工，和着重金属的旋律尽情释放着平日的压力，那是关于青春岁月的一段难忘的记忆。

我时常想起，那个地下室，是否还可安放得下这样的一支无名乐队？如果他们不在那里了，那么我们曾经无处安放的青春，又去哪儿了呢？

——我想起我曾经或长或短打过交道的每一位家政阿姨。我曾经请过很多位阿姨，大部分是住家阿姨，少部分是白班的。印象最深的一位白班阿姨，和她的老公一起租住在东五环附近的一个很便宜的住处里，每天收工后，开货车送货的老公都会来我家附近接她下班，然后一起回家。虽然两人工作都是早出晚归，但这个临时的居所，却是他们温暖的家。

这个寒冷的冬夜里，不知道他们的小家，是否仍可透出橘红色的光，是否仍可飘出饭菜的香？

——我还想起我刚毕业时候的日子，曾经跟人合租在几十平方米的公寓里，曾经因为房东违约而不得不紧急搬家，曾经在加班到半夜回家的公交车上放声大哭，曾经在下地铁骑车回家的路上被大雨浇成落汤鸡……我相信，无论所从事的职业如何、收入如何，“北漂”大军中的每一个，都一样心怀梦想地奋斗在这样一个超大的城市。尽管每个人的梦想可能有千差万别——有的人在力图改变世界、有的人却只是希望自己在家乡的父母子女不再忍受寒冷和饥饿，然而有一点是共同的：每一个生活在这里的“北漂”，都坚信这个城市可以为我们带来更多的希冀、更好的未来，所以可以容忍暂居异乡的局促和孤独，容忍她并不温润的气候、令人抓狂的交通、铺天盖地的雾霾。

初来北京的那个冬天，我的MP3里循环播放的，是老狼的《北京的冬天》：

飘雪的黑夜　是寂寞的人的天堂
独自在街上　躲避着节日里欢乐的地方
远方的城市里　是否有个人和我一样
站在窗前　幻想对方的世界
……

许多年后的这个冬天里，我偶尔在广播里听到了同名的歌曲，是赵雷的新作：

北京的冬天太冷　我没有足够的衣裳过冬
北京的冬天太冷　我找不到足够的食物
北京的冬天太冷　我如何温暖你 我的爱人
北京的冬天太冷　我已无法承受
想一想似诗的南方　阳光正高照着大地
如果我离去到那里　算不算逃避
……

北京的冬天，来了又走了。漂在北京的人们，来了又走了。

愿我们都曾在这个城市里安身立命，唱着各自的歌。

愿我们都被这城市温柔相待，愿我们年老时，无论在世界上哪个角落，回忆起北京，都依然可以热泪盈眶。

HKU，我有如游子归家

来香港出差，偷空得半个上午，来我硕士时期的母校香港大学转转。离开香港十年，来港出差无数次，居然都没有回来过，也是惭愧。

薄扶林道的日子

我与港大的缘分开始得突然。大二开始加入“寄托”一族，考完托福和GMAT（美国研究生管理科学入学考试）的我，目标一直是英美高校的商学院。大三那年，因为有长辈在港工作，了解到了港大商学院实力不俗，于是寒假时爸爸陪我来香港考察学校的情况。

虽然在此之前看了无数TVB（香港电视广播有限公司）的电视剧，但现实中的香港，却和想象中有着些许落差。

依稀记得来港的第一晚，我听着窗外呼啸而过的车声，盖着带几分潮湿的被子，几乎一夜未能安然入睡。

拥挤、喧闹、道路起伏不平、满耳听不懂的粤语，是我对香港的第一印象。但这种并不算太美好的印象，在走入港大古朴宁静的校园时，骤然发生了转变。

港大在寸土寸金的港岛上偏安一隅，校园面积并不大，但是设计独具匠心。学校里的建筑依山而建，楼堂之间用扶梯和回廊连接，经常是这座楼的顶层出去后，就到了另一座楼的首层——用某个同学的话来概括就是：我们学校就是个3D模型。在这个精巧的3D模型里，既有百年历史、富有英伦气质的建筑，又有各种肤色、不同语言的青春面孔。这里走出过孙中山，这里也是张爱玲、许鞍华、林夕的母校。

那次参观港大，静谧又充满活力的校园、开放多元的校风、中西贯通的文化和极大丰富的课外活动给我留下了非常好的印象。怀着这份好感，我递交了研究生入学申请资料，并在大学毕业后的8月正式来到薄扶林道的校园里。

刚到港大的时候我住在山下的西环，每天早上坐一个超级长的滚梯上山去上课，傍晚再走一百多个台阶下山回家。几个月后我申请到了明爱堂在半山的宿舍，离学校近了一些，但也要在东门上一部电梯才可以到校园。这种“上上下下的享受”，在当时觉得是一件麻烦事，如今回想起来，却成为我关于港大最独特的记忆。

最爱“蒲拉记”

在校园的所有去处中，我最爱的是图书馆，那时候的课余时间有一多半都是在图书馆里度过。刚来香港的时候听不懂粤语，有次参加社团活动，一个本地同学跟我说：我发现你好中意“蒲拉记”!

见我一脸懵懂，她解释给我说：蒲就是“泡”的意思（例如香港报纸常说的夜蒲，就是泡夜店的意思），而“拉记”是library的粤语昵称。我顿时大笑起来，我说是啊，我好中意蒲拉记!

喜欢“蒲”在这里的原因，是因为这里真的很棒：藏书又新又丰富，更有很多孤本的中文书让我如获至宝，桌椅舒适、窗户明亮，楼下还有全香港最便宜的星巴克（用学生证打7折）。最美好的是，每月还可以申请图书馆里的独立自习室，一旦申请成功，未来一个月都可以在图书馆占据一间独立的屋子，而且这个申请成功的概率并不低。印象中，我一年的硕士项目期间，大概有三四个月的时间，都是在独立自习室度过的。

关于图书馆，还有一件小事，虽然过去这么多年仍然记忆犹新：有一天，我发现自己的记事本丢了，因为那个本子里都是我的读书笔记，对我比较重要，所以我去了好几个地方，都没找到。我十分沮丧地回到了住处后，打开E-mail，却发现有一封图书馆老师发来的邮件，原来是他们捡到了本子后，看到本子的内页上我的签名，他们便通过名字查到了我的班级和邮箱地址，于是邮件通知我去取。

我感动于图书馆老师的尽职尽责，也因此，更加踏实、笃定地“蒲”在这座除了冷气太足，其他几乎没有缺点的图书馆里。那段时间里，我除完成课内的paper和projet之外，还读了许多中英文小说和文集，想来，那应该是我英文阅读水平进步最快的阶段，到后来能达到读英文小说如“剖瓜切菜”般（原为胡兰成形容张爱玲）的酣畅淋漓，还得感谢那么多“蒲拉记”的日子。

主楼、陆佑堂及中山像

港大的建筑里，最有特色的是主楼，电影《色·戒》和《玻璃之城》都曾经在这里取景。

主楼曾经是整所大学的唯一教学楼，张爱玲当年在港大读书时，大部分的课业便在这里完成，她的遗著《小团圆》里也多次提到在香港大学的情景，其中的很多场景便是在这里。

位于主楼的Loke Yew Hall（陆佑堂）是一座很古老的礼堂，学校的一些重要活动，如开学典礼、大型讲座、一些基础科目的考试都安排在这里。我们硕士阶段的宏观和微观经济学课程便是在这里完成的，考试时学生坐在下面，台上坐着两排表情严肃的教授，有种英式大学特有的郑重。

记得第一次参观港大，对这座雕像印象很深——这是孙中山先生1923年应学生会邀请访问母校，做公开演讲的情景。雕像后的牌子上有一行字：“我有如游子归家”。也许是这句话打动我，也许是冥冥之中另有因缘际会，让我有幸在这里度过一段短暂的学生生涯。这么多年未见，虽然我这个庸庸碌碌的学生，对于港大仍然是个匆匆过客，而在我心里，这一次久别重逢，确实也如游子归家。

游子归家的心情，一半是激动，另一半则是近乡情怯。这次回来之前便有预期，如今的校园氛围，和十年前我在这里时早已不同。十年前我初来时，不懂粤语，有本地生组成的互助社团帮我义务补习；不认识路，有操着磕磕巴巴普通话的同学过来带路。那时候校园里的海报，大多是各种文化相关的讲座和活动，我曾经按图索骥去蹭过很多学术大牛的讲座，也曾有幸见到林夕、金庸、王家卫、李云迪等人。如今的校园里，文化氛围仍在，但许多所见之处让人觉得，这里已经不再是清净之地。这其中的种种，我不想评论，因为我原本也非关心时事之人，只是，作为一个曾经在这里走出来的学生，总是希望自己的母校仍是那个记忆中的象牙塔，而不是成为各种势力争夺的地盘。

恰同学少年

我来香港的时候二十二岁，离开的时候也不过二十四岁，时间虽短，却真是一段尽情挥霍的青春。当时班上的同学一半来自香港和国外，另一半来自大陆。我们这群来自大陆、说着普通话的小伙伴们，日常几乎每天都是厮混在一起的：上完课后一起去泡图书馆互相“帮忙”做作业；周末约着从薄扶林道爬到山顶去看风景；每周五在美心餐厅度过“happy hour”；学期末在户外咖啡馆一起讨论project（有一次讨论了三个小时，结果我被毒蚊子咬得满腿包去玛丽医院看急诊）；穿得人模狗样去中环的投行参加面试；组团坐KCR去深圳吃烤全羊……那时候的尼尼还有几分纯情，那时候的武大还很瘦，那时候九州的广东话还带有新疆味儿，那时候的SS女神还被叫作孙二娘，那时候的琼姐到现在还是我们的大姐大……

那时候绽放在主楼旁边的凤凰花树，现在依旧美得惊人。

毕业后我们当中的一些人离开了香港，一些人留下来工作，后来我们这些刚入职场的菜鸟们迎头赶上了一场严重的金融危机；于是，大家周末聚会的话题从哪家投行项目最多，逐渐变成了哪家裁员名单最长……然而，那会儿我们都是没心没肺的少年，市道再差，也无法抑制住初入社会、经济独立带来的飞扬。尽管聚会有时在学校食堂或茶餐厅，有时在兰桂坊或太古广场，但是见面之后的互相调侃、脱去伪装之后的轻松，却始终如一。

再后来我也离开了香港，我们这波曾经在港岛一隅相聚的人，又逐渐分散到了世界上不同的角落。大家在各自的生活里奔波、停留，偶尔匆匆相聚，偶尔想起那时的时光，嘴角泛起些许笑意。

I feel as though I have returned home。

我的小伙伴们，好久不见，你们都好吗？此去经年，何时相约薄扶林？

我的软肋，我的铠甲

我在想，是不是所有的妈妈，在结束产假重返职场之前，都会经历一段时间的摇摆：要不要回去上班？要不要就此全职在家照顾孩子？回去上班，意味着要将尚在襁褓中的宝贝交给老人或者阿姨来照顾，心里万般不舍万般挂念不说，原本坚持的母乳喂养也可能会受到影响；就此全职，则意味着多年辛苦经营的职场履历就此付诸东流，更要面对来自社会甚至家庭的诸多不解：你读了这么多年书，就为了在家带孩子?

这样的纠结，我经历过不止一次。然而每一次，我都选择了重回职场。

并不是因为我是天生的女强人、工作狂，也不是担心收入减少带来经济压力；只是因为另一种选择也并非易事，至少在当前的社会大环境下绝非易事。

九年以前，初入职场的时候，就听人说，很多单位招聘的时候不愿意招聘女孩，是因为女人需要照顾家庭，未来在事业上的发展一般都会比男人差。当时的我初出校园不久，对这种观点嗤之以鼻——在学校里看惯了女学霸碾压男同学，也认识了几个在职场上叱咤风云、巾帼不让须眉的姐姐，觉得这种说法既无聊又老土。

然而，随着年龄的增长，当我为人妻、为人母，又生育了第二个孩子，成为别人眼中儿女双全、家庭圆满的“人生赢家”，我才知道，这个社会对于女人的要求，已经高到一定程度：在外面，你需要保持美丽优雅，不然就会被人吐槽成黄脸婆；在家里，你需要保持勤劳贤惠，不然孩子就会有个邋遢的懒妈妈；面对工作，你需要有三头六臂披荆斩棘；面对孩子，你需要温柔坚定谆谆教诲；面对老公，你还得不忘初心时刻保持恋爱时的状态……

所以，当这一切的要求与期许扑面而来时，很多曾经在职场上不让须眉的女孩，都会感到十分吃力，而其后的本能反应都可能是：要不然我全职在家，这样就可以“卸掉”一部分任务，专心地把一半任务做好。

然而，事实并非如此。当你和先生经过彻夜长谈、剖析利弊决定为了陪伴孩子成长一心一意全职在家之后，又会面临接下来的更多挑战。试想一下如下的情景：

——你推着推车去遛娃，小区里的大妈问：你做什么工作啊？你说，我不上班，在家带孩子。大妈附和道：是啊，反正上班挣的还不如保姆多，还是在家带孩子好！

（是不是很想把自己曾经年薪七位数的工资条摔在她脸上？）

——你带着孩子回老家，看着你长大的亲戚得知你现在放弃了工作，在家带孩子的时候，摇摇头说道：唉，女孩子读那么多书真是没用，你当时可是我们这里的高考状元，现在不也一样带孩子么？

（是不是很想证明给他看，当年的奥数冠军，教出来的孩子就是和他们不一样？）

——你身体不舒服，在床上赖了小半天，家务没做，晚饭叫了外卖，丈夫下班回来，见到这个场景嘟哝一声：怎么回到家里还得继续吃外卖？

（是不是顿时觉得自己不是休息在家的全职太太，而是全年无休的免费劳力？）

——上小学的孩子要办生日派对，你精心挑选了漂亮的生日蛋糕和零食让他拿去分享，结果孩子嘟着嘴说：妈妈，人家朵朵的妈妈也不上班，可是她的生日派对上，礼服是妈妈自己做的，蛋糕、饼干和酸奶也都是妈妈自己做的。

（是不是很想说，不是每个全职妈妈都是天生的烘焙师和裁缝！）

……

或许这几个场景你不一定会中招，但来自老公的一两次抱怨，来自父母的不理解，你用耐心浇灌出来的熊孩子也一样会胡搅蛮缠和无理取闹，都有可能让你怀疑人生。

所以说，选择全职，并不是选择了一条更加安逸的道路，而是更加需要自我修为的提升、需要统筹全局的多线程工作能力、需要直面一切流言蜚语的勇气。

我的朋友里面不乏全职主妇，我常常羡慕她们把生活打点得井井有条，羡慕她们有更多的时间可以陪伴孩子。然而，在羡慕之余，我更多的是敬佩、理解和惺惺相惜。

写下这篇文章之时，我已结束生完二宝的产假重返职场。在不久之前，我在复出工作与全职带娃之间纠结了许久。与四年前生第一个孩子时相比，一方面，我的工作资历更长、更资深，放弃工作的机会成本更大；另一方面，家庭的经济压力比四年前小了一些，两个孩子需要的时间和心力也是比一个孩子成倍增长。所以，无论做出哪个选择，似乎都是合理的。然而最后，我仍然选择了回归工作，因为我发现我仍然十分珍惜每一个我可以在职场上崭露头角、在谈判桌前侃侃而谈、在演讲台上熠熠生辉的时刻。但与此同时，这也意味着我需要放弃和孩子的部分亲子时光，需要原谅自己在某些时候的无能，接受自己不是一个面面俱到的完美母亲。

为人母的这几年里，越来越深刻地体会到一句话，“做母亲是一场修行”。在这场修行里，你不仅要克服自己的原生家庭和成长经历带给自己的所有负面影响，尽力把最好的一面呈现给孩子，还要避免过于追求完美、追求面面俱到而给自己的内心带来的疲惫与伤害。

更重要的是，作为一名母亲，你要懂得与自己和解，这种和解意味着你无论选择怎样的人生，都是为了遵从自己内心的愿望，为了实现自己的价值，而不是迫于某种压力。

所以，在这次重返工作之后，我与自己达成了这样的几个约定，在这里我写下来，倘若有和我一样心境的母亲，希望也能对你有所启发。

第一个约定是：当无法同时兼顾所有事情时，求助于家人和阿姨的帮助，但是，孩子的教育、高质量的陪伴、性格和习惯的养成，父母亲力亲为，不会假手于人。

第二个约定是：不苛求、不追悔。不苛求孩子样样完美，不苛求自己面面俱到，不后悔“当时如何会怎样”，享受过程，接受结果。

第三个约定是：人生是一场动态平衡，做出的选择，未必是最终的选择，或许，在下一个路口，又有了不一样的风景和心境，那么彼时，再适时调整，继续前行。

最后，送一段话给所有与我有过一样挣扎、一样思考的姐妹。

当你接纳一个不完美的自己，请相信这世界也一样可以欣然接纳。

当你成为一个快乐而从容的母亲，请相信你的孩子一定可以从中受益。

唯愿“母亲”这个角色，不仅仅是你的软肋，也是你的铠甲。

过年

前几天，儿子从幼儿园回来，跟我说："妈妈，我学了一首诗，妈妈，我们把家里的福字和对联都换成新的吧！"接着就奶声奶气地跟我背起了这首叫作《元日》的诗：

爆竹声中一岁除，春风送暖入屠苏。
千门万户曈曈日，总把新桃换旧符。

我突然觉得很感动，这小小的人儿，他如此郑重地对待每一个节日，让我觉得这个日子，应该有它特有的隆重，就像我童年那般。

记忆里的年味

我对于过年的记忆，长久而固执地停留在幼时在爷爷奶奶家里的样子，尽管岁月变迁，爷爷奶奶去世已经十多年，可是在我顽固的记忆里，始终觉得那个时候过年，才是真正的过年。

我的老家在河北南部的一座小城，爷爷奶奶则居住在乡下，小院门前有一棵茂盛的槐树，院子里有两株高大的枣树，枣树下有一口井——现如今我愈成长，愈深刻地发觉，这三棵树，这一口井，这灰瓦砖墙的小院子，已经在我的生命里长久地扎下根来。每当我想起“故乡”，想起“童年”，甚至想起“过年”，我的意识都会第一时间回到这个院落，是她锁住我一生的记忆，并让我成为现在的我。

小时候父母工作繁忙，一般在放寒假之后，便把我送去爷爷奶奶家，开始幸福而漫长的寒假生活。乡下的生活平淡而又缓慢，唯独对于过年，是格外郑重的，郑重到这个节日要足足过两个月之久——整个腊月和随后而至的正月，都处处洋溢着“年味儿”。

进入腊月的第一个节日是腊八。记得小时候每到腊八之前，奶奶总是带着小小的我，去左邻右舍家一样一样地收集八种不同的谷物来熬粥——大米、小米、花生、红枣、红豆、绿豆、黄豆、莲子，那时候物质相对匮乏，经常是有什么就算什么……收集到的谷物，细细地淘洗过之后，放到灶上熬制，不久之后便成为香甜糯软的粥，寒冬腊月喝上一碗，幸福感满溢。除了腊八粥，帮奶奶腌腊八蒜也是这一天的重要活动。古拙的陶罐，浓郁的陈醋，白净如玉的蒜瓣，在腊八日封存，至年三十吃饺子时方打开，彼时醋中揉进了蒜香，而蒜瓣被腌成碧青，亦不再辣得逼人，连小孩都可以吃。

腊月里另一项值得期待的活动便是去集市上置办年货，那时的我年龄尚小，现在想来，竟不记得大人们究竟买了哪些过年要用的东西，却只记得属于小孩子的那一些小小的快乐——红灯笼、糖葫芦、年画……

之后，便是打扫旧房子上经年的尘土，用崭新的年画替掉去年的那些，原本灰暗的色调骤然变得焕然一新。

不得不提的是，奶奶家有一张十二生肖的年画，却是真真有了年头的。听妈妈说，那张年画，自我出生之后便被爷爷贴在床头，其后，这张画伴随我幼时牙牙学语，伴随我用稚嫩的声音背诵“子鼠丑牛寅虎卯兔……”，爷爷奶奶也曾经以我在小小的年纪便能流利背出所有生肖感到骄傲。

直至十余年之前爷爷奶奶相继去世，我重回他们的老屋，竟然看到那张已经发黄发脆得无从辨认的老年画，隔了二十余年的岁月，仍旧贴在那里。

那一刻我潸然泪下，所有的情感，都似乎找到了出口。

按照家乡的风俗，腊月廿三是“送灶日”，也叫“小年”，那一天，用来供奉灶王爷的是小时候很喜欢吃的一种食品，叫作“糖瓜”，此物甚是甜腻，甚是粘牙，据说这也正是目的所在，让灶王大人上天之后嘴巴甜甜的，向玉皇大帝多多美言几句，保佑来年风调雨顺。正所谓“上天言好事，下界保平安”——在我生活的北方，灶神从来都是特别接地气的一位神仙。

过了廿三，过年的气氛便一日胜过一日，一般奶奶从送灶之后便开始着手准备各种面食和其他过年用的食品，包括一家人吃的馒头、发糕、黄面枣窝头、“枣花”馒头，除了吃之外，还有专门供奉神仙的“枣山”，是由许多层的“枣花”馒头罗列起来的，甚是壮观；另外，还会炸一些供小孩子吃的排叉之类的零食，炒花生，炒瓜子，等等。而爷爷通常会带着我贴春联，挂大红灯笼，挂彩灯，把小院里里外外打扮得红红火火、热热闹闹。

这一切准备好之后，便是除夕夜的全家团圆，吃年夜饭，放鞭炮，一起在电视前包着饺子看春晚。

度过通常来讲“今夜无眠”的除夕夜，大年初一开始便是走亲访友的日子。小时候，我们家族是整个村子里最为庞大的家族，占据村里人口一多半。因此初一早上的拜年活动也就显得格外浩浩荡荡。于是，童年的记忆里，我通常会在初一早上被纷沓的脚步声从睡梦中惊醒，跟着便是笑声、问候声、爆竹声。我在这一切的喧哗声中睡眼惺忪地换上新衣服，然后拎上爷爷为我扎的红灯笼跟着大人们去凑热闹。

再然后，就是持续整个正月的走亲访友和各种聚会，元宵节赏灯、滚元宵、吃元宵，正月廿五还有个填仓节（我老家叫打囤，意思一样），是旧历正月最后的一个节日，家家户户在自己的院子里或打谷场上，用筛过的烟灰，撒出一个个大小不等的粮囤形状，并在里面放一些五谷杂粮，象征新的一年五谷丰登。

就这样，从腊八拉开序幕，以填仓收尾，这样一个悠长的“年”才算是过完了。

过年的甜蜜与负担

长大之后的我，离开了故乡的小院，离开了父母生活的小城。先后在几个不同的城市里求学、生活，过年一度对于我来说，似乎只是变成了一个普通的长假期——回家看望父母、趁机休息，仅此而已。

常常听到有太多人说：现在是又盼着过年，又怕过年。

我想，大概是因为，虽然各地过年风俗迥异，但是有一点基本是相同的，那就是，过年是一段集中的走亲访友的日子。在这段时间里，久未谋面的亲戚们互相走动，关心一下彼此的近况，也传播一下各种家长里短的八卦。

童年的时候，对于这种聚会和聊天总是懵懂无知，大人在聊的时候，小孩的眼睛盯着的，往往是桌上的那一盘糖果。长大后才渐渐意识到，这种场合，往往是亲戚朋友间暗暗较劲的擂台——在外面混得好的，自然扬眉吐气，侃侃而谈；而那些不如意的，也只能吞下一肚子苦水，在长辈面前强颜欢笑。

从这个意义上来讲，对于孩童来说，过年像是一个充满了食物和玩具的嘉年华，而对于成年人来讲，则更像是一个略带几分严苛的期末考。

这期末考的试题，虽然不像小时候的考卷那样有着标准答案，但在打分的人眼里，确实有着一套“成功样板”的——家庭幸福、年薪百万、在大城市有房有车的，才会被人认为是成功者，而你在外面活得再努力、再精彩，如果没有传统认知里的那几个指标，也是会被左邻右舍背后咬舌根的。

我想，这可能是很多“漂”在大城市的年轻人，不喜欢过年的一个重要原因吧。

成年之后的我曾经也是如此，直到我成了母亲。

这倒不是因为孩子的到来让我符合了长辈的期待，符合了主流的价值观，从而不再“惧怕”过年。

而是因为，孩子让我重新意识到节日的重要，我们的子女这代人，生于一个光怪陆离的时代，已经不会再感受到物质的匮乏——80后小时候只有新年才能拥有的新衣、糖果和玩具，对于10后来说不过是再稀松平常不过的东西。但是，儿童对于节日有种天然的兴奋感和好奇心，于是，我很珍惜每一个可以带着小小的人儿郑重其事地过节的时刻。

母亲节的时候，儿子用稚嫩的笔为我绘制一张卡片，上面写上：妈妈，我爱你。

平安夜，我与兄妹俩一起装扮美丽的圣诞树，和他们一起感受从圣诞袜里掏出礼物的欣喜。

冬至开始，我和孩子一起，每日坚持描一幅写着“庭前垂柳珍重待春風”的消寒图，一笔一笔，直到冰消雪融，春暖花开。

新年伊始，一家四口在烟花下许下新一年的愿望，哪怕妹妹还不会说话，我们也帮她许下了小小的心愿。

……

这些大大小小的节日，已经无所谓东方与西方、传统与现代。单是五彩缤纷的节日色彩，每个特别日子里的装扮和仪式，都会成为他们童年记忆里散落的一颗颗璀璨珍珠，成为记忆长河里宝贵的财富。

距离春节只有一周的时间了，接下来的这个周末，放下那些无谓的应酬、清除掉满脑子的工作，陪着家人和孩子一起，认真地写一个福字、写一副对联、贴一张窗花、泡一罐腊八蒜、拍一张全家福，又或者只是置办一件新年的衣服。

这样的时刻，总会让人真实地感觉到，这一年的时光未曾虚度。

父亲和我的那些重要时刻

今天是父亲节，大概是唯一一个“官方认证”的男人可以收取礼物、获取祝福的节日。

说起来，这一年到头其他的节日，无论是专门针对女性的“女生节”“母亲节”，还是属于两个人的情人节、七夕，往往都会演化成女人收礼物、男人掏钱的日子。

——很难说清这到底是因为女性的社会地位已经得到了显著提高，还是因为女性在社会分工中仍旧处于弱势，必须靠这种特殊节日来补偿，又或者两者兼而有之。

不管怎样，作为一个舶来的节日，父亲节这几年在国内被越来越多的人重视起来，这件事是很有意义的。一来中国人在情感表达上一贯含蓄；二来父亲这个角色大多数时候都是深沉而内敛的，这意味着为人子女者，极少有机会向父亲表达情感。

感谢六月的这个节日，提供了一个恰当的契机。

今天，我想写一写那些父亲与我的重要时刻，那些沉淀在岁月里的安静温暖的记忆。

四岁

我自幼便以记忆力见长，至今仍然对学龄前的许多趣事记忆深刻。然而我却常常想不起幼年时和爸爸相处时候的场景，大概是因为那时候他太年轻，事业刚刚起步，又不太懂得如何和年幼的孩童相处，所以，我童年的大部分记忆：玩耍、学习、接送上下学……都是和妈妈在一起的。说起来，爸爸仅有的那几次送我上学，不是因为妈妈要值夜班，就是有一些特殊的原因。

比如四岁的时候，我到了上幼儿园的年龄。在家散养惯了的我自然是不愿意去的，妈妈怕搞不定我，于是把这个艰巨的任务交给了我爸。然而，前期报名都是妈妈带着去的，所以，我爸就是传说中连幼儿园门朝哪儿开都不知道的那个“不靠谱爹”……

于是，那天早上，他骑摩托车带着我去了幼儿园，直接在他认为的幼儿园正门下了车，使劲去敲那个封闭的大铁门，印象中他敲了许久，都没有人来开门。

实际上，当时人小鬼大的我，心里非常清楚，那个门看着是幼儿园的正门，实际上是常年不开的。幼儿园的师生入园、家长接送，都是从另一侧的木门出入的，而那个木门的位置我也知道，但是呢，本着能不去幼儿园就不去的心态，我是坚决不会告诉他的！

于是，爸爸就带着我，在那个似乎永远也不会打开的正门前使劲敲门，直到后来，有个好心的路人经过，看我们爷俩滑稽的样子，给他指明了真正的门的位置，他才“顺利”地完成了送我入园的任务——当然后来据他说，我到了教室门口还死活不肯进去，把他的手都抓破了……

不过，“手被抓破”这个细节在我超强的记忆库中，被选择性地删除了。在其后的二十几年里，我不停地想起来、并且拿出来嘲笑他的，就是这前半段的故事，现在想来，还觉得甚是有趣。

十八岁

我一路走来的求学过程，应该说是比较顺利的。尤其是小学阶段，基本上都是名列前茅、比赛获奖的“别人家孩子”。然而，当青春期到来，乖乖女一旦叛逆起来，那种破坏力是惊人的。

于是从初中开始，很少操心孩子的父亲俨然变成了我的心理导师，隔三岔五会与我进行一次长达数小时的交流——当然，一开始这种交流的开端是因为我闯了祸，他对我进行批评，我通常只有听着的份；但当这种交流成为一种常态之后，我们父女进入了一种可以正向反馈的相处模式：我可以大胆地提出我的想法，他小部分时候会发火，但大部分时候，都会耐心地帮我分析。

现在回想起来，我很感激成长过程中，我与父亲的那些交流、谈心甚至碰撞。这让我主动或被动地汲取了很多来自父亲的思想影响，更让我在成年之后，成长为一个敢于挑战权威、直面自己内心的人。

犹记得，十八岁那年高考后，父亲推掉了手边所有的工作，长达一周的时间里，陪着我跑大学招生会，甚至驱车到附近几个城市的高校实地考察。在当时周围一片重数理轻文史、重IT轻经济、重北京轻外地的声音中，他鼓励我选择南开大学经济学院作为第一志愿。后来的事实证明，这是一所从底蕴到气质都十分适合我的大学，她给予我的归属感和认同感，对我的人生道路选择产生了极为深远的影响。

我感激父亲对我选择的尊重，也感激他一直以来的倾听和谈心，是他让我成为现在的样子——不十分完美，却十分自由。

二十六岁

二十六岁那一年，我做了人生中最重要的决定——嫁给丘先生。因为我和丘先生从相识到决定结婚期间不到一年的时间，所以，在决定结婚之前，我和爸爸并没有就这件事情进行过深入的交流和讨论，甚至不如我当初决定去哪里读研究生以及要不要从香港辞职时交流得充分。然而，饶是如此，我仍能感觉到他的关心、他的在乎、他的担忧——他仔细地询问未来女婿的情况，比以往更加频繁地来北京找我们吃饭，和略显局促的丘同学喝大酒、促膝长谈。我从未见他如此渴望深入了解一个人，这样尽力地去和一个小他二十多岁的小伙子交朋友……

当然，我知道，他所有的努力，都只不过是希望我在这段关系中被珍视和善待，一如在他和妈妈身边时那样。

然而，现在回想起来，那个时候的我所能够理解到的父女之间的情感，也仅限于在自己的婚礼上，放一两帧泛黄的儿时照片，选一首西方婚礼时经典的音乐《爸爸的宝贝》作为背景音乐。

直到我自己为人母，我才越发体会到那种情感，那种盼望子女长大、却又不忍面对他们终将渐行渐远的背影的纠结，那种明知终将“指向分离”却又恨不得多一秒陪伴的爱。

我于是常常想起婚礼上的那个经典的画面，爸爸和我并肩走过这段洁白的地毯，郑重地把我的手交给丘先生。

这大概是每一位有女儿的父亲，一生中心情最为复杂的一刻吧。

三十二岁

我在三十二岁的那一年，迎来了我人生中第二个宝宝，正如我一直以来所盼望的，她是个妹妹。

然而，正当全家沉浸在儿女双全的快乐中时，初生的女儿却因为呼吸窘迫，住进了协和医院的NICU（新生儿重症监护中心），而刚做完剖宫产手术的我此时尚不能下地，一边忍受着刀口的剧痛，一边牵肠挂肚着不知安危的小家伙。

那个时候，医院为了保护我作为产妇的情绪，所有关于宝宝的情况，都只和家属沟通。为了让我宽心，那几天，爸爸推掉了工作上所有的事情，在医院隔壁的酒店住下来，每天和丘先生一起去NICU探望宝宝。在宝宝尚未脱离危险的那几天里，这一对翁婿似乎达成了某种默契，带给我的基本都是积极的信息，而我也只能从他们的神态和口气中，揣测出真实情况的严重程度。

感谢上苍的关照和医生的仁心仁术，女儿在几天之后脱离了危险并顺利回到了我们的身边，在她成长的这些日夜里，我常常脑补当时的场景——这两个男人，一个是我的父亲，一个是我女儿的父亲，每天数次并肩走在从妇产科病房去往NICU的路上，步履匆匆，神色凝重，前一刻还愁云密布，下一刻却要在进入我病房前将脸上的表情调适得尽量轻松。

——所有的岁月静好，背后都有着深沉的爱，在为你负重前行。

结语

上周开始，便想写一篇关于父亲节的文章。我甚至已经为文章想了好几个主题——我想起当时读《梁启超家书》时就动过的念头，写一写梁启超式的父亲；又或者继续我的《重读红楼》系列，写写贾政式的父亲……然而，真正动笔之后，那些在我面前一一呈现的画面，却不过是我成长过程中父亲与我在一起的那些平凡、隽永的时刻：

他是我儿时的“小金库”，妈妈舍不得买的玩具，我一般都偷偷问他要。

他是我少年时的心灵导师，我曾以为他很“专政”，然而是他给予了我真正的民主。

他是我离开家后坚实的后盾，是工作不顺、感情受挫时不假思索拨出电话的人。

他是我潜意识里无所不能的超人，如今，我已是两个孩子的母亲，逐渐学会了自主和担当，然而我想到他永远站在我背后，心里就会变得无所畏惧。

他一直是我的铠甲，而我，一直是他的软肋。

二十年前的那道光

自从不在香港生活后，便很少关注香港的娱乐新闻，随着这几年粤语听力的完全退化，连粤语歌都听得很少了。

那天无意中看到沈殿霞和郑少秋所生的女儿郑欣宜在叱咤乐坛颁奖礼获奖的消息，便去关注了一下——肥肥曾经是我非常喜欢的主持人，记忆中的郑欣宜，还是那个被母亲溺爱的、胖胖的、甚至有几分土气的女孩，虽然有“星二代”的光环从小笼罩，但从小开始被肥胖困扰，外貌一直不出众，在母亲去世后，一直也没能在娱乐圈大红大紫。

但是这次看到她的获奖视频，却发现这几年间，她变得不一样了——看起来成熟了许多，也渐渐地具备了自己的气场，更重要的是，她这次推出的单曲《女神》，无论从词作、曲作、还是演绎，都是十分精良的作品。

如果说，郑欣宜的变化是令人刮目相看的话，和她一同上台的黄伟文（Wyman）的发言，则让人瞬间被戳中，并且泪目。

Wyman说，二十年前去参加一个电视节目，在经过重重关卡后到达影棚，因为当时没人认识他，也很怕丑，所以整个晚上都缩在角落里，感觉非常的孤单。但后面，当时已经是著名主持人的肥姐却绕道走到他面前和他说话，甚至去和他讨论身上穿的衣服，他在这样的对话中逐渐放松下来。事后，他明白了肥姐只不过是看到他坐在那里，怕他难堪，所以走过来和他聊天。

那时候的Wyman和肥姐只是陌生人，肥姐却这样细心地体恤到他的情绪，这样的善意与温暖，在Wyman心中埋下了种子，时至今日，他依然记得这是一份恩情。所以，十几年后他送了这首《女神》给郑欣宜。在发言的最后，他说，这几年我发现这个世界好喜欢报复，这是我筹划了二十年的一个报恩。

这个温暖的“报恩”，若阴冷冬日里的一道光，突如其来地照亮了人们的心。

原来，爱、感恩、给予，这些温暖的词汇，真的可以超越二十年的时空，传递给我们在乎的人。

郑欣宜的事情，让我想起《红楼梦》中巧姐的故事。作为贾家的下一辈，她在出场时年龄尚小，前八十回里面露面也不多，我们对她的八十回之后的命运，也只能通过她的判词《留余庆》来推断。

留余庆，忽遇恩人；
幸娘亲，幸娘亲，积得阴功。
劝人生，济困扶穷。
休似俺那爱银钱、忘骨肉的狠舅奸兄！
正是乘除加减，上有苍穹。

巧姐的母亲王熙凤一直是我喜欢的角色，但她绝对不是一个善良的人物，治死贾瑞、逼死尤二姐不用说了，连走投无路来求她办事的人，她也决不会慈悲为怀，用她自己的原话讲，她是不信什么阴司报应的。她手下的小厮，更是用“明是一把火，暗是一把刀”来形容她。

可就是这么一个人，在刘姥姥这个“打秋风的”穷亲戚面前，却成了“活菩萨、大恩人”——你说她是突然动了恻隐之心也好，你说是刘姥姥来得正巧赶上她心情好也好，反正就是面对刘姥姥的寒酸拘谨，她不但没有讽刺挖苦，反而百般体恤施舍。

这份她生命中为数不多的温暖，成全了她女儿最后的救赎——按照曹公的暗示，最后贾家落败，巧姐落难，对这个可怜的女孩施以援手的，正是刘姥姥。

肥姐沈殿霞自然不是王熙凤，她比王熙凤要善良得多、温暖得多。香港娱乐圈与她同时代的人里面，她的人缘相当好，总是在别人失意时、无助时伸出援手，或帮助，或慰藉。Wyman的经历，只是她习惯使然下的一件小事，我想，她应该很快便忘了这件事，然而，Wyman却记得，并且记了二十年。

这不得不说是一个轮回，那些你无意之中种下的种子，竟然在某一日生根发芽，长成参天大树，荫庇你无比在乎，却又无法再庇护的人。

这件事让我感觉到十分温暖，它让我觉得，我与这个世界，不仅是这有生之年的有限的联系，我对这个世界的爱和馈赠，亦可成为一束温柔的光、一首动听的歌、一份送给未来的礼物。

你是我与世界的一面镜子

不知不觉，我已为人母三年有余。时光真是神奇，能够将一个软软的、柔弱的婴孩，变成奔跑如飞的小小少年。

这三年多的时间里，我和我的儿子一起成长，他的成长是显而易见的——会坐、会爬、会走路、会说话、有各种奇妙的想法；而我的成长，则是不知不觉中发生的。

犹记得儿子刚刚出生的时候，初为人母的我是那样地小心翼翼、诚惶诚恐：会用本子记录他每天的饮食情况、睡眠情况，为他的一个小小的蹙眉而忧心忡忡。记得那会，因为我是母乳喂养，一直很担忧他有没有吃饱，恨不得在自己身上安装一个刻度表……现在想想那个时候真是有些可笑，可是，又有什么可责备的呢？那是第一次做母亲，第一次接受一个小小生命的郑重嘱托，我所有的小心翼翼和诚惶诚恐，都是生怕辜负了“母亲”这个伟大的名字。

到后来，小小的人儿开始学会各种各样的本领，他的进化速度令我惊叹，我每日用相机拍下他的照片、每月为他写下成长记录、每年为他制作成长纪念册，都仍然无法完整地记载这个神奇的过程。

成长就是这样一场不可倒带的电影。

于是我常常会思考，孩子对我来说意味着什么？我对他来说，又是怎样的一个妈妈？在这场不可能重来一遍的成长历程中，我希望能够成为怎样的一个母亲？

如果说，两岁以前，我对他的关注更多是集中在身体发育、吃喝拉撒等具象的事情上，在两岁以后，特别是他进入心智迅速发育的三岁阶段后，我开始将更多的注意力，放在他的思维、品德和习惯的培养上。

我越来越深刻地感受到，他是我与世界的一面镜子。确切地说，他是我和他爸爸两个人共同的一面镜子。

遗传真是很神奇的事情。小小的人儿身上，天生就有着我们两个的特质——生理特征自不必说：儿子的五官酷似爸爸，皮肤和头发遗传自我。更让我惊奇的是，他和我小时候的思维方式近乎如出一辙：我从小是一个敏感早慧的孩子，会思考很多与年龄不相称的是非问题，他也是。比如他会告诉我："我们班里的小朋友今天不好好学古诗，我觉得他们这样做是不对的"；"舅舅今天一直在打游戏，我觉得这样做不太好"……而他对文字、对古诗的敏感，他对运动、奔跑的热爱，则完全继承他的父亲。如果说，上述这些事情仍然有一部分可以归结为先天因素，那么，另外的一些表现，则是对我们这个小家庭行为习惯的沿袭。比如，家里要来客人的时候，他会像个小主人一样，操心每个人怎么来、住在哪儿等问题；再比如，他有时候会跟我突然说：你再怎样怎样，我就要生气了！他甚至还会皱着眉头说："你必须带我去游乐场玩，不然我就不让你吃饭！"

第一次听到他这样"威胁"我的时候，觉得很好玩，再后来次数多了，我开始郑重地反思——是因为我这样“吓唬”过他，甚至这样“命令”他的爸爸，他才学会了这样说话。这个年龄段的孩子的行为来源于对大人行为的模仿，这也意味着，当我们发现孩子身上的问题时，不妨回过头来审视一下自己的行为——他身上表现出来的问题，我们一定有。

由此可见，玛利娅·蒙特梭利的观点是多么准确。她说，儿童的心智是有吸收力的心智，儿童根据自己的所见所闻塑造自我，而且这些所见所闻可能会成为儿童个性的一部分。

这些个性与特质，在三岁多的儿子身上，已经有了很多有趣的表现。

我三岁多的儿子，已经是一个非常好的公民，他看到我们楼的电梯“坏了”，会在放学后拉着阿姨去物业认真地报修。他回来之后，跟我一遍遍描述报修过程的样子，真的可爱极了。可以想见，物业见到他认真的样子，会是多么忍俊不禁。但是，我真心十分感谢物业认真受理了他的报修，尽管他说的“问题”，只是电梯边缘沾了一些胶水，在大人眼里是那么微不足道。

儿子还具备一个很有趣的特质，他喜欢用自己的逻辑去解释身边的事物，比如某天，在马路边看到一个新的红绿灯，他会很开心地说：“妈妈，是不是他们知道我希望这里有个红绿灯，方便我过马路，所以，他们就装了一个红绿灯？”

我微笑着跟他说：“是啊。”

为人母让我学会以孩子的视角审视这个世界，重新具备强烈的好奇心和求知欲，对很多的事情进行善意而友好的解读。

与儿子共处，还让我学会修正自己的行为习惯，甚至“强迫”自己去做一些不愿意去做的事情：在电梯里和不太熟悉的邻居打招呼，说好当天去做的事情无论如何也要去做，跟熟悉的人讲话的时候也尽量用“请”“麻烦你”“谢谢”这些客气的字眼。渐渐地，我发现，其实这些好的习惯，我们本身都是具备的，只不过经常懒于提醒自己坚持。

由此看来，其实不是我在教育他，而是他在引导我成为一个更好的人。当我看到他阳光洒满脸颊，我会觉得内心都是柔软的，对这世界，也多一份感激与宽容。

前段时间朋友圈有个很火的帖子《你现在就是你子女的原生家庭》，看完感触颇多。我们成年之后身上的许多表现，其实都是来源于童年时期的潜意识，原生家庭里的相处模式，构成了成年后行为模式的根源。而我们对子女最好的爱，就是经营好家庭关系，特别是夫妻关系。

很幸运的是，我和先生在孩子出生后不久，便就“夫妻关系是一个家庭里最重要的关系，其他关系都是附属于这个关系之上的”这一基本问题达成了共识。于是，尽管常常认识到问题与不足，我们都会互相尊重、互相爱护；尽管常常因为工作、应酬、奔波而疲惫不堪，我们都愿意以最好的状态面对自己的家人，以最好的质量陪伴对方，以及孩子。

爱在左，管教在右，陪伴贯穿始终。我们不可能是完美的父母，孩子亦不可能成为完美的孩子。我们所能做的，只是尽可能地克服自己、伴侣以及这成人世界的些许不完美，让他拥有更多爱与被爱的能力。

为人父母是一场充满挑战、充满乐趣的修行，我们只是刚刚上路。

那些衡中教我的事

进入6月，又到了高考季。可以预见的是，在未来的一两个月里，我的母校衡水中学将会再次成为舆论的焦点，也注定将在激烈的争议声中，继续称霸河北的高考榜单。

离开衡中十几年，每到一年的这个时候，总会想写一点儿关于衡中的东西，但每每动笔，却常常不知如何写起。今年，适逢我的弟弟将在两天以后走入考场，成为衡中的一名毕业生，于是很想趁着这个机会，隔着那么久的时光，凝视一会儿我的高中时代，那些被衡中定义的日子。

我在上个世纪末进入衡水中学读高中，那时，衡中尚未像现在这样出名，也尚未成为“高考加工厂”的代名词。那个时候，全国人民都知道的“高考战斗机”是湖北的黄冈中学，衡中只是在河北省内有一定名气，是整体成绩非常优异的一所高中。举例而言，那时衡中每年能考上清华北大的人数只有十几个而已，不像现在动辄上百，600分以上比例也远不如现在这般高。——现在想来，尽管这跟当时衡中没有设立实验班、全部学生采取统一进度教学有一定的关系，但深层次的原因，还是因为当时的衡中尚未完成原始积累，进入爆发期。

那个时候的我们，谁也没曾想过，我们走出校门后的数年之后，母校像坐上火箭一样地创造出了一个又一个神话般的数字，培养出了一届又一届让人目瞪口呆的学霸。

常常想起入学时，校园里有一张醒目的标语："今天我以衡中为荣，明日衡中以我为傲。"——许多年之后，突然发现，我这样一个毕业生，在学霸辈出的校友录里，远不能达到让母校以我为傲的程度。但是，关于衡中带给我的，那许许多多的印记，却是长久地影响着我，直到现在。

衡中的军事化管理、严格的作息安排，是从九十年代，我入学之前便开始的。高一的时候，很是吃了一些苦头才逐渐适应了这种状态。现在想来，这种严苛的作息虽然给当时的我造成了一些困扰，但也为我带来一些持续至今的好习惯：比如早睡早起；比如较好的时间观念——与人相约几乎从不迟到、独处时仍然可以严格管理自己的时间；再比如较强的自理能力，保持个人空间的高度整洁等。时至今日，尽管高中时候所学的文化知识，如今已经基本忘光了，但这些习惯，却或许会伴随终身。

除了严苛的作息制度之外，衡中另一些备受争议之处无外乎题海战术、应试教育、高考机器等。作为一个很多年以前的毕业生，我想说的是，这所学校其实没有外人想象中那么刻板和应试，其软硬件的先进程度，我相信是可以媲美很多一线城市的中学的。比如，十几年前我们的广播和电视节目已做得红红火火，学校的社团活动也是十分丰富，我当年参加的，就有包括英文辩论、诗社、文学社等在内的许多社团活动。另外，从一个高中生的需求来看，衡中图书馆的藏书也算得上丰富，我高中三年的时间，阅读过上百部中英文小说，写下过诸多诗歌和文章，在我此后生活的许多时光里，仍然十分感激在年少时有过的这些积累。

当然，对于早已离我远去的高中时代，仍然不得不说是有些遗憾的。例如，尽管高中时期每天跑步，我仍然认为那个阶段，我们的体育运动是严重不足的——尽管衡中的体育馆修得很先进，但在跑步之外，我们几乎没有机会系统性地参与任何一种体育活动，更无法坚持或培养出一种业余技能；再例如，我在初中时还狂热地热爱画画，每天放学后都会找时间来画，但进入寄宿制的学校之后，便无法坚持，以至于这项爱好就荒废掉了，现在想想，或许也是失去了另一种未来生活的可能……不知道如今衡中的学生们面临的情况是否如我当时一样，但如果有可能的话，我希望这些00后，甚至10后的孩子，能够在成长过程中，尽量地保留自己的爱好和特长，而不要在成年以后才发现，考试是自己唯一擅长的事情。

站在十几年后的今天回望，我对衡中的情感仍然是复杂而难以言说的。从内心深处，我深知，在经济并不十分发达的地区，衡中模式几乎是唯一行之有效的应对高考的手段。因此我很感激衡中，感激她为我提供了这样一种机会，那就是通过自己的努力突破原本出身的束缚，拥有多一种人生选择的可能。

记得前几年微博上流传一篇文章，大意是说，一个农村出来的孩子，在考上大学之后第一次见到高楼大厦，第一次见到麦当劳，第一次喝到星巴克。而这一切，都是大城市长大的孩子从小司空见惯的。文章用不小的篇幅描述了寒门学子融入国际化大都市的各种不易，具体内容有些已经记不清楚，唯独对标题印象深刻，叫作《我奋斗了18年，才能和你在一起喝咖啡》。

拿我自己来说，我自幼家庭条件并不差，父母已在他们的能力范围内，为我提供了尽可能最好的生活条件。但无论如何，生活在小城市的孩子，论眼界与见识，和北上广的同龄人仍然有着不小的差距。我想，倘若没有高考，我也许会像家乡的很多人一样，在故乡的城市长大，结婚生子，继续着上一代人的生活模式。这固然是很好的状态，但高考毕竟为我们提供了一次重新选择的机会，使我可以有机会通过这样的一次考试，选择自己今后的轨迹：去哪儿求学，选择从事什么样的行业，在哪个城市安家，与谁过一辈子。这其中，自然是冥冥之中固有定数，但我始终认为，一切的起因，均因为有了这样一场考试，它像一把通往未来的钥匙，开启了我十八岁之后的人生篇章。

成年以后的我们，越来越了解到这个世界的所谓公平，其实都是相对的；而不公平，却是绝对的。例如许多人在出生时，已不在同一起跑线上，有些人，天生比别人拥有更高的颜值、更好的家庭背景、更优异的智力水平……但衡中的三年，这所学校让我们暂时忘掉这些不公平，把所有的学生放在同样的环境下，通过自己的努力和汗水去追求一种“天道酬勤”的公平。从这个意义上来讲，高中时期那种辛苦但单纯的时光，其实也称得上是象牙塔般的日子。

再有两天，便是高考的日子，十年寒窗的学弟学妹们，终于到了最后比拼的时刻。相比十几年前的我们，如今的他们选择比我们要广泛很多，但高考，仍然是中国绝大部分普通家庭的孩子会跻身的一条道路。也许有一天，备受争议的高考制度会改革、甚至被废除，会成为几代人共同的记忆，但在此之前，每年的这个时刻，仍然会牵挂千万家庭的心。在这里，祝福我的弟弟，也祝福衡中今年的所有高三学子，愿你们郑重面对这场考试，郑重面对接下来的每一个选择，并在自己选择好的人生道路上，拥有一段恣意而潇洒的人生。

我们为什么要读诗

就在昨天，台湾现代诗人余光中老先生去世了，晚饭后，我和老公在车上讨论起这件事，我回忆起十几岁时读过的余老先生的诗：

酒入豪肠 / 七分化作月光 / 剩下的三分啸成了剑气 / 绣口一吐 / 就是半个盛唐

你来 / 或者不来 / 我都在这里 / 不离不去 / 你爱或者不爱我 / 爱都在这里 / 不舍不弃

我说，我最喜欢的一句诗，并不是上面的两句，也不是那首最广为人知的“乡愁是一枚小小的邮票”，而是“雪色与月色之间，你是第三种绝色”。大概是因为，每每读到这句的时候，都有心动的感觉。

我说起这些的时候，五岁的儿子在车上，似懂非懂地听着。

以他的年龄，尚不能理解爸爸妈妈此刻对话的内容，更不能理解诗歌的意义。而我，也并不想说教地跟他说，你要背下来这些诗句。

我知道，我只需教他识字，引他爱上读书，他总有一天会理解这种情感，总有一天会遇见这些美好的句子，并且体会到这种内心的悸动。

然而我自己，却突然陷入了一阵莫名的沉思，想弄清楚诗歌与我的关系。

作为一个以金融为饭碗、靠替人赚钱来安身立命的人，我生活中的大多数时间都在和枯燥的数字、单调的收益率曲线以及令人头痛的法律条款打交道。诗，实在不能帮我赚到一分钱，也并不能增加我在投资人那里的口碑，然而，我为什么还会去读诗呢？

作为两个10后小朋友的家长，我和身边的很多人一样，常常处于某种焦虑情绪的包围之中——孩子要学的东西太多：英语、数学、游泳、跳绳……相比之下，诗，着实是无用的东西，我为什么还希望我的孩子，能够有足够的幸运去邂逅诗歌呢？

作为一个职场妈妈，一个日益逼近中年的女性，我每天的时间被工作、孩子、社交分割得支离破碎，连多睡半小时都成为一种奢侈。然而我仍然会花很多时间去翻阅唐诗、宋词和现代诗，我仍愿意花时间写一点儿无用的文字，尽管它们并不能构成诗。

大概是因为，在所有的语言作品中，诗是最接近我们感官的。

比如，我们看到的：

缺月挂疏桐，漏断人初静。——苏轼《卜算子》

——夏末秋初的傍晚，走在回家的路上，突然看到这一轮缺月所记。

后海有树的院子 / 夏代有工的玉 / 此时此刻的云 / 二十来岁的你。——冯唐《可遇而不可求的事》

——冬日难得的晴日，我在什刹海的边上闲逛，盯着湛蓝天空中云的形状，满脑子都是冯唐的《可遇而不可求的事》。

比如，我们听到的：

大弦嘈嘈如急雨，小弦切切如私语。嘈嘈切切错杂弹，大珠小珠落玉盘。——白居易《琵琶行》

——隔了千年的时光，当我在殿堂之中听到丝竹之声时，竟仍找不到比这更精准的表述！

比如，我们品尝到的：

长江绕郭知鱼美，好竹连山觉笋香。——苏轼《初到黄州》

——这江南的鲜美，在诗人的笔下被写得令人垂涎三尺。

绿蚁新醅酒，红泥小火炉，晚来天欲雪，能饮一杯无？——白居易《问刘十九》

——因为熟读了这一首，因此每当初雪时，映入我脑海中的画面，都是这红泥小火炉，而不是“炸鸡和啤酒”。

再比如，那些迎合了我们某个特定人生阶段的，金子一般发光的句子，它们仿佛有着独到的魔力，在恰当的时候出现，精准地抵达内心最柔软的地方。

从年少时的“白日放歌须纵酒，青春作伴好还乡”，到中年时的“长恨此身非我有，何时忘却营营”，再到年老时的“人生不相见，动如参与商。今夕复何夕，共此灯烛光”。

对于幸福的人来说，诗歌可以述说爱意，在那些爱到极致却不知如何表达的时刻，诗大概是最好的情书，比如“天地合，乃敢与君绝”；对于孤独的人来说，诗歌可以成为内心的陪伴，如苏轼的“小舟从此逝，江海寄余生”，再比如李白的“举杯邀明月，对影成三人”；对于苦难的人生来说，诗歌可以成为人生中为数不多的高光时刻，成为卑微的人的救赎，比如《红楼梦》里的香菱，这个从小被拐卖、命运多舛的女孩，也曾经有过一段与诗歌为伴的日子，那是她一生中最为温柔的时光。

所以，很感激那些过往岁月里，为我们留下诗歌的人们，很感恩在这个浮躁的年代，仍然可以读到纸质的诗集，触碰到那些白纸黑字上，让人又哭又笑的文字。

2017年12月14日，九十岁的余光中先生逝去了。愿先生在另一个世界安好，愿诗歌里的少年终将与母亲重逢，种下飘着清香的蜡梅，诉说这些年来萦绕不绝的乡愁。

尽管我们在这个世界上又少了一名诗人，所幸的是，我们仍然可以读诗。

春天，十个诗人复活

——写在海子逝世二十周年之际

2009年3月26日，是海子逝世二十周年的忌日。

二十年前，年轻的诗人在山海关卧轨自杀，二十年后很多热爱海子的人们自动自发地举行了各种仪式来纪念这位当代诗坛上耀眼的天才诗人。当天的许多报纸都把他的名句“面朝大海，春暖花开”放在头版醒目的位置上。

这个春天，十个海子一起复活。

诗歌让诗人永生。

很小的时候便读到海子的诗——“从明天起，做一个幸福的人，喂马，劈柴，周游世界。从明天起，关心粮食和蔬菜。我有一所房子，面朝大海，春暖花开。”那个时候并不知道海子的名字，更不了解海子的生平，只是无端地被质朴的诗句和单纯的意象所打动。

“面朝大海，春暖花开”，这八个字宛若一幅美丽的画卷，更像一个天真无邪的梦境。

同样天真无邪的，还有海子的笑容。

高中的时候得到一套诗集，共有五本，分别是：北岛的诗，食指的诗，顾城的诗，西川的诗，海子的诗。每一本的封面都是淡青色，简单而大方，上面印着诗人的照片。我至今清楚地记得海子的那张照片，因为照片上的他是开怀大笑的，相比于西川的沧桑、顾城的阴郁，那种肆无忌惮的笑容的确有些另类——正如一提到导演便会想起大胡子，一提到诗人，人们通常都会下意识地想到桀骜的气质、深邃的眼神，以及忧伤的表情。

然而海子没有。他的气质那样淳朴，眼神那样清澈，表情单纯而透明。

因为他始终都是个孩子，任性的、纯真的、倔强的孩子，孩子的表情不需伪装，也学不会伪装。他只是用天真的笑容唤醒我们冰封的情感，用热烈的诗句感染我们蒙尘的心灵。

感谢1964年3月24日，春天的阳光带来了海子。

海子只活了二十五岁，他生在春天死在春天，一生都在书写关于春天的诗句。他似乎比任何人都热爱明媚的春光，却又对这明媚春光里隐藏的种种阴霾和黑暗有着异乎寻常的敏感。

在诗歌的世界里，海子无疑是个天才。他短暂的一生留下了200多首诗，字里行间散发着麦子的清香。那来自于黄土地的明亮和质朴的色彩，是大地给她的儿子最好的馈赠。

海子的朋友西川曾经这样说海子："每一个接近他的人，读过他的诗篇的人都会从他身上嗅出四季的轮转，风吹的草动和麦子的成长，泥土的光明与黑暗，温暖与严酷化作生命的本质，化作出类拔萃、简约、流畅又铿锵的诗歌语言。"

这才是真正的诗人。哪怕物质上一贫如洗，他在他的精神堂奥里，也始终高贵得像个王子。

然而，海子依旧是不快乐的。因为他是一个那样不可救药的理想主义者，而这世界却是千疮百孔的。我们从出生的那一刻开始，便注定了不停地失去，也渐渐地习惯这种失去，习惯于在理想的完美和现实的不完美中寻找平衡。

这种习惯，也可以叫作成长。

村上春树在《斯普特尼克恋人》中这样写道："无论失掉的东西多么致命，无论手中被夺去的多么宝贵，也无论完全变成另一个人，而仅仅剩下一层表皮，我们都能这样默默无闻地打发人生，都能伸手拽过额定的时间，将其送往身后——作为日常性的重复动作有时还会做得十分快捷。如此想着，我心里仿佛出现了一个巨大的空洞。"

这段话基调是灰色的，让人的心不由沉了又沉。

现实主义的村上和理想主义的海子一样，都是痛苦的完美主义者。这世界本就不完美，总是耿耿于怀于"不完美"的人，往往将自己陷入愤怒中。

"我把天空和大地打扫干干净净 / 归还一个陌不相识的人 / 我寂寞地等，我阴沉地等 / 二月的雪，二月的雨 / 泉水白白流淌 / 花儿为谁开放 / 永远是这样美丽负伤的麦子 / 吐着芳香，站在山岗上"

是啊，除了执拗的完美主义者，谁又会想到去打扫天空、打扫大地呢？

现实世界中的海子无处寻觅他的理想、他的太阳、他的王位和爱情。他所拥有的只是贫穷、苦难和流浪。而事实上，他的痛苦其实并非别人强加给他，而是来源于他内心一次又一次的失望和荒芜。

也许对于海子来说，死亡和离开是最为简便的方式，也是唯一的方式。

正如西川所说，“在这样一个缺乏精神和价值尺度的年代，有一个诗人自杀了，他必使大家重新审视、认识诗歌与生命”。

当海子躺在冰冷的铁轨上，与其说他是选择了死亡，不如说，他是完成了内心期盼的一场神圣仪式。

他的内心，除却忧伤，必然还有着别样的悲壮情怀。

终究是个任性的孩子。他可以手持一本《圣经》，以决绝的方式辞别这个世界，却留下他年迈的母亲和悲痛欲绝的亲友们面对冰冷的铁轨泣不成声。

倔强的诗人用生命的终结完成一首诗，却忽略了诗的背后，有着更为琐碎、平凡的情节，属于烟火气十足的人生。

可是，我们不忍心苛责海子，因他只不过是那样涉世不深的孩子。他短暂的一生对真理孜孜以求，对爱和光明深信不疑，对世间万物有着深深的悲悯。——他是自然的赤子，死亡只不过让他重新回到自然的怀抱而已。

海子走了，我们相信，他那样纯真的灵魂一定是可以走路去天堂的。天堂里没有伤害，没有失望，天堂里爱人永不分离，天堂里他可以以梦为马驰骋世界，天堂里他终于面朝大海，春暖花开。

海子死后的二十个春天里，人们用不同的方式来纪念他，这和他在世时候所感受到的孤独、冷清是完全不同的。

他走后，我们才知道失去了什么。

他来过，我们应庆幸曾经拥有过。

且让死者有不朽的名，但让生者有无尽的爱。

那些读书将教会你的事
——给儿子的开学第一课

亲爱的儿子：

今天是2018年9月3日，我写下这个题目的时候是早上7点20分。

当我在阳光已然灼热的南国深圳敲下这行字的时候，远在北京的你，已经在全家人的忙碌之中，做好了第一天入学的所有准备。并将由爸爸牵着你的手，进入小学的校门。虽然在过去的两周里，我们已经去学校参加过数次活动，但今天，你将正式以小学生的身份坐在课堂里。

此时此刻，妈妈虽远在数千里之外，心却和你在一起。

我想起了1990年的秋天，我第一天进入小学的朦胧记忆，想起了求学路上每一个金秋9月，进入新的校园时候的那种新鲜、忐忑而又兴奋的心情。

亲爱的儿子，所以我想写一封信，希望在你开启求学之路的这一天，讲一点儿关于读书的事给你。

这封信不仅仅写给你，也写给你的妹妹；这封信不仅仅写给你们的今天，也写给你们的明天；这封信不仅仅代表妈妈，也代表所有爱你们的家人。

刚刚过去的这个暑假，我和爸爸带着你们兄妹俩去了一趟邻国日本。在那里我们见到了关东、关西的不同城市风貌，也去了当地的许多博物馆、美术馆、游乐场，品尝了各种有特色的美食，欣赏到了当地特色的表演。应该说，那是一次非常丰富而美好的旅行。

回国之后，当我在忙碌之余，翻看起你们兄妹在迪斯尼冒雨仍然玩到尽兴，在皇居门前草坪上放肆奔跑，在富士山脚下喂鱼的照片，总会觉得内心无比甜蜜、满足。

然而，在旅行的过程中，我仍然要求你每天像在家里一样完成阅读的任务，不管玩得多累都不可以中断。所以，有一次你也跟我小小地抱怨：为什么妹妹就可以什么都不做，只是玩，我却需要读书呢？我当时跟你开玩笑说，这叫作“人生忧患识字始”，我知道你没有听懂。但我很庆幸你是个懂事的孩子，还是按照我的要求每天都完成了任务。

今天，我想认真地回答一下这个关于读书的问题。

亲爱的儿子，过去的一段时间里，我在做的事情实际上是在为你构建一座桥梁——在你储备了一些汉字识字量，并学习了自然拼读法则，可以读出更多英文单词之后，我就将中、英文的阅读作为你每日生活的一部分来安排，希望能够带着你一步一步地走向自主阅读。我之所以在过去的这一年多里每天坚持陪你一起阅读，也是希望这个全新的世界，尽早为你打开大门。

因为读书，实在是一件好处特别多的事情啊。

读书让你有更多的选择，更会让你懂得如何选择。

在距离现在已经有点儿遥远的80年代，爸爸和妈妈分别出生在福建西部和河北南部的小城。在我们开始求学的那个年代，高考已经恢复十多年，全国上下基本已经形成“高考改变命运”的共识。于是，好好学习，考一所好的大学，这几乎是父母能为孩子想到的最好出路。

那个时候的我们，跟所有同龄人一样，六岁上小学，十二岁上初中，按部就班地学习、考试、升学。

回头来看，我和你爸爸，以及你现在身边这些小伙伴的爸爸妈妈们，都属于那个时代的幸运儿——因为学习这件事，好像就没让我们费过太多劲——天生的禀赋加上相对认真听话的性格，使我们从当年一起入学的同龄人中脱颖而出，一路过关斩将考入一流大学，并且顺利地在北上广深这样的大城市，有了一个不错的职业起点。

尽管留在大城市的我们，很多时候过得要比留在故乡的同龄人辛苦、忙碌，然而我们内心里，却从未后悔过这样的选择。一方面是因为大城市带给我们的各种机遇和可能；另一方面，大城市能够为你们——我们的孩子们提供的平台和视野，也是小地方无法比拟的。

所以，从这个角度上来讲，是读书和求学，为我们提供了更多的选择。

然而你们又和我们小时候不一样。你们这一代10后的孩子，一出生就在大城市，不到两岁就跟父母去世界的很多地方旅行，幼儿园时期就是双语、蒙氏、多元智能各种培养路径，升学的选择路径更是多元而复杂。

你们的未来，一定会比爸爸妈妈当年有更多的选择，然而选择太多的时候，也是更让人焦虑迷茫的时候。

所以，当我们这一代80后成为父母的时候，竟然成了一代空前焦虑的家长。我们身边的同事、朋友，微信的各种群里，都弥漫着“鸡血”“焦虑”的氛围。

我也不能免俗。所以曾经有过一个时期，我在北京城里满大街考察学校和补习班，以小时为单位安排我们母子俩的业余时间，拿各种“别人家的孩子”来跟你作对比。

直到最近我才渐渐地平静下来。我自问我自己，我对你们兄妹俩的教育，终极目标是什么？这个终极目标是国内一流大学？还是藤校？又或者是全球Top50？我觉得都是，又都不是。

扪心自问下来，我发现我的教育目标并不高，我早已坦然接受你们在未来高考中的分数不如爸爸妈妈当年的这种可能性。因为我见到了太多名校毕业却各方面平平的案例，也接触了很多以其后的努力弥补学历不足的励志故事——十八岁时进入的学校，实在不能概括人的一生。然而反过来说，我的教育目标又很高，高到不是一所名牌大学的名字、不是一所藤校的光环便能够满足的。——我希望我的孩子们在任何时候，都有选择的机会、选择的权利，也拥有做出选择的眼光和底气。

而这，不是任何培训机构能够带来的。这来自于社会、家庭和学校的熏陶和教育，更来自于你们在书中、在旅途中、在生活中日复一日的所见和所思。

读万卷书、行万里路，坚持对未知的探索、对自己的真实，这是我所期望的教育。

读书会让你遇到更多同类，也会让你学会更好地独处。

亲爱的儿子，你现在六岁半，刚刚结束了懵懂而快乐的幼儿园时光，走入小学。这个时候我与你谈“同类”和“独处”，或许有点儿为时过早。然而我跟你说“小伙伴”和“自己玩”，你可能立刻就能理解了。你在幼儿园时已经认识了好多个小伙伴，进入小学，还将认识新的小伙伴，你们将在一起走过六年的小学时光。如果幸运的话，这种儿时的友情或许可以伴随你们一生。

从今天开始，求学十余年的时间里，你一边走，便可一边收获这金子般的纯净的同学情。当你走入社会后，这些曾经的同学、伙伴，他们都是你在父母和妹妹之外，最有可能和你一起分担困难、共渡难关的人；也是你想肆意放飞自我时，最适合叫上的人。因为你们会有很多共同的记忆和小秘密，而这些记忆和秘密，就连爸爸妈妈，可能都没有机会参与。

看到没有，这就是读书的道路上，一个附加的“大乐透”。

当然，我想跟你说的同类，并不仅仅是同学——他们更可能是跟你在某些方面心灵相通、感同身受的人。举例而言，如果你热爱一本书、一位作者，那么你跟与你有同样爱好的人，就有了一点儿共同的联系；你欣赏一首诗、一幅画、一段乐曲，你都可以在这世界上找到与你有共同语言的人。当所有这些沉淀下来，成为你自己的精神家园，你就可以拥有更多的同类。

在茫茫人海中认出同类的时刻，那种战栗和感动，是人生中一种很美好的体验，希望你也不要错过。

除了同类，读书带给人的另外一个好处，恰恰是在没有同类时独处的能力。

人是社会性的动物，在本能上，人渴望同伴。然而我们每个人总有一些时刻需要一个人待着，或长或短。如果与阅读为伴，这种独处的时光就会变得不那么难熬，甚至变得颇为宝贵。在任何独处的时光里，翻开一本书，便可与古今中外许多伟大的头脑对话，与一些有趣的灵魂促膝而谈；如果手上还有一支笔或一个键盘，你便更加如虎添翼，可以温柔倾诉，可以激烈交锋，也可以只是平静地记录你当时的心情。

相信我，这样的独处时光，虽然可能不如玩游戏来得刺激，但它终究会在你身上沉淀出一种力量。

读书会让你有更多敬畏和未知，也会让你有更多的勇敢和自由。

“无知者无畏”，这个道理我们今年以来在你两岁的小妹妹身上见证了很多次。她不害怕狗，见到狗会管它叫“汪汪队”，还会去热情地打招呼；她不怕高，最喜欢的活动就是上下攀爬；她见到喜欢的东西，会哭闹着要求我们帮她拿到手，哪怕我们反复强调了那东西不是我们的，不可以带走。

她可能是我们一家四口里胆子最大、最无所顾忌的那一个。

然而，她终究也会长大，也会知道这世界上有危险的事物，有需要遵守的规则，有需要服从的权威。随着她的长大，她的胆子只会变得像你一样“越来越小”，“不能做”的事情，也会变得越来越多。

是的，成长、教育、读书，所有这些，都会给你带来更多敬畏和未知。举个例子来讲，你在五岁时就了解了月相和行星运行的规律，此后我们在北京天文台、格里菲斯天文台、东京未来科学馆，都学到了很多关于宇宙的知识。然后你会失落地发现，原来我们的地球，在宇宙间是个这么小的行星；原来以现在人类的技术，根本

格利菲斯天文台　摄影：刘芳菲

还没法去太阳系之外的地方探寻另一个宜居带。——读书让我们懂得了敬畏和局限，也就有了突破和创新的可能。

读书也并不能消灭所有的未知，有时候还会带来更多的未知。拿我自己举个例子，我看书有个习惯，就是喜欢“顺藤摸瓜”。换句话说，我喜欢一位作者，就会去读他赞美过、推荐过，甚至抨击过的书和作者——比如读了钱锺书就想找杨绛的书来读；读了沈从文就想起汪曾祺和张兆和；再比如画家里面我最喜欢凡·高，于是就去研究他的好友高更和他们模仿过的浮世绘，于是由高更看到了《月亮与六便士》，又从浮世绘开始研究江户时期的京都……如此下来，书读了不少，可是待读未读的“书单”却越来越长……

所以，你会经常看到妈妈又从外面抱回来一大堆的书，而书架上没拆开的书还有两排——其中一排是爸爸抱回来的。

一边消灭着未知，一边带来更多的未知，这是读书带给人的独特体验，也是我们终其一生了解这个世界的方式。

然而，读书也带给人更多的底气、更多的勇敢——这一点我相信你在成长中会逐渐体会到的。比如现在的你才六岁，已经可以凭借自己在书上获取的知识，帮助爷爷奶奶分辨微信上的某些“伪科学”；比如你现在便可以拍着胸脯说，姥姥姥爷要出国你可以当“翻译”。妈妈要告诉你的是，在书籍尚未普及的年代里，人们更多地迷信官职带来的权威，迷信年龄带来的经验；而读书带给你的最大好处，就是了解所有的权威和经验，都未必是真理。

亲爱的儿子，当我即将写完这封信的时候，我已经坐在从深圳回北京的飞机上，一刻不停地赶回你们身边，准备拥抱刚刚开启小学生涯的你，和仍然无知者无畏的妹妹。

此刻，飞机的舷窗外，夕阳无比绚丽。我在键盘上敲下这些文字的时候，早已知道这封信远远超出你一个六岁孩童的理解能力，然而这封信不仅写给你，更写给我自己。我深知在未来的教育道路上，会有很多的时刻我会忘记了自己的初心，所以，我在这里写给你们也写给自己——亲爱的孩子，我让你们读书，绝不是为了分数、排名和高考，而是希望你们有选择的自由、对所谓权威说不的自由、打破成见或者陈规的自由。这些都是读书将要教会你的事情。这也是我这个操碎了心的“老母亲”，一定要让你爱上读书的最初和最终的原因。

我的年华，感谢有你陪伴

——写给张信哲

昨天晚上7点，当我吃完晚饭准备开始陪儿子练琴的时候，突然在朋友圈刷到一条动态，是朋友在演唱会的自拍——而且，我立刻看到了演唱会的牌子，是张信哲2018“未来式”世界巡回演唱会北京站。然后，赶紧上网搜了一下，果然发现10月13、14号两天是张信哲北京演唱会的日子。

也许是前一段时间事情太多，也许是我最近远离电视和广播太久，我居然没有注意到这个信息——要知道，自我定居北京之后，他的演唱会，我可是一场不落的啊。

还好有万能的淘宝，我赶紧找了个还有票的卖家，买好了两张票并约定了现场交接，总算松了一口气。

坐上琴凳之后又被晾在一边将近半小时的儿子一脸懵懂地问我：“妈妈，你明天要去听演唱会，那么你会像上周听演唱会那样，提早退场回来吗？我晚上要等你回来再睡吗?”

我说："儿子，你不用等我回来再睡了，我肯定不会提早退场的，我一定会听完最后一首歌的，这是我最喜欢的歌手，我喜欢了他二十多年了！"

"二十多年，妈妈，那是你小时候开始他就唱歌了吗？"

"是啊，确切地说，从我比你还小的时候开始，他就开始唱歌了，而且他现在一直在唱，有超级多的歌。"

"哦，我知道了，就是你每次去KTV点的那些歌，很多都是他的吗？"

"是啊，你觉得好听吗？"

"好听。"

"是啊，所以妈妈要去现场听他唱歌，只要他还开演唱会，我就会一直去听。"

是啊，我最喜欢的这位歌手，他1989年出道，唱了将近三十年歌，有几十张专辑和几百首歌；他今年五十一岁了，歌还是那么好听，声线还是那么清澈；他在娱乐圈三十年，不炒作私生活、不蹭热度、没有负面新闻；他的歌我几乎都会唱，他的歌伴随了我整个的成长和青春岁月。

我想，应该不会再有哪个歌手，能在我生命中留下如此长久的印记了吧。

从开始到现在

第一次听到张信哲的声音，是在我小学五年级的时候。我的发小兼闺蜜小敏同学给我一盘磁带，她说，她最近一直在听这盘磁带，唱歌的那个男歌手是台湾的，长得有点像黄安。那个时候，满大街都在放《新鸳鸯蝴蝶梦》和《明明知道相思苦》。

于是我第一次听了阿哲的歌，并且记住了阿哲的样子——说实话，我并不觉得阿哲长得像黄安。

1995年的那个暑假，我在家乡的小城，从一台老式的录音机中播放的一盘老式卡带开始，这个声音开始陪伴我，一直到现在。

再后来我按部就班地读了初中、高中和大学。大概每一代人的青春都是相似的，在外人看似一帆风顺和波澜不惊的求学路上，深埋着无数的悸动和青涩、感伤和憧憬。

这悠长而又匆忙，热闹却深藏着孤独的青春时光里，我都是听阿哲。

他的歌声里，有暗恋而小心翼翼的心情——“我从来不敢给你任何诺言，是因为我们还太年轻”；有失去的感伤和包容——“怎么忍心怪你犯了错，是我给你自由过了火；如果你想飞，伤痛我背”；有青春岁月里的离别和祝愿——“且把泪水轻轻拭去，期待再相遇，就算相见无期，在某个夜里，你会想起我，我也会想起你”……

然而，他的歌里，更多的是众里寻他的惊喜和悸动——“初初见你，人群中独自美丽，那一刻我竟然无法言语”；爱的坚定和不放弃——“爱是一种信仰，把我带回你的身旁”……

那时的白月光

青春是一本太匆忙的书。我至今回忆起中学和大学的时光，很多记忆都已经模糊。然而无法忘却的是，无数个宿舍熄灯之后的夜晚，白月光洒满一地，我拿复读机插上耳机听音乐的情形；再后来，复读机升级到随身听，再后来，升级到CD。从刚入初中时拥有自己的第一台随身听开始，到大学毕业得到一台白色的Nano做礼物。在整个学生时代，我听了很多歌，也迷恋过很多歌手——杰克逊、后街男孩、披头士、梁静茹、Beyond、周杰伦……从南开毕业的时候，我摘掉宿舍墙上褪色的海报，把一张张CD打包。之后，我告别南开，只身南下来到香港。当时我的同学跟我说，香港是一个特别容易遇到明星的城市。然而我笑笑，那时我22岁，自认已过了疯狂追星的年龄，我的MP3里装满了各色歌手的歌曲，听歌，已不是我生活的重要内容，而只不过是慰藉孤单的手段之一。

2007年6月，我在香港拥有了人生中的第一份工作。在工作伊始的7月，香港的一位长辈送我一张门票，是香港回归十周年烟火纪念晚会的门票。晚会设在湾仔会展中心，规模并不大。在去之前我并不知道那天的演出阵容，然而当阿哲拉着小提琴唱着《白月光》从后台走出来时，我的眼泪突然就夺眶而出了。

之后，我就一直守在后台入口，终于在后台遇到了他。我语无伦次地说："我听你的歌十几年了，今天终于见到你了。"已经记不清楚当时他对我说了什么，只记得他人非常谦和、温柔，鼓励我加油。

那天和我同去的同学帮我拍了一张我和阿哲的合照，然而大概是我和同学都太激动了，那张照片非常模糊；而且，过了这么多年，照片也在几次搬迁中不知所踪了。

然而，那都并不再重要了。重要的是这些年的时光里，我恋爱过、失恋过；群居过、独处过；我从少女到为人妇，到如今成为两个幼童的母亲，我一直深爱着同一个声音，而所幸的是，他一直都在唱。

最美好的事——See you again

自从2007年那次在香港遇到阿哲，我就在心里给自己许了一个愿望——我开始拥有了自己的收入，所以，以后阿哲的每一场演唱会，我都一定要去现场。

那一年阿哲四十岁，我不知道他还会唱多久。但是我想，只要他一直唱，我就一直去听吧。

于是，2008年《最好的时光》，2010年的《幸福觉哲》，2012年《空出来的时间》，2016年的《还爱·光年》……，我都在现场，台上的阿哲似乎时光不老，所不同的是，坐在台下的我，2008年时尚且单身，2010年便有丘先生陪伴，2012年我已为人母，2016年怀着妹妹32周……

这些年，我听过很多场演唱会。但是年少时固化的审美是根深蒂固的，我始终心属阿哲这样的演唱会——没有过于花哨的舞蹈，没有铺天盖地的阵势，没有煽情的台词和铺陈，每次的演唱会都是平淡、隽永的问候，加上一首接一首地唱歌。因为歌曲过于脍炙人口，所以他总能把演唱会开成一次又一次的万人大合唱。

2014年的演唱会，大概是我最近几年唯一错过的一场。那是2014年8月，我暂居上海。那个时候我处于人生中非常艰难的一段时光——我和老公拖着幼小的儿子背井离乡，父母不在身边，我自己又因为关节疼痛没办法正常工作。所以，得知阿哲开演唱会的消息，我却没办法提前确定行程买票。

直到开唱那天的傍晚6点，老公看我寝食难安的样子，说："咱们还是去演唱会吧，我今晚不加班，我陪你去。"

于是安顿好孩子，两个人一路驱车来到演唱会会场外。彼时票已售罄，我们从一个黄牛手中买到了两张高价票，兴奋地准备进场，结果却被告知买到的是假票……

我记得那天我伏在丘先生肩膀上放声痛哭。

还好，人生的某些至暗的篇章总会过去。后来我辗转回到北京，和丘先生一起在人生道路上一次次升级打怪的同时，我欣喜地看到，年近五十的阿哲还可以在《我是歌手》这样的舞台上大放异彩，圈了许多90后和00后的粉；在无数小鲜肉、小花们靠综艺圈钱骗流量、炒绯闻博眼球的时代，阿哲仍然在出着新的音乐专辑，尝试着不同的曲风；五十岁之后的他仍然愿意办全球巡演，并且一票难求……

记得在一起之后的每一场阿哲的演唱会，我都对丘先生说，也许过两年他就不办了呢。

于是，被我泪眼盈盈所打动的丘先生总是大手一挥地说："买票，买最好的票，我陪你去看！"

然而让我偷笑的是，阿哲一直在唱。

而丘先生，以及我的一儿一女，也在我的循环播放中，逐渐变成了新的哲迷。去KTV点歌的时候，哪怕是别人点的阿哲的歌，儿子都会过来叫我："妈妈，这是不是你点的？"

儿子，请莫笑你的母亲唱的，都是你心目中的"老歌"。因为那是我们的青春啊。

我已经不那么容易学会新歌了，所幸我仍然有梦想和热爱，仍然有感动和泪如雨下。

我已经不复年少了，所幸年少时的梦想，都在一个个实现，年少时的知己，仍在我身边。

阿哲，感谢你陪伴了我的整个青春，感谢你陪了我这么久这么久，感谢你一直在唱，让我在自己的子女面前，都骄傲不已。

偶尔想起过去，点点滴滴如春风化作雨。

且把泪水轻轻拭去，期待再相聚。

阿哲，今晚再见，只要你一直在这里，我便轻纱细马，永不老去。

第四篇

何当共剪西窗烛

丘先生的文章

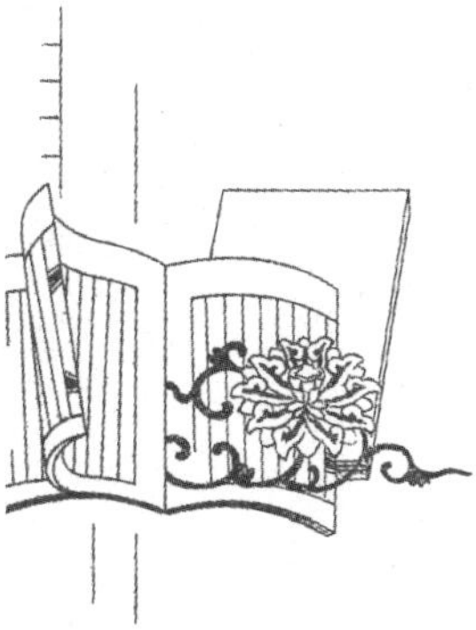

浮出水面的顽主，看上去很美

分析王朔是件麻烦的事，因为“从八十年代末至今，我看到无数的雅人、聪明人在谈论王朔这个话题上跌破了头，雅人变成了酸人，聪明变得可笑。进而你甚至会感到，所有那些大批判式的攻击，完全是由于嫉妒、眼热乃至穷疯了。所以迄今为止，聪明人或雅人一遇见王朔，没有不被撂倒的！”

——王朔是道坎！

(一)

王朔不见容于主流，这是显而易见的事实。

不过，这对“坏小子”而言也似乎是理所当然的归所。但让我诧异费解的却是市场、读者、观众，我们这些“不掌握话语权”的老百姓对王朔及王的作品的态度。

一方面，排斥和厌恶。当然，这更多是对王朔本人（毋宁说就是对“王朔”这个名字、这个符号)。

“王朔”恶名之昭彰于大众，大概“显”于1999年夏秋之交的“金王舌战”(说是“舌战”，其实也就是王朔、金庸你一篇文章、我一封信的过招，场面远没有当年上海滩“鲁梁舌战”来得精彩)。之后王朔继续“左右出击、到处踢馆”，兵峰直指文坛巨豪、权威，不啻为一场对当时中国文学的暴动，引文坛各路豪杰纷纷出手讨伐。见诸报端、连篇累牍的是对王朔的围剿。在视力所及的地方，漫山遍野的都是擎着维护文坛正义大旗的“剿王军”，鲜有对王朔的肯定与赞同。

一场一边倒的大辩论！中国文学人的意志煞费思量的空前一致。

没有不同声音。

从此，王朔“坏小子”形象得以在大众心目中立起。其实，对王朔“痞子”的嘲骂随着对王朔文学“痞子文学”的定位从来都不绝于耳。但这次的批判更加深入人心。我们看到：原本对王朔本人一无所知的人开始有了最初的印象、最初的判断。而“痞子”“我是流氓我怕谁”助成了这一原初思想的出炉，也成了人们提及王朔必然首先拣起的标签。

对“王朔”本人的排斥还累及王朔的作品。

文如其人，“痞子”写“痞子文学”理所当然，而“痞子文学”的质量自然也值得商榷。

——这，基本上是一个从未翻阅过王朔任何作品的人在看王朔作品之前和看王朔作品的时候都存在的先入为主的判断、感情取向。

另一方面，市场的吹捧、观众的喜爱。

“王朔，中国大陆文坛现今最大号的写家。市场号召力堪与金庸、余秋雨、古龙、贾平凹、琼瑶齐驱。”

王朔的作品读过的人毕竟有限，但“王朔牌”的电影电视剧没看过的人，在中国大陆基本罕有！王朔是当今作品被搬上银幕和荧屏次数最多的中国内地小说家。而这些作品无一例外在老百姓口中留下好口碑。

市场的反映是不受“人为聒噪”所左右的，所以最真实：

《渴望》《编辑部的故事》《甲方乙方》《阳光灿烂的日子》《爱你没商量》《过把瘾》《永失我爱》《青春无悔》《顽主》《无人喝彩》《轮回》《一半是火焰、一半是海水》《爸爸》《天使与魔鬼》……

的确，很难想象，以其“痞子”的形象之深入人心、口碑之差，百姓怎么会把那个只会骂人滋事的“坏小子”“流氓”王朔与那个写出刘慧芳、《渴望》、李东宝、《编辑部的故事》，赚足了大家泪水和笑声的编剧、作家扯一块儿去呢？

所以对“王朔”的厌恶与对王朔作品的喜爱在并行不悖地继续……

不见容于主流、市场和百姓的宠爱间的矛盾，无疑源自于王朔那特立于当世的作品风格。

(二)

王朔不是一般意义上的“平民作家”，当然也不是流行意味上的“畅销书作家”，其作品却在不自觉地服务平民或者说娱乐平民。市场在老百姓的鼓噪下哄抬“王朔”的估值。

王朔笔下的人物大多是小人物——比平民还平民。这些人和一般意义上的“老百姓”质殊天壤——如果说底层的“草根阶层”还是“良民”的话，这些人甚至是绝绝对对、如假包换的“贱民”、流氓无产者。

这些人，没有王朔（以及王朔之后的一些写家），从来是舞台上的丑角，是银幕、荧屏上的“××甲”“××乙”，只是一个符号、一个点缀——且常常是用于反衬的点缀。

现实生活中，这些人活得很精彩。

王朔笔下的各色人等，如用比较时髦的话去界定，有异于其他作家作品的大体是两类：一类是“愤青”，一类是专供愤青讽弄的“丑陋的中国人”。

愤青，愤怒青年（曾唤为城市后进青年），这些人的粉墨登台，是王朔开一代风气之先的实据，也是评论责难其“痞子”的口实。

他们：

——他们出生的时期是二十世纪六七十年代至八十年代初；

——接受过不同程度的教育；

——不可忽略的，他们都生活在北京。

所以：

一方面是对酝酿着巨大变革的转轨中国的现实的亲历；

一方面是曾受教育所启蒙的、对信仰的朦胧意识；

一方面是巨变时代中，信仰在现实面前的动摇、坍塌。

而北京，因为其在文化、政治方面的特殊区位条件，把这些青年所面临的各种理念情感与社会世态的现实层层放大。

他们，陷入了一个失去了对过去的肯定和对未来的期望的精神盲区中。

一战前后，二战之后，欧美横行街头的“迷惘的一代”“毁掉的一代”，是信仰危机、道德尴尬的生动诠释、展演。而对王朔时期的中国而言，则是一幕青春剧的预演。

“痞子”，中国国情下的有中国特色的“嬉皮士”。

中国土特产中，没有蓝调，没有摇滚，也没有保罗·西蒙，没有约翰·列侬。听不到“猫王”，感受不到远隔重洋的古巴革命，就算是切·格瓦拉和波尔布特，也无法满填他们这方精神空白。

时代给不了，社会没条件，自己又无能创造。

没有偶像，没有领袖。尼采说：“上帝死了！”

但他们得活，而且还要活得很好，所以得宣泄情绪。

人们眼中，他们俗、粗、鄙、脏、黄、愤、戏、侃、嘲、狂、忧郁、空虚……各色不等，却无一例外极具逆反社会心理，无一例外对人对事挑剔指责，看什么都不顺眼。人们不喜欢他们，他们也排斥异己群体。

王朔笔下，他们的生活、感情都是“非正常”的，所以是永远不乏味、读来看来不会闷的——这就是一种巨大的视觉冲击、审美冲击、感官刺激——而且都是真实的——稍有思考，读者、观众就有可能产生似曾相识的感觉，这熟悉的影子可能是自己的，也可能它就在身边！

痛并快乐着，粗俗地活却深刻地生。他们满口污言秽语却偶尔掺杂沉甸的人生思考；他们纯粹地一派胡闹却可以让人透视到他们初衷的单纯和灵魂的“等待救赎”！《顽主》中的“三T”公司的各色人等的上蹿下跳、左右奔走，《一半是火焰、一半是海水》中主人公至恶、至善两面的“活体展示”，《千万别把我当人》中那荒诞得近于恐怖的故事，还有《动物凶猛》中对青春岁月中的出格孟浪心情的出位表现……在这些符号化的人物、简笔画似的画境中，读者读得发笑、发愣、发痴，乃至抓狂，观众则完全被画面中行进的故事所吸引，忽略色彩、声音等其他感官所带来的官能，只留下眼睛和大脑随之运动。

信仰随着“上帝”的死去而处于无主状态。慰藉没有信仰的灵魂的方式不外乎两种：麻醉和感情。王朔为他的文集分卷，冠以“情”字为题：谑情卷、纯情卷……正反映其对他笔下人物生存状态的了解、同情。现在，“王朔”牌电视、电影大赚观众泪水的篇章全来自于这种对感情生活的改编。《渴望》脱胎于《刘慧芳》，《过把瘾》从《过把瘾就死》而来……

风花雪月、花前月下的爱情能量巨大却离他太远，柴、米、油、盐、酱、醋、茶的感情离他们近却近得乏味，不足以慰藉。他们有他们的方式和准则。他们是“流氓”。他们的感情的至洁在王朔作品——毋宁在现实中是承载在他们动物性的满足、愉悦之上的。而这种近乎粗鄙的欲望满足、宣泄快感却实实在在满足了他们空虚的、失重的灵魂。没有矫饰虚套，没有忸怩，这种感情、这种爱，竟会让人觉得这比“相敬如宾、相濡以沫、举案齐眉”少了绵延持久的恒长和优雅礼仪的悦目，却多了缠绵，多了关怀，却更真实。（那段时间，人们总在追问到底是“钻石恒久远，一颗永流传”值得保藏，还是“不在乎天长地久，只要曾经拥有”更释价值……）

爱，有很多种，大概，只有真实的爱，才叫“真爱”！

人民总是有种错觉或者说对于王朔这种游离之外的因素有种期望：你不是与主流不容吗？那你一定对现存主流的东西存在颠覆的杀伤力，一定存在解构主流的力量吧！其实，王朔再怎么天才也只是一个如实写真的作家，对那些曾经遗忘的角落里的人的生存状态的写实。如果说真的有什么颠覆，那也是对读者大众心理的颠覆。

对人们生存状态的描绘是最基本也是最高的作家的职业操守。而王朔，只不过找了一部分让人们遗忘的人群进行素描、写真。至于他对这些人的感情，悲天悯人也好，怒其不争也好（这种可能性较小），我们很难揣度——任何妄自尊大的推测都是对作家意图的猥亵——我们听到的，只是王朔的一声叹息……

另一类，“丑陋的中国人”，应该说在王朔笔下，更多是丑陋的中国知识分子——小市民性的中国知识分子。在那些没有多少“愤青”身影的小说里，王朔就把这些人安排到了舞台中央，在聚光灯下嬉笑怒骂极尽戏谑之能事。

同样是小人物，这类人的生活状态就与“愤青”不同。他们是“良民”，也许牢骚满腹，也许有一天情绪激动也会骂娘，不过他们在绝大多数场合还是合乎标准的，符合社会所要求的尺度。他们与愤青一样，很可爱，但这种可爱绝对是具有两种意义上的差别的，丑陋一面的暴露也恰恰是我们这个民族某些劣根性和柏杨所说的“酱缸文化”的不经意地演示，这种缺陷、这种弱点对我们这个民族具有无法否认的普遍效应，我们对这种民族性不完美的残缺是这样的熟悉，也正因为熟悉，我们才觉得王朔笔下这类可恨、可鄙人物的可爱。

亲切得可爱。

“贬”文化人是王朔的惯技。公开地骂人招致一地狼藉，在自己的文章里情况就因为是自己掌握着生杀大权就大不一样了，在自己虚构的故事中，王朔则可放开手脚肆意妄为。如果说《顽主》中的宝康和那个所谓“关心年轻人”的教授还只是对配角的戏弄，是小打小闹，那么从《修改后发表》到《我是你爸爸》，王朔可是正儿八经地拿主角开涮。王朔安排上的精细，描绘上的调侃，很难不让人怀疑王朔是拿这些人和事来例证他的招牌口号：无知者才最无畏！

胆小、猥琐、矫情、虚伪……中国先哲、内圣、外王的伟大哲学在这些人身上发生异变。中国文化人惯有毛病：自以为是、好为人师、追名逐利、口是心非……一言蔽之，缺乏真诚！

他们出生在“毁掉的一代”之前的中国首都。现代人都认为那个时代对那代人有所亏欠：他们受教、他们成长，他们活了二三十年之后才忽然被告之，前面几十年白活了，活错了！曾经知道的、学到的、做过的、想到的，没有多少人还有勇气和能力重新论证它们的正确——他们与“愤青”不同，“愤青”从没得到过信仰，所以迷惘。而这类人得到过完整的信仰体系，却在现实的变化中动摇、坍塌——信仰，野蛮地被赋予，十几年后，又野蛮地被剥夺！

信仰，留下一片废墟，一堆瓦砾。

生活，一地鸡毛……

“我曾经，豪情万丈/归来却空空行囊”！“敢教日月换新天”对他们已是明日黄花，偶尔的“向上爬”的野心在按捺不住下也会让他们有一番痴人呓语。但每天锅碗瓢盆的温饱、小康，每天家长里短的市侩炎凉，每天逢上迎下的世故圆滑……我们看到的，让我们认为，他们的生存，他们的活着，只是想让自己活得更好！

窘迫的生活“迫窘”感情——感情被迫与生活而发窘。任何人都需要感情泉源的滋润，而他们，多年来在他们沟壑和沧桑满布的脸上已经罕有感情圣水从心灵窗口中流出洗刷的故事发生。王朔笔下，青年人感情脆弱和无助的故事对人刺激深刻，让我同样震动至深的，是当这类形象丑陋、令人生厌的人物窘态毕露，本能感到可耻、羞愤时，被侮辱感层层迫近，甚至最终落泪！

——这些人是我的父辈，生活和经历侮辱了他们，他们还要背负着责任和道义继续地活着。在他们的泪光中，震颤的不仅是他们自缚的苦难，更是我们这些受惠人的多年的冷漠、多年的不解。我，对我父亲一辈人在人到中年后依然对人生、对命运的不确定感怀有巨大的悲怆感觉——因为，父亲的苍老，意味着有一天我也会到中年！

还有什么比有一天发现原来自己什么也掌握不了更让人绝望呢？

王朔，人人都说他无赖可鄙，兴许他并没有真正如一般读者一样多愁善感地做一番人文关怀。但是，也正是他坚定地反主流地对他笔下的人物的游戏，才让任何一个读者、观众透过他的文字，找到自己的感情、自己的思想。毕竟，王朔不是马尔克斯那样思想家式的作家，他的作品决不是等待矿工挖掘的金矿，只是让人自己去寻找奶酪的迷宫入口。

有思想诉求的作品是不折不扣的好作品。但如果思想诉求过分强烈，作品就成了高压，作者俨然是“学阀”！

(三)

王朔后来在变，这让我很不喜欢！

那本蛰伏之后的敲门砖《看上去很美》的“序”，成了王朔低下脑袋的自白书，进行了煞有介事的反思，颇有一番推倒重来之势：他承认“既往文风失之油滑”……其状如垂暮之人写临终回忆录，看来竟有丝丝忏悔之意，亦如“文革”中被迫写下的悔过书，与不该有的过去划清界限，更如犯错的小学生当众宣读检查——“我深刻地认识到这种错误是多么的不应该，我以后再也不敢了……”之后，他说他要选择他最不擅长的长篇系列等等。怎么读怎么觉得“媚雅”！

——王朔要被招安了！（主流是否会因此而展开双臂，迎接他这多年流浪在外的孩子还不得而知。）

一个人在弱化缺点的同时也在消磨他的优点。更让人难受的是，王朔竟然连自己的优劣都不分！王朔的败笔，将会随着锐气的消逝而增多！王朔的痛脚很多，但却成就了他特立独行的风格，对一个文学家而言，风格就意味着魅力。扬弃的法则只是对缺点和痛处的再生之道的指点迷津，王朔要做的就是对自己更清醒的剖析，而不是做一味屈从！“金王舌战”之后，王朔开始了更加离经叛道的作为，令人觉得大有“逼上梁山、落草为寇”的破败感——稍有记忆的人，都会联想到在《看上去很美》之后，主流对王朔“受招安”冷淡，正是王朔游侠作为的开端！

王朔很会讲故事，他的每一个故事不会闷。但是每一个读者在读完之后，在回味故事情节的有味之时，几乎都在同一时刻淡忘书中的各色人物。王朔塑造了一群人，这群人的影像之深，以致巨大的光辉掩盖了作为个体标志的特色！这种“群像”式的速绘，是王朔的优点，同时也是我这类简单头脑的读者所希望他能改进的：如果王朔笔下的每一个人物都像李东宝、刘慧芳一样深入人心，也不至于如果身边没有书的话，绞尽脑汁也只想到一个个简单的画面、场景，愣是分不清王朔人物谁是谁！

……

乘风破浪，没有彼岸

生而为人最残酷的地方就是时间的单向性，唰唰地流逝，无法回头。无论多么不堪、多么猥琐、多么砢碜，活过了这一段，你就没有机会折返。

所以有那么多人热爱白日做梦“回到过去”，有那么多电影电视告诉你“穿越”有多么美妙……

说白了，“穿越”就是对现实不满而YY出来的一把“后悔药”。

有没有梦见过回到高考那天，自己再做一遍那卡得尿急的考题？

有没有想过如果再遇到那个TA，自己会更勇敢、更睿智、更率性，而不是那么中二，那么傻缺？

有没有考虑过如果回到过去，自己就可以抄底三次股市，狂买一条街的物业，投资马云爸爸他们，给BAT一笔天使投资？

……

穿越回去了，就开启了“上帝之眼”，有了外挂，带着一本二月河的小说就可以九王夺嫡大杀四方；翻着本市统计年鉴，就可以按图索骥一路买买买做当世陶朱公。

当然，现在大多数编剧都还老实，尊重历史的终局，不会YY大发了，不会特意去改变结局。这样还带来附带效果，让我们看完留下一句感慨：悲剧啊，这就是俄狄浦斯式的悲剧，人终究是改变不了命运……

所以，穿越实在太多了，以至于这种“上帝视角”越来越显得不高级，逆袭的戏码就是玩出花来也就那么回事：改变历史、改变命运，但终究逃脱不了宿命。

毕竟，除了“有点儿钱，让大家知道”的成功体验外，我们这一挂的文艺青年还有些别的追求。

比如，跟自己和解。

去看了一部电影，《乘风破浪》。

韩寒导演，邓超、彭于晏、赵丽颖领衔，因为后会无期的“珠玉在前”，本来期望并不太高，再加上这样的卡司组合，本以为是一部青春偶像外加文艺癌晚期的大片。没想到，这一次把后会无期的票价也值回来了。

走出影院，密集的段子还能回味咂摸，这种体验近年不是太多。心里给韩导演点了个赞。

但是翻看各大媒体，对这部年初一上线的影片几乎没什么宣传。感到挺怪异。看到豆瓣上还有大量1星的评价，这就让我怀疑是不是我久不进影院所以审美偏离主流以至有点怀疑人生了……

不论怎样，我得说，这是一部不差的电影。

穿越回去，除了买彩票、改考卷、娶初恋之外，你有没有想过做点儿别的？

比如，跟和自己一样大的老爸、老妈勾肩搭背……

穿越回去，天然取得与父辈“平视”的视角，知道上一代人也一样中二过、蠢萌过，各种寒碜。因为平视，所以不会有从伟岸到崩塌的过程，就不会有那么多“反抗父权”式的纠结、拧巴。

一起喝酒、一起吃火锅、一起吹牛，体会似曾相识的血气方刚、气吞八荒，而不是那么老气横秋，仗着是爹妈的身份就横加指导甚至指责我们的人生。

都是小人物，爽的就是一起说大话。

整部电影里，发生在阳台上的戏很多，但是那场吃火锅聊大天的段落中的各种细节最动人：

徐正太自信满满，要将帮派的力量壮大，要把录像厅扩大规模；六一的“囤积BP机居奇”的想法得到肯定，进而确信自己会最终成为“这桌最富有的人”。

最没有存在感，感觉与“亭林镇主流帮派”最疏离的小马，提出即时通信工具SNS的雏形构想，遭到群嘲。

（这是导演、编剧为数不多地开启的“上帝视角”，但是也很克制，穿越回去的徐太浪也没有觍着脸要追随这日后的万亿富豪，只是很有爱地“你吃个蛋吃个蛋”，“你要离开这里，你不属于这里……”）

穿越回去的1998年，只是二十年不到的时间，曾经自觉在舞台中央肆意奔跑的人，逐渐落寞了；曾经失意黯然毫无话语地位的角落中人，却走上了风口浪尖。

看完这个片段，我据此又浮想了许多在这前后二十年大幅跨度与冲突的画面：

比如，穿越回老东北，找到那些现在被孩子抱怨甚至咆哮买不起房的落寞中年，一起体会那些胸带红花，骄傲而自得的高光时刻。

……

这就是倒叙的“一年又一年”啊……

也是换了场地的“平凡的世界”，是余华正经而不荒诞版本的“兄弟”。

穿越回去，只为和解。

现在的我们，就像车祸之前的徐太浪，大多觉得自己的父辈是个失败者，他们的人生选择被时代证明是错误的，对我们的指导也往往是与时代脱节的，所以我们也推论他们的青春也是时代框架下无意义的。

这是因为我们不自觉地开启了回望历史的上帝视角。

我们会觉得：

你们怎么死抱着铁饭碗不撒手，早下海咱们家不早就发了么？

怎么就那么没有投资眼光，早几年咬牙贷款咱们家不早就好几套房了么？

怎么就那么不懂人情世故，怎么就和领导老板们搞不好关系，怎么就不向《甄嬛传》学习学习，怎么就爬到一半止步不前了呢？

……

这部片子像极了陈可辛的《新难兄难弟》，桀骜不驯的儿子因为穿越到父母相恋的年代，看到彼时风华正茂的父亲帅性而可爱的一面，从内心里转变了对父亲的旧有成见。梁朝伟穿越回去见到了年轻时的父亲梁家辉，就为了打开一个心结：在那个功利与物欲横流的社会，为什么老爸还会坚持“人人为我、我为人人”的老派作风。

徐正太对徐太浪说：我就像这个世界，不会变的。

徐太浪轻轻地说：这个世界会变的。

儿子没有大声喝醒父亲，没有指导懵懂而守旧的父亲过好他的人生。

此刻，父子和解了。

大多数看过电影的朋友都说，父子和解这个主题体现在父子同生共死为六一报仇，以及片尾徐太浪说自己开车的技艺得自“遗传”的温馨一幕。

但是，我更认为是这一幕。

当我们不再试图去干预一个最关切的人的价值观和人生时，我们才真的是放下了、和解了。

就说这么多吧。

这部电影，故事性足够，每个人都可以看到很多：时代变迁、父子和解、变与不变、最可爱也最容易被抛弃的（六一这个人设真是高明而欷歔）。

希望大家抽空去看看这部电影，让每个“讲故事的人”都得到奖励。

笑完都是泪，关于驴得水

看完《驴得水》已经有很长一段时间了，一直向人推荐但是却一直不敢写些什么，潜意识里竟有些说不清楚的“逃避”。

最近在席间聊天，用很长一段讲述介绍了这么一部每个人都“塌掉了”的故事。朋友们听完面面相觑，直言不会去看，惊呼“天呐，这电影也太黑暗了……”

……是啊，太黑暗了！

可是，影片明亮的色调、轻松的音乐、开阔的景色、诙谐逗趣的台词；还有，那热热闹闹大马戏红红火火过大年风格的海报……欺骗了我们善良的感情，原本以为是个无脑不费力的爆米花喜剧，看完了却无比沉重久久难释怀。

真是一场包裹得很高明的悲剧。

——这是一个关于“坍塌”的电影，所有人最后都“塌掉”了。

(一)

首先坍塌掉的是裴魁山，在张一曼房间外悻悻站立的那个夜晚，这个自负、倨傲的小知识分子经历了完全的崩溃。

之后，他“黑化”了，他私心爆发，他觉得所有人都欠他的：因为他的意识里，大家所得的那些都是用糟蹋他心爱的东西换来的；他各种佯狂张扬，在燥热的大夏天穿着不合时宜的貂皮大衣：他要来的那部分钱财，于他的用处也不过是这样赌气的宣泄；他冷漠、自私、谄媚，他疯狂报复，是最后毁掉张一曼的元凶之一，是第一个跳出来对张一曼破口大骂的伙伴……

可是，他是很爱很爱张一曼的啊！

裴魁山应该是这部剧里最让人发于本能去讨厌的角色，因为猥琐。

像极了当下所说的“直男癌”，极度自我，物化女性，跪舔强权，钻营世故，等等。

所以，当我们说他很爱张一曼时，都让人觉得有种幻灭的可笑。

但是，这些都是他的精神坍塌掉之后。这之前呢？

还记得么：

张一曼：裴魁山，从现在开始，谁眨眼谁就是狗

裴魁山：幼稚……

张一曼：一、二、三

裴魁山：我玩儿这个游戏就没输过

在这么一部节奏紧凑间不容发的影片，在据说导演最后剪掉了包括铁男和佳佳吻戏的情况下，还留下了这么一幕撷趣的细节。

一个自负骄傲的男人，上一秒还在高谈阔论挥斥方遒说你幼稚，下一秒就投入与你的无聊游戏中。无论平常端着有多庄重，只要你喜欢，那就随你去。

> 裴魁山：我不是第一天认识你，所以我知道你是什么样的人。别人那么说你是因为他们不了解你，但是我了解你啊！你根本不是放荡，你就是太单纯了，所以你谁都相信……

那个时刻，我们相信他说的是真的！

从漫天“雪花”飘下时的表白，到伫立窗前看着自己心爱女人与铜匠在一起，再到指着她当众破口大骂彻底爆发，这三幕连在一起，回想起来，竟然有些隐隐地可怜这个猥琐而凶狠的男人。

永失我爱……

（二）

和裴魁山一样，塌掉的铜匠也是因为张一曼。

我不知道这五人支教队伍在只有六个学生的学校里怎样教育启蒙了这片西北的土地，但是在铜匠身上我们真实地看到了“开启民智”的效果。

可是，智慧之果，并不总是激发善良，它还诱发欲望。

在第一次合谋演戏诓骗特派员之后，校长送铜匠时给了他几本书，告诉他“有教无类”。

从后面的剧情中我们也推断得出来佳佳应该有教会铜匠识字。

但是铜匠的真正“开化”，应该是那一晚张一曼对他的“睡服”。

……

在之后旷野上铜匠老婆对张一曼的责骂中，我们知道了铜匠的变化，也能进而想象出那一晚铜匠领略到的“人间之美”。

其实，从张一曼给铜匠烧水、洗澡、剪头发，以及细腻而温柔地为他整理衣服开始，他此生第一次知道除了吃饱、喝好、干活出力、“办事”之外，还有一种美好叫“温柔”……

回想影片里的这些小动作、小细节，让我联想到了《西西里美丽传说》《阳光灿烂的日子》里小男生初见风情、情愫初萌时的情景……

最终，他也坍塌了。

裴魁山的坍塌是站立窗外时的无声，铜匠的坍塌是旷野之上的惊雷：

> 张一曼：你在我心中不过是个牲口。

根据剧情，特别是张一曼与校长的交谈中可以推断，她这么说也许是为铜匠能平安地回去，回归到他本来的生活。

但是，她说的这些真的就只是出于善意的违心话么？

未必，张一曼的性格不会说假话，在她眼里铜匠可能真的只是芸芸床畔好友之一，只是这次她用了最狠、最侮辱、最让人绝望的言辞。

这句话之后，铜匠的空洞眼神让我想到，如果这部剧只剩下这两位男女主角，真的可以改名《被侮辱和被损害的》……

> Had I not seen the Sun，I could have borne the shade。
>
> 我本可以忍受黑暗，如果我不曾见过阳光。
>
> ——艾米莉・狄金森

后面的剧情演进，基本上都是靠铜匠的“黑化”来步步推动的，唉，不忍言……直到亲手把张一曼精神击垮，直到逼得张一曼自杀。

完成一出最尖锐的幻灭。

如果注定得不到，就别让我看得到希望……

永失我爱……

(三)

跟前两位相比，周铁男的坍塌，不是因为爱，是因为强权。

当子弹擦着飞过去的时候，死亡与自己的距离是须毫之间，恐惧一下子上来瞬间就弥漫。子弹没有击倒身体，击碎的是曾经骄傲的灵魂。

——把“子弹”换成“权力”，换成“社会”与“规则”，那么，这就是我们每个人的成长故事……

当他爬起来，还一如往常地哈哈大笑，“没啥事没啥事”……我们还以为那个狂傲的书生依然如旧。黑洞洞枪口举起来，他极速地跪倒在强权的脚下磕头求饶、涕泗横流……

他已经完全塌掉了。自此，奴性比所有人都强。

张一曼在柴房差点儿被强奸时他怯懦地退下的样子，唉，又是一个不忍言……

佳佳：周铁男，你自己说你现在干的是人事儿么？(走近铁男，拉住他的衣襟，寻找着他的眼睛，试图唤醒那个她熟悉的周铁男）我从前认识的那个周铁男去哪了？你看着我，看着我！……你告诉我，我从前认识的那个周铁男去哪儿了？

铁男：死了！昨天被枪打死了！你知道子弹从脸上擦过去是什么感觉么？我以前不比你横么，佳佳？有用么？我告诉你，当你被人拿枪顶着头的时候，你就知道该怎么做人了！

“站在上帝视角我也会认为铁男很怂”，这是我见过关于他的最通透评论。

就像知乎问答：

问：小时候，你有什么独立大发现？

答：小时候发现大人好像都被什么束缚着，觉得他们真傻……

只能哭着呵呵……

（四）

张一曼，是我最喜爱的角色。没有之一，也不仅是在这部电影中。

她的故事，已经不是简单的“羊脂球”可以简单概括。

想就她的故事说很多，但是，已经不忍多说。

她不是放荡，而是坦荡。然而走下银幕，即使再过百年，张一曼，也永远找不到她能够待下去的地方，能够被理解，被包容。

即使她再有魅力一些。

张一曼：好不容易找到一个没人管我的地方，你就别管我了。

电影里的张一曼最后疯了、死了。

但疯掉的何止她一个……

唉，就这样吧。

（五）

这是一群很有理想的知识分子群体，扎根西北，启发乡村民智，比起层层盘剥雁过拔毛的上峰，他们将“吃空饷”所得大部分（除了裴魁山的那部分）都投入到了学校。

理想，就是把“做大事不拘小节”挂在嘴边的校长的依据，哪怕最后搭上了自己宝贝女儿佳佳。

这也是这部喜剧变悲剧的情节推动线索。

三万法币、一把手枪，就可以让一群有高尚情操和理想的知识分子“迫不得已”，鸡鸣狗盗、蝇营狗苟、相互倾轧……最后却可能怨怼社会让自己“怀才不遇”。

——“这样一部喜悲剧荒诞得像真实社会”。

剧终时，张一曼房间枪响前一秒，在教室里击掌打气的三个男人为这部电影贡献了最后一句台词：

永不再提。

虽然那个时候从剧情上看已经是渡尽劫波，一切的荒诞都停了下来，归于平静了，但是，我依然认为那是一个所有人都集体塌掉的时候。

是否可以联想到电影里光明与希望的代表、唯一勉强没有塌掉的佳佳（其实当校长跪在她面前逼她做假时她也崩溃了）曾经说过的：

如果过去就让它这么过去了，以后只会越来越糟。

可还来不及多联想，枪就响了……

一个自由而不羁的女人死了，

一个高洁而纯真的女人走了，

三个自私、猥琐、怯懦的男人还活着，且

永、不、再、提

（终）

“讲个笑话，你可别哭。”

原来《驴得水》从海报上就已经跟我们说清白了，并没有骗我们。真是部好电影。

The End。

后　记

想要为自己出版一本文集的念头由来已久，最早大概是在2006年初。那时的我二十二岁，尚未从南开毕业。在我读大学的时期，博客、人人网尚不十分流行，微博、微信更是无从谈起。那个时候，“我爱南开BBS”是我们这些文艺青年们的聚集地，我当时也会将自己的很多读书心得、观影笔记、生活随笔和短篇小说等发表上去。临近毕业时，我花了一些时间整理这些文字，发现不知不觉竟也攒了有将近十万字。当时，很希望能够将这些文字结集出版，作为给自己的一个毕业礼物。

然而，随后的一系列事务纷至沓来，申请硕士学校、论文、答辩、毕业季的活动，将这一想法变成了奢望。

于是，出书的念头就此搁置了下来。这一搁，就是十二年。

这十二年大概是我人生的角色转化最多、最快的一段时间。

我在2006年的夏天从南开大学经济学院毕业，走出天津八里台那个古朴宁谧的校园，只身一人来到香港，在香港大学经济与金融学院攻读硕士学位，一年后，我在修完所有课程之后，还算顺利地找到一份位于香港中环的工作，得以在这个亚洲金融中心开始第一段职业生涯。

然而，2008年夏天，我所在的金融行业遭遇了前所未有的金融危机，香港的就业环境陡然变得紧张，职业发展的不顺加上个人面临的情感和生活压力，使我选择了离开香港，搬到距离父母近一些的北京。

回到北京一年之后，我遇到了丘先生。

我和丘先生同年出生，他出生在福建，而我出生在河北，这是两个距离十分遥远的省份。我们在2002年同年考入大学，他在北京，我在天津，可以说，在整个求学的生涯中，我们都没有过任何可以称得上“交集”的地方。

然而缘分的妙不可言在于，我们在2009年的春天走到一起，并在此后不断地发现，原来我们竟有着如此多的相似之处，比如喜欢的书籍、音乐、电影，对事物的看法、对人生的态度……

之后，一如每一对年轻的北漂，我们在这个偌大的城市里，过着忙碌而庸常的生活：结婚置业、生儿育女、为职业的发展而奔波、为家人的生活而辛劳。

除此之外，我们还是彼此最好的读书伙伴、旅行搭档和倾听者，我们是对方文章的第一个读者，也是彼此最忠实的粉丝。

回首十二年前的那个夏天，我唱着“渤海之滨、白河之津……”的校歌从南开毕业的情景，仿佛就在昨天。不知不觉间，我的角色从学生变成职场人，从为人女变成为人妻、为人母……

所幸的是，这十几年的时间里，我从未停止的两件事，便是阅读和写作——这两件事对我来说，不仅仅是自少年时期留下的习惯，更像是一个精神的家园、灵魂的庇护所。

当我在出差的舟车劳顿或深夜难眠感到无所适从时；

当我在身处的行业面临极度狂热或者是极度萧条时；

当我被育儿的琐碎、鸡毛蒜皮的家常折磨得满脸倦容时……

在这些时刻，阅读和写作，总能像两个熟悉的老朋友一样，陪伴我度过时光，熨帖我的烦躁和不安。

而这本书的名字“空出来的时间”，正是取自此意：每个人的一天只有24小时，我的绝大部分时间，都用来扮演好社会赋予我的各种角色——员工、同事、妻子、母亲、女儿、儿媳、朋友、姐姐……我享受这些角色带给我的成就感、归属感和幸福感。而我也享受那些碎片化的、挤出来的、可遇而不可求的“空出来的时间”，因为它们是完完整整属于我自己的，我利用这些时间阅读、思考、写作或者发呆，它们是我人生中重要的“小确幸”。

而更让我感到欣喜的，是当我整理这几年来利用细碎时间聚集下来的文字时，竟然发现这些在不同心境下写就的只言片语，又已累计了十几万字。当我得知它们真的有机会变成铅字时，那种欣喜之情，并不亚于得知自己即将成为母亲时候的喜悦。

所以，我十分感谢我的高中同学刘婷，是她鼓励我将这些文字整理出来出版，没有她的鼓励，那个十几年前萌芽的出书愿望，对我来说仍然是种奢侈。

我也要感谢我的家人，特别是我的先生丘键，倘若没有他在平凡而忙碌的生活中给予我的无限包容和关爱，我这个文学青年的美梦，怕是不可能一直做到三十几岁。

我也要感谢我的两个可爱的孩子，儿子乐乐和女儿可可，孕育和抚育他们让我感受到生命的纯净和美好，母亲这一天职使我成长、使我拥有完全不同的人生体验。

本书中收录的，是我近几年来利用业余时间写就的文字，除了少数几篇年代相对久远之外，其余绝大部分写于近两年。至于更久远的青葱岁月里写就的那些文字，并非找不到，而是时过境迁，自己翻看都觉得幼稚肤浅，就作为个人私藏，不再拿出来贻笑大方了。

最后，再对阅读此书的你衷心说一声感谢，感谢与我共同分享这一点儿小小的时光，倘若有那么一两篇文字，能让你有片刻共鸣，那么对于我来说，便是无限的荣幸。

我之后的新作，会在我和先生共同运营的微信公众号“Fiona与金之聿”随时发表，欢迎关注、留言、交流。

刘芳菲

2018年11月于北京